Ulrich Wickert

Die Wüstenkönigin

Der Richter in Angola

| Hoffmann und Campe |

1. Auflage 2005
Copyright © 2005 by Hoffmann und Campe Verlag, Hamburg
www.hoca.de
Schutzumschlaggestaltung: Katja Maasböl
Umschlagillustration: entnommen aus
Paulus Gerdes, Ethnomathematik
Satz: Dörlemann Satz, Lemförde
Druck und Bindung: GGP Media GmbH, Pößneck
Printed in Germany
ISBN (10) 3-455-08151-7
ISBN (13) 978-3-455-08151-0

Ein Unternehmen der
GANSKE VERLAGSGRUPPE

Für Julia

Une goutte de pétrole vaut une goutte de sang. –
Ein Tropfen Öl ist einen Tropfen Blut wert.
Georges Clémenceau

Ein bescheidener Anfang

Freitag

Jacques sah sie von fern aus dem Wohnmobil steigen. Sportlich sprang sie die drei Stufen auf den Weg hinunter, knallte mit einer schwungvollen Armbewegung die Tür hinter sich zu und lief auf eine dunkelgrüne Vespa zu, vor dem zwei Polizisten in voller Montur standen. Nach einem kurzen Wortwechsel ließen sie die junge Frau mit der dunklen Hautfarbe aufsteigen. Sie setzte die große runde Sonnenbrille auf, dann den weißen alten Helm ohne Kinnschutz, nur mit Lederriemen.

»Die spinnt!«, sagte Jacques zu seinem Freund Jean Mahon. Der Kommissar saß neben ihm am Steuer des Polizeiwagens, polierte einen Apfel, zog die Augenbrauen hoch und öffnete den Mund, als wollte er etwas anmerken. Aber mit dem Untersuchungsrichter über Frauen zu reden, schien ihm wohl jetzt nicht angemessen.

»Die spinnt«, sagte Jacques noch einmal, als er zusah, wie die junge Frau mit ihren langen Beinen in engen Jeans und Turnschuhen auf dem Roller saß und einhändig losbrauste, während sie mit der linken Hand noch einen Schal in den Ausschnitt der knappen Lederjacke stopfte.

»Solche Helme gehören verboten«, sagte Jean, »wenn du damit fällst, zerschneidest du dir dein ganzes Gesicht.«

»Schade, bei dem Aussehen.« Jacques betonte jedes Wort, und der Kommissar lachte.

»Stehst du jetzt nur noch auf Farbige?«, fragte er. Die beiden Männer kannten sich schon lange. Als Untersuchungsrichter Jacques Ricou noch mit der eleganten Pariserin Jacqueline verheiratet gewesen war, fuhren die beiden Ehepaare jeden Winter gemeinsam in den Schnee – die Männer, um Ski zu rasen, die Frauen, um sich aufs »Après« vorzubereiten.

»Überhaupt nicht. Meinst du wegen Amadée?«

»Vielleicht. Sie ist doch schon weg, oder?«

»Ja, seit vierzehn Tagen. Nach sechs Wochen in meinem bescheidenen Appartement bekam sie Heimweh nach dem Blick von ihrer Terrasse auf den Atlantik.«

»Wirst du sie besuchen?«

»Klar, im Winter, wenn es hier wieder grässlich nass und kalt ist. Dann ist es auf ihrer Plantation wie im Paradies.«

Amadée, die Kreolin aus Martinique, hatte Jacques die linke Seite ihres großen Bettes angeboten, nachdem ihr Mann beim Sturz von seinem Pferd tödlich verunglückt war. Jacques hatte den Platz nicht zurückgewiesen. Von der Bananenplantage am Osthang des Mont Pélée hatte man den berühmten weiten Blick auf die von den Passatwinden hochgepeitschten Wellen im atlantischen Ozean. Wenn Jacques davon sprach, geriet er ins Schwärmen.

Jetzt aber saß er neben dem drahtigen Kommissar und ärgerte sich über den – wie er fand – trivialen Einsatz gegen junge Leute, die bei einer Rave-Party ein bisschen Spaß haben wollten. Und er verstand nicht, weshalb die Polizisten die Frau in Leder nicht festgehalten hatten.

»Warum haben sie die schöne Dunkle wohl laufen lassen?« Er sah den Kommissar fragend an.

Der öffnete die Tür, rutschte trotz seines leichten Gebrechens, er stand kurz vor der Pensionierung, flink hinter dem Steuerrad hervor und ging mit den Worten – »Das lässt sich herausfinden« – auf die beiden Polizisten zu.

Jacques fand den Griff nicht, um die Tür des neuen Wagens zu öffnen, tastete hilflos an der Innenverkleidung herum und als er endlich draußen war, kam ihm Kommissar Jean Mahon schon wieder entgegen.

»Sie hatte eine Akkreditierung als Journalistin vom Figaro«, sagte er.

»Und was wollte sie in dem Wagen?«

»Werden wir auch gleich wissen, wenn die Durchsuchung beendet ist.«

»Ich frag mich wirklich, was ich hier soll«, sagte Jacques mürrisch, »das ist doch Kinderkram.«

»Der Wochenenddienst wird Ihnen gut tun«, hatte seine Chefin, Marie Gastaud, mit ihrer unbeweglichen Miene gesagt, als sie Jacques den Auftrag gab, sich für einen Einsatz gegen eine illegale Rave-Party in Créteil bereitzuhalten. Nicht mal durch ein Wimperzucken hatte die Gerichtspräsidentin angedeutet, dass der aufmüpfige Untersuchungsrichter damit ein wenig gedemütigt werden sollte.

Marie Gastaud gab sich zwar streng, aber bisher hatte sie Jacques stets den Rücken freigehalten, selbst wenn er sich gelegentlich knapp vergaloppierte. In ihren zeitlosen Seidenkleidern und mit einer Frisur, die wie ein hellblaues Sahnebaiser auf ihrem Haupt thronte, wirkte sie stets wie die Inkarnation der bourgeoisen Karrierefrau, die trotz ihres Berufs auf Mann und Kinder nicht verzichtet hatte.

»Wenn ich vor zwanzig Jahren einen solchen Polizeieinsatz erlebt hätte, wäre ich wahrscheinlich nie in den Staatsdienst gegangen«, sagte Jacques.

»Mein Gott, was willst du machen, wenn die Kerle gegen die Gesetze verstoßen?«, antwortete Jean Mahon. Als Mitglied der police judiciaire ging er mit seinen Leuten dem Untersuchungsrichter zur Hand, wenn es darum ging, Wohnungen und Büros zu durchsuchen oder einen Verdächtigen festzunehmen.

Heute allerdings war ein Großaufgebot an Sicherheitskräften der städtischen Polizei und der Gendarmerie, ja sogar der im Volk als Schlägertruppe verschrienen CRS mit ihren schwarzen Kampfanzügen und Helmen ausgezogen, um diese illegale Rave-Party aufzulösen.

Es ging um eine dieser free partys irgendwo in der Natur, auf entlegenen Lichtungen, an einsamen Flussufern, die es überall in den USA, in Großbritannien, in Deutschland und eben auch in Frankreich gibt. Beim Rave kontrolliert kein muskelbepackter Türsteher den Zutritt, zockt keiner hohe Eintrittsgelder ab, jeder kann teilnehmen, der im Internet die richtige Infoline findet und dann wie bei einer Schnitzeljagd die richtigen Signale entdeckt, die zu dem geheim gehaltenen Ort führen. Mal kommen nur fünfhundert, mal ein paar tausend Raver.

Unter illegalparty.com oder shitkatapult.com waren hello peoploids! im Internet ermuntert worden, am letzten Septemberwochenende an das Marneufer bei Créteil im Parc du Morbras ein Technival zu feiern. So nah bei Paris – da würden zehntausend kommen.

Aber die Polizei hatte mitgelesen. Denn Rave-Partys stören die Bourgeoisie. Und die Umweltschützer. Drei Tage Techno, drei Tage Saufen und Tanzen, Sex und Drogen, Ausflippen und Zusammenbrechen, das bedeutete zertrampeltes Gras, verschreckte Sumpfeulen und Tonnen an Müll: Papier, Dosen, Kondome und Spritzen. Und vielleicht auch noch ein paar Ecstasy-Leichen.

Und was die Bourgeoisie derart störte, das bekämpfte der wegen seiner Strenge respektierte Innenminister schon seit Jahren. Allerdings wurde er, wegen seiner unverhohlenen politischen Ambitionen, inzwischen selbst von der konservativen Presse mit Skepsis beobachtet. Zunächst waren die Proteste von Schülern und Studenten (darunter auch Kinder der Bourgeoisie) gegen die Verschärfung des Gesetzes über die Alltägliche Sicherheit unangenehm laut, doch nach dem 11. September wagte niemand mehr, solche Maßnahmen zu kritisieren. Nach dem Dekret 887 aus dem Jahr 2002 müssen Rave-Partys vom Präfekten genehmigt werden. Und da Präfekten direkt vom Innenminister ernannt werden, stellen sie keine Genehmigungen für Rave-Partys mehr aus.

Trotzdem waren Lastwagen mit riesigen Verstärkern auf der Ladefläche kurz nach Sonnenaufgang den dreckigen Chemin du Morbras hinabgefahren, ihre Aufbauten hatten tief hängende Äste von den Bäumen gerissen, und gegen Mittag war auf dem Weg schon kein Durchkommen mehr gewesen; überall parkten Camper oder Wohnmobile, waren Motorräder abgestellt, und aus der nahe gelegenen Metro-Station quollen mit jedem eintreffenden Zug Hunderte von jungen Leuten.

»Man hätte die Schlacht verhindern können, wenn

die Bullen es nur ein wenig intelligenter angestellt hätten«, sagte Jacques.

»Die Bullen. Jetzt redest du auch schon so. Wenn die städtische Polizei die Gegend gestern Abend abgesperrt hätte, wäre überhaupt nichts passiert. So konnten die CRS-Leute sich wieder mal austoben. Erst als fast tausend Leute da waren, haben sie eingegriffen. Und wie!«

Der Untersuchungsrichter wagte es nicht zu sagen, was ihm dazu spontan einfiel. Die Worte, die noch vor kurzem viele ungeniert gerufen hatten: CRS = SS. Aber so gut er Jean auch kannte, er war sich nicht sicher, wie sein Freund darauf reagieren würde.

»Wenn die nicht von allein gehen!«

»Du bist komisch. Hättest du dich in dem Alter davongemacht? Ich nicht. Ich hätte mich auch eher prügeln lassen. Und das müssen die doch wissen! Haben die denn keinen Psy dabei? Und Tränengasgranaten darf man bei so einer Aktion doch in keinem Fall einsetzen.«

»Das ist auf offenem Gelände doch auch nur halb so schlimm.«

»Aber einem ist die Hand abgerissen worden, weil die Sadisten von der CRS mit den Granaten auf den Mann gezielt haben.«

»Was zu beweisen wäre ...«

»Die Hand ist ab!«

»Aber du hast ja nun auch zu tun bekommen. Ganz umsonst ist unser Einsatz also doch nicht.«

»Erst mal abwarten, was dabei rauskommt.«

Sie warfen einen Blick in die Runde. Das Flussufer sah wie ein Schlachtfeld aus – obwohl das Technival gar nicht erst begonnen hatte. Die Lastwagen mit der Musikelektronik waren den Weg wieder hinaufgerumpelt, Polizeieinheiten bewachten den Zugang von der Stadt her, die CRS-Mannschaften saßen in ihren dunkelblauen Einsatzbussen mit den dicken Drahtgittern vor den Fenstern.

»Ich habe Hunger«, sagte Jacques. »Kannst du nicht mal dafür sorgen, dass deine Leute sich beeilen?«

Kommissar Jean Mahon lachte. »So verfressen kenne ich dich gar nicht! Lass uns mal nachschauen.«

Als der Richter und der Kommissar auf das Wohnmobil zugingen, sprang die Tür auf, zwei Polizisten traten heraus und zerrten einen jungen Mann, etwa zwanzig Jahre alt, in Handschellen hinter sich her.

»Patron«, sagte der erste an Jean Mahon gewandt, »Monsieur besitzt einen fahrenden Drugstore.«

»Wir sind so weit«, rief jemand von drinnen, und Jacques kletterte hinter seinem Freund die Treppenstufen hoch.

Jean stieß einen Pfiff der Hochachtung aus. »Donnerwetter! Alles, was man braucht.«

Eine flauschige Decke und weiche Laken lagen wirr auf dem breiten Doppelbett im hinteren Teil des Wagens. Darüber reihten sich in einem Regal aus edlem Holz Wein- und Wodkaflaschen. Ein Meister der Raumaufteilung hatte in dem von außen klein erscheinenden Wagen nicht nur die Lotterwiese untergebracht, sondern neben der Kochecke auch eine Dusche mit Toilette, eine Sitzecke mit Flachbildfernseher, DVD-Anlage und einem Surround-Boxenset mit sechs Dolbyeinheiten.

»Wir fanden alles säuberlich in den Regalen, wie es sich gehört«, sagte der Sergeant, der die Durchsuchung mit so viel Feingefühl vorgenommen hatte, dass nicht ein Paneel der Holzverkleidung beschädigt worden war.

»Was haben wir denn da?«, fragte Jacques.

»Schätzungsweise hundertfünfzig Gramm Kokain. Aber dann die ganze Palette: Tranxen, Rohypnol, Ephedrine, Fenetyllin, Cannabis. Alles was man braucht, um drei oder vier Tage ohne Schlaf durchzufeiern, um sich hochzuputschen und wieder runterzukommen. In diesem Drugstore sind Waren mit einem Einzelverkaufswert von ein paar hunderttausend Euro. Und nix von wegen Eigenbedarf, dafür ist das zu viel. Das ist ein Kaufladen.«

»Hat er Papiere dabei?«, fragte Jacques.

»Ja.« Der Sergeant kramte in den Unterlagen, die er in der Hand hielt. »Didier Lacoste. Student. Geboren 1983 im American Hospital in Neuilly, Führerschein 2001 ausgestellt in Bonifacio.«

»Ach, so einer!«, rief Jean Mahon. Er wusste, dass jemand, der über Clan-Kontakte auf Korsika verfügte, seinen Führerschein auch schon mal ohne Prüfung erhielt.

Jacques zog sein schwarzes Moleskine-Notizbuch aus der Jackentasche und notierte sich die Angaben. Er benutzte diese Kultbüchlein, seit Margaux ihm, als sie frisch verliebt waren, sein erstes Moleskine mit der Bemerkung geschenkt hatte, ein gleiches habe schon Proust benutzt. Und van Gogh und Matisse, sogar Hemingway.

»Was machen wir mit dem? Einbuchten?«, fragte der Sergeant.

»Der Wagen wird beschlagnahmt. Lasst ihn abholen«, befahl Jacques. »Und nehmt Lacoste erst mal mit zur Wache, schreibt die Personalien auf und macht all das, was zu tun ist. Schaut nach, ob schon was gegen ihn vorliegt. Wie spät ist es denn jetzt?«

Der Kommissar schob den Ärmel hoch und legte seine Uhr frei.

»Halb acht.«

Eine halbe Stunde bis nach Hause, rechnete Jacques aus, dann duschen, umziehen, zehn Minuten bis in Michels Atelier in Belleville. Er würde gerade noch rechtzeitig kommen zu der großen Feier, zu der sein Malerfreund Michel Faublée eingeladen hatte, weil ein einziger Sammler gleich drei große Bilder gekauft hatte.

»Bis morgen!« Jacques zog seinen Autoschlüssel aus der Jackentasche. »Der Knabe kann bei euch die Pritsche kennen lernen, wird ihm gut tun. Vielleicht habt ihr ja noch mehr Besuch. Aber keine Telefonate! Er braucht noch keinen Anwalt. – Bringt ihn morgen früh um elf zu mir ins Gericht.«

Sonnabend

Er holte tief Luft und seufzte. Oje, dreimal, ojeojeoje. Der Schädel brummte zwar nicht, aber es war doch zu viel Alkohol gewesen. Und dann dieser Anruf! Martine Hugues, die pummelige gute Seele in seinem Büro, von Amts wegen Gerichtsschreiberin, hatte ihn um neun Uhr früh aus dem Bett geklingelt.

»Jacques, da läuft irgendetwas Furchtbares. Marie Gastaud kann dich nicht erreichen und hat mich über ihre Sekretärin gebeten dir zu sagen, du sollst um elf in ihrem Büro auftauchen. Sie scheint zu kochen. Und das ist selten bei unserer Betonmarie!«

Martine lachte, während sich auf Jacques' Haut – von einem plötzlichen Hitzeausstoß hervorgerufen – Schweißperlen bildeten.

»Wenn du mich erreichen kannst, dann hätte sie das doch auch schaffen können«, verteidigte er sich.

»Angeblich hat sie dir gestern Abend aufs Band gesprochen, aber du hast dich nicht zurückgemeldet.«

»Ich rufe sie an. Um elf kann ich nicht. Bitte sei im Büro, wir haben Arbeit, du musst Protokoll führen.«

Er knurrte. Irgendwann gegen zwei hatte ihn endlich seine Bettdecke umschlungen. Er war versackt. Allein. Bei Michel hatte niemand geöffnet, als er dort voller Erwartungen und guter Laune erschienen war. Die Vorfreude hatte ihn genau eine Woche zu früh angeschwemmt. Vorfreude, weil Michel ihm vorgeschwärmt hatte, der Sammler aus dem 16. Arrondissement bringe viele elegante Freunde mit und – interessante Freundinnen!

Jacques wählte die Nummer der Gerichtspräsidentin. Es klingelte nur einmal, und sie hob den Hörer ab.

»Bonjour Madame la Présidente, Jacques Ricou«, sagte er und versuchte sich so dienstlich wie möglich zu geben.

»Monsieur le juge«, auch Marie Gastaud schlug einen möglichst kühlen Ton an, »vor mehr als zwölf Stunden habe ich vom Chef de Cabinet des Justizministers einen Anruf erhalten. Danach haben Sie gestern bei der Rave-Party Didier Lacoste festgenommen, ihn dann aber weder verhört noch ihm gestattet, einen Anwalt anzurufen. Und seit mehr als zwölf Stunden versuche ich, Sie zu sprechen. Können Sie das erklären?«

»Madame la présidente. Sie haben mich zu der verbotenen Rave-Party geschickt. Dort hat die Polizei in meinem Auftrag einen Wohnwagen voller Drogen beschlagnahmt, der von Didier Lacoste gefahren wurde. Entsprechend den Regeln wurde er zur Feststellung der Personalien mitgenommen auf das Revier. Die Regel erlaubt auch, ihm erst nach vierundzwanzig Stunden den

Kontakt zu einem Anwalt zu gewähren. Das wäre heute Abend. Ich habe den Termin für sein Verhör schon gestern für heute um elf festgelegt.«

Er machte eine kleine Kunstpause, wechselte den Ton, und fragte vertraulich: »Was ist so wichtig an dieser Person?«

»Sein Vater ist Alain Lacoste.« Die Gerichtspräsidentin blieb kühl.

»Pardon, das sagt mir nichts.«

»Ehemaliger Präfekt von Marseille. Vertrauter des Innenministers, heute Chef der Sofremi, die dem Innenministerium untersteht. Ich bin von höchster Stelle gebeten worden, Lacoste noch gestern Abend freizulassen.«

Jacques schluckte. »Sofremi. Die Genehmigungsbehörde für Waffenhandel. Ach ja.«

Sollte er die Gerichtspräsidentin darauf hinweisen, dass ein Untersuchungsrichter nach dem Gesetz völlig unabhängig ist, dass also auch Marie Gastaud nicht das Recht hat, Lacoste zu entlassen?

»Haben Sie es getan?«, fragte er.

»Nein, Monsieur le juge. Weil mir das nicht zusteht. Aber bitte achten auch Sie das Recht. Ich erwarte Montag einen Bericht. Um elf Uhr.«

Mit einem leisen Fluch über teuflische Hexen ließ sich Jacques wieder in sein Bett fallen. Jetzt würde er das ganze Wochenende arbeiten müssen. Schließlich trottete er in die Küche, warf die Espresso-Maschine an, die Amadée gekauft hatte, und stellte das Radio an. Auf Korsika war die Motoryacht eines ehemaligen Verteidigungsministers von François Mitterrand in die Luft geflogen. Die Schlacht schien heißer zu werden. So weit waren die Untergrundkämpfer für die Freiheit der Insel, die Jacques kalt Terroristen nannte, bisher noch nie gegangen. Niemand war verletzt worden. Der Politiker galt als harter Zentralist.

Jacques stieg unter die heiße Dusche, die er, als wollte er sich selbst kasteien, brüsk auf kalt drehte.

Das Vernehmungsprotokoll

Dienstag

Hast du überhaupt noch Kontakt zu deinem Sohn?«, fragte Sotto Calvi und fügte im Befehlston hinzu: »Und bitte reg dich nicht so auf!«

»Didier redet nicht mehr mit mir, seit ich ausgezogen bin.« Alain Lacoste räusperte sich nervös und schnippte mit den Fingern. »Diese Geschichte kann äußerst unangenehm werden.«

»Gott, da haben wir schon andere Pferde kotzen sehen!« Sotto Calvi strich ein Zündholz an und hielt es an seine Zigarre.

Die Luft in dem Salon schmeckte staubig, nach dem großen Gobelin an der Wand, nach den antiken Stühlen, den Sesseln, die aus dem staatlichen Möbellager entliehen waren. Schwere Vorhänge, Staubfänger nannte Sotto Calvi sie abfällig, umrahmten die Fenster, hier strömte zu selten frische Luft herein, niemand wohnte hier ständig oder lüftete wenigstens gelegentlich. Dafür hatten Beamte keinen Sinn.

Nur für diskrete, wichtige Treffen hielt sich die Sofremi dieses große Appartement in der rue de l'Université. Manche Kunden wollten nicht gesehen werden, wenn sie über den Kauf von Waffen verhandelten. Obwohl es völlig legal war, in staatlichem Auftrag gebrauchte Waffensysteme zu verkaufen, war es doch klüger, gewisse Dinge eher vertraulich zu behandeln. So kauften einige afrikanische oder asiatische Länder militärisches Gerümpel, das die hochgerüstete Atommacht Frankreich aus ihrem Arsenal aussonderte, während andere ihren Geheimdienst einsetzten, um zunächst zu erkunden, welche Waffen an die jeweiligen Nachbarn geliefert wurden und welche sie deshalb brauchten. Das wiederum hatte Alain Lacoste, als Chef der Sofremi, veranlasst, vom französischen Inlandsgeheimdienst DST (Direction de la Sûreté de l'Etat) einmal im Monat diese Wohnung auf Wanzen untersuchen zu lassen. Auch der versteckte Hinterausgang, der durch einige Gärten in das Bürogebäude der Sofremi am Boulevard Saint-Germain führte, wurde ständig kontrolliert.

Alain Lacoste und Sotto Calvi kannten die mit eleganten Empire-Möbeln eingerichteten, aber dennoch unpersönlich wirkenden Räume gut. Calvi war hier Stammgast, weil er als Vermittler von Waffengeschäften für die Sofremi tätig war, Lacoste, weil er so manche Nacht mit seiner Sekretärin durchgearbeitet hatte, bis sie eine Tochter von ihm erwartete. Da verließ er Frau und Sohn und zog mit ihr zusammen.

»Hast du ihm einen Anwalt geschickt?«, fragte Sotto Calvi.

»Nein. Da ist was schief gelaufen. Nachdem ich von Lyse erfahren habe, dass er festgenommen worden ist, habe ich sofort Cortone auf seinem Handy angerufen und gebeten, sich einzuschalten. Fröhlich war der nicht gerade. Ich dachte mir aber, als Innenminister würde er meinen Sohn schnell wieder frei bekommen. Dann konnte er den Justizminister nicht erreichen, und musste es über den Chef de Cabinet vom Justizminister versuchen. Aber der hat sich offenbar gegenüber seinen Leuten nicht durchsetzen können. Nun ja, wer kann auch ahnen, dass bei so einem Kinderkram Ricou als Untersuchungsrichter eingesetzt wird.«

»Jacques Ricou, der Krawallrichter?«

»Ja. Und an den wagt sich selbst die Gerichtspräsidentin nicht ran.«

»Dann müssen wir vielleicht doch was tun. Wie hat Lyse von der Festnahme erfahren?«

»Ich habe sie gebeten, ein Auge auf Didier zu haben.«

»Die ist doch zu alt für deinen Sohn!« Sotto Calvi lachte.

»Aber er schätzt sie. Und so alt ist Lyse auch nicht. Sie hat ihre Vespa bestiegen und ist zu der Rave-Party gefahren. Als sie ankam, wurde gerade Didiers Wohnwagen durchsucht. Lyse hat sich als Journalistin vom Figaro ausgegeben, die über illegale Rave-Partys schreibt.«

»Und das haben die Bullen ihr geglaubt?«

»Du kennst doch Lyse. Was sie macht, macht sie richtig. Natürlich hatte sie sich eine echte Akkreditierung vom Figaro besorgt. Sie ruft mich an, ich rufe Cortone an. Ich denke, alles läuft wie geschmiert, wie immer. Als treu sorgender Vater melde ich mich Freitagabend auch noch bei meiner Ex, um zu hören, ob Didier wieder zu Hause ist, aber die Alte hört nur meine Stimme und knallt den Hörer wieder auf. Wird schon alles in Ordnung sein, dachte ich, denn sonst schreit sie zwar, aber fordert mich immerhin auf, alles wieder in Ordnung zu bringen. Wenigstens habe ich das Wochenende ruhig verbracht. Bis mich Montagnachmittag der Chef de Cabinet des Justizministers anruft und hämisch ankündigt, er werde mir gleich das Vernehmungsprotokoll von Didier faxen. Wenigstens das hat ihm die Gerichtspräsidentin vertraulich zukommen lassen. Ausnahmsweise, wegen der guten Beziehungen zwischen unseren Ministern. Avec les compliments de la maison, hat der Drecksack auch noch hinzugefügt.«

»Nette Freunde hast du.« Sotto Calvi lachte. »Und hast du es mitgebracht, das Protokoll?«

»Ja. Es wird dir nicht gefallen.«

Alain Lacoste reichte Sotto Calvi einen abgegriffenen Aktendeckel. Der Waffenhändler schlug ihn auf und begann zu lesen.

Auf der ersten Seite standen die persönlichen Angaben. Calvi blätterte weiter, doch schon auf der Mitte der zweiten Seite las er aufmerksamer.

Jacques Ricou: »Wir haben Ihr Wohnmobil beschlagnahmt. Was war der Neuwert?«

Didier Lacoste: »Ich habe es gebraucht gekauft.«

J. R.: »Aus den Papieren geht das nicht hervor.«

D. L.: »Müsste es aber. Es war ein Vorführmodell von Chrysler. Deswegen habe ich es dreißig Prozent billiger bekommen.«

J. R.: »Wie viel?«

D. L.: »Vierzigtausend.«

J. R.: »Euro?«

D. L.: »Keine Lire. Klar: Euro.«

J. R.: »Handeln Sie mit Drogen?«

D. L.: »Das habe ich nicht nötig.«

J. R.: »Sie haben einen Vorrat, der für den privaten Verbrauch viel zu umfangreich ist. Haben Sie je Drogen verkauft?«

D. L.: »Ich brauche viel und habe viele Freunde. Und wenn jemand in Not ist, kann er mir auch schon mal was abkaufen. Aber ich bin kein Dealer.«

J. R.: »Woher hatten Sie dann das Geld für das Wohnmobil?«

D. L.: »Erspart.«

J. R.: »Komm mir nicht blöd. Allein die Drogen bringen Ihnen bis zu drei Jahren Gefängnis ein. In einem besonderen Fall kriegen wir auch fünf Jahre hin. Den Einkaufswert schätzen unsere Leute auf zweihundertfünfzigtausend Euro. Da nimmt Ihnen niemand ab, dass es sich nur um Eigenbedarf handelt. Wie groß war Ihr Umsatz?«

D. L.: »Ich deale nicht.«

J. R.: »Und woher kommen die dreihundertachtzigtausend in bar?«

D. L.: »Euro?«

J. R.: »Keine Lire. Klar: Euro.«

D. L.: »Ich weiß nicht, wovon Sie reden.«

J. R.: »Sie sind naiver, als Ihr Alter es erlaubt. Die Polizei hat das Wohnmobil heute Nacht Stück für Stück auseinander genommen. Und was haben sie gefunden? Ein ganzes Kilo Kokain sehr gut versteckt im Zwischenboden. Da kam man nicht leicht dran. Macht weitere drei Jahre. Und im selben Versteck, schön wasserdicht verpackt, dreihundertachtzigtausend Euro. So schön verpackt, dass es nicht nach Taschengeld aussieht.«

D. L.: »Damit habe ich nichts zu tun. Die Polizei will mich reinlegen!«

J. R.: »Weiß Ihr Vater davon?«

D. L.: »Hören Sie bloß auf mit meinem Vater!«

Calvi las das Protokoll mit wachsender Aufmerksamkeit, lachte ab und zu trocken auf, warf einen kurzen Blick auf Alain Lacoste, und versenkte sich wieder in die Akte. Der Sohn – wie durch ein Schlüsselwort geöffnet – hatte angefangen, zu plaudern.

Und dann, als der Untersuchungsrichter damit drohte, seinen Vater vorzuladen und ihm gegenüberzustellen, brach er zusammen.

Er schrie, heulte und vergrub schließlich seinen Kopf in den Armen auf dem Tisch. Doch Jacques stellte sofort die nächste Frage: »Haben Sie das Geld von Ihrem Vater?«

»Ja«, antwortete Didier und Calvi entfuhr ein »achduscheiße«. Er blickte vom Protokoll auf und sah Alain Lacoste die Achseln zucken und die Arme öffnen, mit den Handflächen nach oben, als Zeichen für »siehste, ichhabsdirjagesagt«.

»Wusstest du das?«, fragte der Waffenhändler.

»Nein«, antwortete Alain Lacoste.

»Der hat dich ja ganz schön ausgezogen!« Calvi lachte, aber es klang böse.

Und dann erzählte Didier ausführlich, warum es ihm nie mehr an Geld fehlte, nachdem er einmal entdeckt hatte, wie sein Vater das Familienleben finanzierte. Als Präfekt und später als Chef der Sofremi erhielt er zwar ein hohes Staatsgehalt und viele Privilegien. Doch davon hätte er seinen ausschweifenden Lebensstil nie bestreiten können, zumal Didiers Mutter stets in Depressionen zu verfallen drohte, wenn sie nicht den Luxus, den die Stadt Paris bot, genießen konnte.

Ganze Tage verbrachte sie bei geschlossenen Fensterläden im Bett und entschuldigte sich mit Migräne. Eine Zeitlang glaubte der Sohn, sie trinke aus Kummer vor dem herumstreunenden Mann. Da begann er seinen Vater zu hassen.

Ein ausgeklügeltes Netzwerk bestimmte das Leben von Alain Lacoste, erklärte Didier. Das Landhaus bei Houdan in der Normandie, eine knappe Autostunde vom Appartement in der Avenue Victor Hugo entfernt, gehörte einst dem Großvater väterlicherseits. Doch als der im Sterben lag, war Alain mit seiner Sekretärin zu einem Ski-Urlaub nach Utah eingeladen – und er war losgeflogen. Am Sterbebett seines Vaters ließ er seinen Sohn Didier und seine betrogene Ehefrau zurück. Didiers Mutter suchte einen einfachen Ausweg, schluckte schwere Mittel gegen ihre Depressionen und verkroch sich unter die Bettdecke.

Irgendjemand muss sich doch kümmern, warf Didier seinem Vater am Telefon vor, der nur vom einmaligen Pulverschnee in den Rocky Mountains schwärmte. So saß ein völlig verängstigter, hilfloser Didier allein im Krankenzimmer des Alten. Zwei Wochen vor seinem vierzehnten Geburtstag hörte das Herz seines Großvaters auf zu schlagen. Es war Nachmittag, draußen wurde es langsam dunkel, auf dem Flur hörte Didier die geschäftigen Krankenschwestern. Aber er wagte es nicht, die langsam erkaltende Hand loszulassen. Nicht aus Trauer, sondern aus Angst vor dem Tod liefen dem Kind die Tränen über die Lippen, das Kinn, den Hals hinunter.

Alain Lacoste reiste nicht gleich zurück. Er rief das Beerdigungsinstitut in Houdan an und gab die Order, den Leichnam bis zu seiner Rückkehr »in den Eisschrank« zu legen.

Didier war kaum noch zu unterbrechen, er begann, dem Richter offensichtlich zu vertrauen.

Das geerbte Landhaus in Houdan wurde auf Kosten einer städtischen Firma renoviert, und der kleine Park von Angestellten des Gartenamtes gepflegt.

Auf dem Rücken der Arbeitsjacken der Gärtner waren das Stadtwappen und der Name ihres Amtes gestickt, weshalb ihnen befohlen wurde, diese Jacken falsch herum anzuziehen, sobald sie beim Privatmann Alain Lacoste den Rasen mähten.

Vater Alains Geldquelle, aus der sich Sohn Didier, sobald er sie kannte, heimlich bediente, lag in Genf. Deshalb reiste Alain Lacoste alle paar Wochen in Begleitung eines uniformierten Polizeisergeanten in die Schweiz und kehrte fröhlich gestimmt mit einem großen Aktenkoffer voller Banknoten zurück. Der Sergeant diente nur als Camouflage: Beim Zoll konnte der Polizist – falls notwendig – seinen Dienstausweis vorzeigen und so Lacoste vor unangenehmen Fragen schützen.

Einmal, Didier mochte damals zwölf oder dreizehn gewesen sein, zogen sich Alain Lacoste und der Sergeant nach so einer Reise mit einer Flasche Deutz-Champagner in das Wohnzimmer zurück. Didier beobachtete durch die nur angelehnte Tür, wie sein Vater mit beiden Händen in den Aktenkoffer griff, einige Bündel Geldscheine herausholte, sie ungezählt in einen gelben Umschlag steckte und dem Sergeant übergab. Sie lachten laut, der Polizist verstaute das Geld, ohne auch nur eine Bemerkung zu machen, in der großen Innentasche seines Mantels, erhob sich, dankte für das Glas Champagner und verabschiedete sich.

»Salut! Bis zum nächsten Mal!«

Darauf steckte Alain ein dickes Bündel in seine Brieftasche und trug den Koffer in die Küche, um ihn in einem versteckten Safe einzuschließen. Allerdings wusste jeder in der Familie, wie er den Geldschrank öffnen konnte. Von da an besserte Didier sein Taschengeld aus dieser Quelle auf. Zunächst blieb er maßvoll bei einem oder zwei größeren Scheinen, obwohl er gesehen hatte, dass sein Vater das Geld nicht abzählte. Einen Teil nahm Lacoste immer am nächsten Tag mit ins Büro. Didier wusste nicht, in welche Kanäle sein Vater das Geld dann einspeiste. Aber da er alle Einkäufe, Restaurantbesuche und Reisen bar bezahlte, nahm Didier an, dass er es dafür brauchte.

Als der Vater nächtelang nicht nach Hause kam, als sich die Mutter nur noch zwischen Schreikrämpfen und Depressionen bewegte, hielt der inzwischen siebzehnjährige Didier es für nötig, Rücklagen zu bilden. Ganz unverdächtig besuchte er den Vater in seiner neuen Wohnung, und meist gelang es ihm, in einem unbeobachteten Moment, den Safe, der auch hier in der Küche stand und auf den gleichen Code reagierte, zu öffnen.

»Verdammt!«, sagte Alain Lacoste, als er die Aussage seines Sohnes las. »Und ich habe nichts gesagt, weil ich glaubte, meine Frau bedient sich da.«

Alain Lacoste hatte seine Frauen immer kurz gehalten. Das war meist die Ursache der Streitereien mit Didiers Mutter gewesen, besonders nach der Scheidung. Von da an zahlte Lacoste zwar noch die Miete der Wohnung, aber sonst nur eine spärliche Unterstützung. Und als Lacostes Sekretärin nach der Tochter auch noch einen Sohn zur Welt brachte, hatte Alain das Interesse an dem Spross aus erster Ehe verloren, zumal der in seinen Augen ein fauler Luftikus war, der von Rave-Partys und Ecstasy nicht genug bekam. Nach dem baccalauréat hatte Didier sich in einer privaten Handelsschule eingeschrieben, doch statt zu lernen, kümmerte er sich eher um sein Vergnügen.

Auf der letzten Seite des Protokolls stand der Satz, der den Chef der Sofremi so nervös machte, dass er sofort Calvi angerufen und um das Treffen in der Wohnung am Boulevard Saint-Germain gebeten hatte.

Jacques Ricou: »Vielleicht hilft es der Wahrheitsfindung, wenn wir Ihren Vater als Zeugen vorladen und um seine Aussage bitten.«

»Und – hast du schon eine Vorladung erhalten?«, fragte der Waffenhändler.

»So schnell schießt auch Ricou nicht. Die Vernehmung fand ja erst am Sonnabend früh statt. Und das Protokoll habe ich erst seit knapp vierundzwanzig Stunden. Jetzt ist Dienstagmittag!«

»Wir müssen eine Doppelstrategie fahren«, erklärte Calvi und streckte sich. Der kleine und drahtige Mann verglich sich gern mit Zatopek, weil auch er ein zäher Läufer war. Aufgewachsen in den korsischen Bergen, war er schon von klein an den ganzen Sommer hinter der Ziegenherde des Vaters hergelaufen. Er war mit Käse und Brot aufgezogen worden, Zickenfleisch kam nur zu Ostern auf den Familientisch.

»Einen guten Anwalt für Didier und einen Presseartikel gegen den Untersuchungsrichter!« Sotto Calvi lachte trocken.

Alain Lacoste dachte kurz nach. Er überragte den Waffenhändler nur um wenige Zentimeter, wirkte aber kräftiger mit seinem quadratischen Brustkorb. Aufgewachsen war er in Bonifacio, wo sein Vater als Notar jede korsische Unterschrift beglaubigte, weil er in der Inselpolitik eine verdeckte Rolle spielte. Ziegenkäse servierte die Angestellte im Hause Lacoste zwischen Hauptgang und Süßspeise. Und dazu einen Centenaire du Fondateur, den hellen Weißwein der Domaine Casabianca, einen echten vin de corse aus Bravone an der Ostküste.

»Nehmen wir deinen Anwalt, der hat einen hervorragenden Ruf!«, sagte Alain Lacoste.

»Philippe Tessier – bist du wahnsinnig? Der vertritt mich in meiner Steueruntersuchung gegenüber dieser Krampfhenne Barda. Die hat fünfhundert Millionen auf einem meiner Geschäftskonten beschlagnahmt und bei den Banken sperren lassen. Da würden sich Ricou – oder Barda – gleich fragen, was zwischen uns persönlich läuft!«

Selbst im Justizpalast verdrehten die Kollegen die Augen, wenn das Gespräch auf die Untersuchungsrichterin Françoise Barda kam. Sie biss zu wie eine Hyäne, durchwühlte die Akten ihrer Fälle wie ein Dachshund, und sah aus wie ein Mops.

Lacoste lachte: »Und was hältst du von Vergès?«

»Jacques Vergès! Jetzt bist du völlig durchgedreht. Das wäre eine Überreaktion. Was meinst du, was Ricou denken würde. Schließlich hat Vergès Leute wie den Terroristen Carlos oder den Nazi-Folterer Klaus Barbie vertreten. Und jetzt, wo sich kein Mensch mehr seinetwegen umdreht, gibt er damit an, Saddam Hussein und Slobodan Milosevic seien seine Klienten. Nein, wir brauchen jemanden, der der Regierung nahe steht, einen braven Gaullisten. Tessier soll sich darum kümmern, jemanden zu finden.«

Sotto Calvi dachte einen Moment nach, ehe er fortfuhr: »Außerdem haben wir noch ein paar Stunden Zeit bis zum Redaktionsschluss des Figaro. Ruf Lyse an, die dürfte dort genügend Leute kennen. Morgen muss ein kleiner Artikel erscheinen, in dem Ricou kritisiert wird, weil er sich jetzt schon an Jugendlichen vergreife. Daraufhin werden morgen Vormittag ein paar Dutzend junge Leute mit viel Lärm vor Ricous Büro demonstrieren. Das kostet nicht viel. Übermorgen aber werden dann die anderen Zeitungen das Thema aufgreifen. Sie werden über die Demo schreiben und Ricou mit Häme übergießen. Und damit seine Glaubwürdigkeit ankratzen – sein Ego. Schließlich wird er froh sein, wenn er den Fall Didier schnell wieder vom Hals hat. Auf jeden Fall müssen wir Ricou im Auge behalten.«

Und drittens, fügte Alain Lacoste in Gedanken versunken hinzu, drittens könnte Sotto Calvi doch seine Wunderwaffe Lyse auf Jacques Ricou ansetzen. Der würde auf diese aufregende junge Frau fliegen, sie würde ihn ausquetschen, und sie beide könnten den Untersuchungen immer einen Schritt voraus sein.

Lyse

Freitag

Jacques kannte höchstens die Hälfte der Gäste von Michel. »Sind schon merkwürdige Typen hier«, bemerkte er gegenüber Bernard Lefort, dem Schriftsteller, der nur die Achseln zuckte und stumm, weil er gerade eine Auster in den Mund geschlürft hatte, auf das Buffet mit Crevetten und Pasteten, mit Foie gras und Brioche, mit Kaviar auf Eis und halben Hummern wies.

»Was macht Amadée?«, fragte er dann.

»Soll ich sie von dir grüßen? Wir telefonieren jeden Abend, bevor ich ins Bett gehe.«

»Mach das. Und schick ihr einen Kuss von mir!« Lefort lachte.

»Wo ist denn Michel?«

»Keine Ahnung, ich glaube, der zeigt seinem Kunstsammler die Atelierräume.«

Lefort nahm einen Schluck Rotwein und als sei ihm plötzlich eine Eingebung gekommen, schlug er Jacques von hinten auf die linke Schulter: »Margaux ist übrigens auch irgendwo hier im Getümmel!«

Jacques hatte Margaux seit Monaten nicht gesehen. Und als er sich an das letzte Treffen erinnerte, schmunzelte er unwillkürlich. Spät abends war sie unter dem Vorwand, ihm seine Wohnungsschlüssel zurückgeben zu wollen, zu ihm gekommen. Wenn sie an diesem Abend nicht von Kommissar Jean Mahon gestört worden wären ... Jacques stellte sich vor, was ihm entgangen war. Doch dann hatte Amadée ihn besucht und Margaux aus dem Sinn und den Sinnen verdrängt.

An den hohen Wänden des Ateliers hingen monumentale Bilder, doch niemand schaute hin. Auf seine Frage, wer denn Drei-mal-vier-Meter-Objekte unterbringen könne, hatte Michel ihm naiv und arrogant zugleich geantwortet: Museen.

Jacques fand ihn, nachdem er sich durch die laut schwatzende Menge im Atelier bis zur Küche durchgezwängt hatte. Dort saß der Maler im Rollkragenpullover einem kleinen, drahtigen Mann gegenüber, Mitte fünfzig, schätzte Jacques, der nicht nur einen von Hand geschneiderten dunkelgrauen Anzug trug, sondern auch ein Maßhemd. Seine dunklen Augen blitzten hart und kalt, erfassten Jacques kurz, als er in den Rahmen der Küchentür trat, und ruckten schnell zurück zu Michel, so als interessiere er sich nicht für den ihm Unbekannten. Neben dem Kunstsammler, Sotto Calvi, hatte zum Erstaunen von Jacques der ehemals engste Vertraute von Staatspräsident François Mitterrand, Georges Mousse, einen Platz gefunden, anscheinend ein enger Freund Sotto Calvis. Ein wenig abseits schwieg Calvis magere Frau, ein bisschen zu mondän, ein bisschen zu sonnengebräunt, ein bisschen mies gelaunt, aber wenigstens kultiviert gekleidet. Mitte vierzig? Mindestens.

Der Maler fuhr sich mit der rechten Hand über die Glatze und winkte mit der linken so, als wollte er sagen, stör bitte nicht unsere intime Stimmung hier am Küchentisch. Jacques hob sein Glas mit einem Kopfnicken grüßend, machte kehrt und erschrak, als er mit einer hoch gewachsenen Frau zusammenprallte.

»Pardon«, er riss sein Glas hoch, um den Champagner nicht zu verschütten, »ich habe Sie nicht gesehen.«

»Macht nichts«, lachte die schöne Dunkelhäutige. Sie trug ein atemberaubend eng anliegendes Kleid, das knapp über ihren festen Brüsten endete und die schmalen Schultern frei ließ.

»Mögen Sie das Kleid?« Sie schaute fragend zu ihm auf, hob die Hände auf die Höhe der Schultern, winkelte die Ellenbogen ab und bewegte – ihn mit Ironie in den Augen anlächelnd – tänzelnd ihre Beine, als bestünden die Knochen aus Gummi.

»Es ist ein Cavalli-Kleid, das Sarah Jessica Parker in Sex and the City trägt!«, sagte sie dabei.

»Oh, was meinen Sie mit Sex and the City, die Verpackung oder den Inhalt?«, fragte Jacques lakonisch, und die junge Frau lachte.

»Das Kleid!«

»Schade.«

»Sie sind kein Fernseher?«

»Nicht wirklich.«

»Sex and the City war meine Lieblingsserie. Spielt in Manhattan. Sind Sie ein Freund von Michel?«

»Ja.«

»Aber wenig gesprächig. Malen Sie auch?«

Jacques lachte nur.

Dieses Wesen schien aus einer ihm fremden Welt zu kommen, jedenfalls erkannte er sie nicht als die sportliche Vespafahrerin, die – als Journalistin des Figaro – aus dem Wohnmobil von Didier Lacoste gestiegen war.

Leg doch deine miese Laune ab, befahl er sich und sagte, indem er ihren Arm nahm: »Tut mir leid, ich hab den Kopf voller Mist. Nein, nein, ich male nicht. Wollen wir ein neues Glas holen?«

»Gern. Ich heiße Lyse, und Sie?«
»Jacques.«

Eine Viertelstunde später hatte Jacques sie in einen kleinen, niedrigen Raum geführt, der versteckt hinter dem großen Atelier lag. Hier arbeitete Michel an seinen Zeichnungen, von denen einige besonders schöne an den Wänden hingen. Die anderen sammelte er in einer großen Kommode aus hellem Holz mit unzähligen flachen Schubladen.

Lyse hatte einfach zwei Gläser und eine volle Flasche Champagner ergriffen und gefragt, wo sie denn ein wenig ungestört reden könnten. Und sie war es dann auch, die sofort und ohne große Einleitung begann, ihre Geschichte zu erzählen.

Sie stamme eigentlich aus Südwestafrika, sagte sie, als sie klein war, habe ihre Großmutter erzählt, Lyse sei eine afrikanische Prinzessin, Nachfahrin der berühmten Königin Njinga, die im siebzehnten Jahrhundert im Königtum Ndongo der Mbundu herrschte und weit über ihr Land hinaus berühmt wurde. Die Könige dieses Gebiets trugen den Titel Ngola, wovon sich der Name des jetzigen Staates Angola ableitet. Und weil sich Königin Njinga mit den portugiesischen Kolonialherren über den Sklavenhandel stritt, führte sie einen dreißigjährigen Krieg gegen die Weißen. Noch heute lebt Njinga weiter als Symbolfigur des afrikanischen Widerstands gegen fremde Herrscher – einst gegen die Portugiesen, später gegen den jeweiligen Feind im angolanischen Bürgerkrieg. Njinga, so wünschte ihre Großmutter, sollte in Lyse wieder auferstehen. Hat nicht so ganz geklappt. Lyse lachte.

Aufgewachsen aber sei sie in Lissabon, erzählte sie gleich weiter. Weil ihre Mutter aber eine israelische

Entwicklungshelferin gewesen sei, habe sie, Lyse, auch in Israel studiert. Jetzt wohne sie seit einigen Jahren in Paris und arbeite als Kustodin, die reichen Sammlern hilft das Richtige zu kaufen.

»Und davon kann man leben?«, fragte Jacques.

»Sogar ganz gut – wenn man Sammler kennt, die genügend Geld für Kunst ausgeben.«

»Und wie gefallen Ihnen die Bilder von Michel?«

»Die liebe ich besonders, weil einige mich an die Kultur meiner Heimat erinnern.«

»Oh, da habe ich etwas verpasst. Michel malt doch gar nicht afrikanisch.«

»Das scheinst du nicht zu erkennen. Vielleicht liegt es daran, weil ihr Weißen meint, wir Neger würden nur grobe Holzmasken schnitzen, wie sie Picasso oder Bracque dann als Vorlage für ihren Kubismus genommen haben. Aber schon damals im Königreich Ndongo …«

»Wo – bitte – liegt das denn?«

»Angola. Dort zeichnen wir Lusona in den Sand …«

»Noch mal pardon: Was ist das?«

»Ein Sona, im Plural Lusona, entspricht dem, was wir hier ein Ideogramm nennen würden. In den Lusona mischen sich Mythos und Mathematik. Dadurch wirken sie sehr grafisch – wie manche Strukturen in Michels Bildern.«

Sie zupfte an ihrem Sex-and-the-City-Kleid, als wollte sie andeuten, dass es nicht gerade billig gewesen sei.

Die Federn des alten Ledersofas, auf dem sie saßen, gaben immer deutlicher zur Mitte hin nach, sodass sie auf einander zu rutschten. Lyse wehrte sich nicht dagegen. Jacques schon gar nicht. Er sehnte sich nach einem

Whisky, zu Lyse aber passte wohl eher Champagner. Trotzdem fühlte er sich fast behaglich und ihre Art, mit ihm zu sprechen, löste etwas in ihm, was sich seit Tagen aufgestaut hatte.

Jacques erzählte ihr, dass er Untersuchungsrichter sei, aber im Augenblick so ziemlich in Verschiss, weil er mit seiner letzten Untersuchung wegen illegaler schwarzer Kassen viele Politiker der Regierungspartei belastet habe. Und nun diene selbst ein kleiner Fall, den ihm seine Chefin aufs Auge gedrückt habe, auch noch als Munition gegen ihn persönlich. »Da hat die Polizei bei einer verbotenen Rave-Party einen jungen Drogendealer hoppgenommen, und ich habe ihn einbuchten lassen. Am nächsten Tag, nachdem ich ihn vernommen hatte, wurde er wieder nach Hause geschickt. Aber sein Vater, der ein hohes Tier in der Regierung ist, hat dafür gesorgt, dass sofort eine kleine negative Notiz im rechten Figaro stand. Na ja, und das hat wiederum eine Demonstration gegen mich ausgelöst. Und heute trampelt die Libération auf mir rum.«

»Ich lese keine Zeitungen«, sagte Lyse. »Politik langweilt mich. Ich studiere höchstens Auktionskataloge. Aber was hat Libé gegen Sie?«

»So sind die Linken. Statt solidarisch zu sein, glauben die, kritisch sei nur, wer jeden fertig macht. Natürlich haben sie den ehemaligen Kulturminister und Allesbesserwisser Jack Lang auch noch dazu bewegen können, mir eine reinzuwürgen: Ich hätte eben keinen Sinn für die Kultur, mit der die Jugend die Wurzeln ihrer Zukunft pflanze, hat der angeblich gesagt.«

»Das klingt aber schön!«, warf Lyse ein.

»Was klingt schön?«, fragte Jacques irritiert.

»Na ja, in der Kultur der Jugend lägen die Wurzeln

der Zukunft. Die Wurzeln der Zukunft? Das ist ein faszinierender Begriff.«

»Ja, aber was hat das mit mir zu tun?«

Jacques nahm einen Schluck. Jetzt könnte er wirklich einen Whisky gebrauchen! Lyse goss ihm stattdessen Champagner nach und sagte: »Verzeih, ich wollte ...«

Sie ließ den Satz unvollendet, hob den Blick und stieß mit dem hell klingenden Glas an.

Jacques ließ nun seinem Zorn freien Lauf.

»Und weil Libé sich als Stimme des Volkes versteht, haben sie gleich jedem klar gemacht, wo er sich beschweren kann. Wunderbar! Seitdem werde ich mit Schmähungen überschüttet.«

Lyse legte ihre Fingerspitzen auf seinen Handrücken und schaute ihn an, ohne eine Frage zu stellen. Und er erzählte weiter: Von dem Einsatz mit Kommissar Jean Mahon, dem Drogen- und Bargeldfund, dem Verhör von Didier. Und dem Ärger mit der Gerichtspräsidentin. Montags hatte er ihr das Protokoll überreicht. Und sie hatte es wohl gleich an den Justizminister weitergeleitet. Das konnte er zwar nicht beweisen, aber der Vater von Didier hatte schon am Abend der Festnahme über den Innenminister Ärger gemacht.

Lyse unterbrach ihn auch nicht, als er davon sprach, dass er vorhabe, Alain Lacoste als Zeugen zu vernehmen, und dass der die Bargeldlieferungen aus der Schweiz einfach leugnen werde. Und er, Jacques, habe keinerlei Beweise – nur Aussage des Sohnes.

Er habe mit all seiner Erfahrung auf dem Gebiet den Jungen in die Mangel genommen, und der weiche Didier Lacoste habe ihm nichts verschweigen können. Schließlich sei er, als Jacques ihm Fragen zum Vater stellte, zusammengebrochen.

»Da muss was mit Ödipus falsch gelaufen sein, aber das ist jetzt nicht wichtig«, sagte Jacques, dem plötzlich klar wurde, wie viel er dieser fremden Frau gerade erzählt hatte.

Lyse schwieg einen Augenblick, ehe sie vor sich hin murmelte: »Geht es da nicht eher um die Mutter?«

»Wahrscheinlich. Aber Ödipus hat seinen Vater erschlagen. Du hast trotzdem Recht, meist geht es um das Psychoproblem zwischen Mutter und Sohn.«

Jacques' Lachen ging unter im lauten Getöse einer kleinen, von Michel angeführten Gruppe, die zur Tür hereinquoll.

»Schau an, ich habe Sie den ganzen Abend vermisst«, Michel gab Lyse die Hand, schlug Jacques auf den Oberarm und wies auf das Sex-and-the-City-Kleid.

»Ihr habe ich den Kauf zu verdanken, denn sie hat den Sammler beraten. Und dir habe ich jemanden mitgebracht.«

Er drehte sich um, steckte den Kopf durch die Tür und zog Margaux in den Raum.

Sie gab Jacques eine Bise auf die rechte, eine Bise auf die linke Wange und strahlte ihn an: »Ich hab mit dir gelitten, als ich heute den Mist gelesen habe. Wer oder was steckt denn dahinter?«

Weil er immer noch keinen Whisky fand, goss Jacques sich ein Glas Rotwein ein und blickte Margaux an, die eine Olive knabberte. Vorsichtig, weil er wusste, dass sie als Journalistin alles, was sie erführe, auch benutzen würde, erzählte er ihr nur eine gesäuberte Kurzfassung der ganzen Geschichte. »Du riechst gut«, sagte er schließlich, um das Thema zu wechseln.

»Es ist immer noch das Parfüm, das du mir mal geschenkt hast.«

Jacques sah sich nach Lyse um, und als er sie nicht mehr entdecken konnte, verabschiedete er sich bei Margaux und steuerte auf die Küche zu.

Bis auf ein Dutzend ausgetrunkener Flaschen und abgegessener Teller war die Küche leer und auch im Atelier lungerten nur noch wenige Gäste herum.

Lyse und Michel waren nirgends zu sehen und Jacques beschloss zu gehen. Draußen war die Luft fast wärmer als im Atelier. Und auf dem Boulevard de Belleville tummelten sich trotz der späten Stunde noch alte Maghrebiner, die sich schon vor Jahrzehnten in diesem kleinbürgerlichen französischen Viertel niedergelassen hatten, und junge Asiaten, die hier inzwischen einige der besten Lokale von Paris eröffnet hatten. Jacques aß gern im Le Président oder im Le Cok Ming, das Jacques Féron, Bürgermeister des 19. Arrondissements, mit den »Goldenen Ess-Stäbchen« als höchste Ehre für ein chinesisches Lokal ausgezeichnet hatte.

Als er in die Nähe seines Autos kam, sah er, wie ein kleiner Wagen mit röhrendem Motor versuchte, sein Dienstmobil wegzuschieben. Ein wenig hin- und herruckeln, Stoßstange an Stoßstange, das gehört schon dazu, um aus einer Parklücke wieder herauszufinden, besonders weil Jacques so eng geparkt hatte. Aber dieses Gewürge, so dachte er, zeugt von jemandem, der nicht fahren kann.

Die Arme in die Seite gestützt, beobachtete er das Schauspiel, versagte sich jedoch noch im rechten Augenblick einen arroganten Zwischenruf über Frauen am Steuer und winkte Lyse, die er schließlich erkannte, umsichtig auf die Fahrbahn. Er dankte der Vorsehung, dass er heute auf seinen Tick verzichtet hatte, die Fernbedienung nicht schon von weitem zu drücken, um die

Tür seines Wagens zu öffnen. Zu den kleinen Spielereien, die er sich gönnte, gehörte auch, zu probieren, wie weit entfernt von dem Wagen seine Fernbedienung in der Hosentasche funktionierte. Wenn dann die Leuchten dreimal grell blinkten, erschreckten sich häufig Passanten, die glaubten, sie hätten eine Störung verursacht.

Lyse senkte ihr Fenster, bedankte sich und bot ihm an, ihn irgendwo abzusetzen. »Ich wohne nicht weit«, murmelte er und stieg ein.

Er schaute durch die Windschutzscheibe, »da vorne rechts ist es schon«, und noch bevor der Wagen hielt, fragte er: »Kann ich dich anrufen?«

Sie würde bis kommenden Donnerstag mit dem Aufhängen der Bilder von Michel zu tun haben. Drei Leinwände hatte der Sammler gekauft, eine für die Residenz bei Paris, eine zweite für sein Haus an der Südküste von Korsika, eine dritte für seine Ranch in Texas, also würde sie schon morgen wegfahren, zuerst nach Korsika, dann in die Staaten. Bevor er ausstieg, gab sie ihm ihre Nummer, die er in sein Moleskine schrieb. Dann drückte er ihr zunächst einen Kuss auf die nackte Schulter und, als sie nicht zurückzuckte, auch noch einen auf die Lippen.

Verdammt, sagte er sich, das geht aber schnell. Lyse hatte den Kuss willig erwidert.

Das Geheimdossier

Was Jacques Lyse nicht erzählt hatte, wusste er auch erst seit Freitagmorgen. Als Untersuchungsrichter hatte er zwar sofort die notwendigen Schritte eingeleitet, aber die Informationen noch nicht richtig eingeordnet. In der letzten Nacht hatte ein Corbeau einen dicken, kartonierten Umschlag im Briefkasten des Gerichts deponiert. Wieder einmal.

Wohl, weil das schwarze Gefieder des Raben, des corbeau, so abweisend wirkt und sein Krächzen unangenehm, gar drohend klingt, wird ein anonymer Denunziant im Jargon der Richter zum Corbeau. Corbeaux, unbekannte und auch unangenehme Tippgeber, sind ein unverzichtbarer Teil des französischen Justizsystems, wenn nicht gar des französischen Charakters. Zum Beispiel holte einmal, so als wäre es ihm peinlich, der französische Historiker Henri Amouroux, Mitglied der Académie Française und Spezialist für die Zeit der deutschen Besatzung im Zweiten Weltkrieg, aus seiner Privatsammlung Unterlagen hervor, die bewiesen, wie unmenschlich und egoistisch Corbeaux handelten: Eine Französin lieh sich die Nähmaschine von ihrer jüdischen Nachbarin und verpfiff sie dann an die Gestapo. Die jüdische Familie wurde abgeholt und in die Güterwaggons nach Auschwitz gepresst. Aber die Nähmaschine war gerettet – bei Madame, der Denunziantin.

Solche Vorgänge habe es leider häufig gegeben, schüttelte Henri Amouroux, ein feiner, älterer Herr, den Kopf, entsetzt über den Egoismus der Menschen.

Die Unterlagen, die der heutige Corbeau mit dem Vermerk ›persönlich‹ an Jacques Ricou, Untersuchungsrichter am Gericht von Créteil, übersandt hatte, belasteten Alain Lacoste.

Die Sendung bestand aus drei Akten. In der ersten befanden sich Fotokopien von Bankauszügen, die über acht Jahre hinweg Ein- und Auszahlungen bei einem Schweizer Geldinstitut in Genf dokumentierten. Das Geld kam von einem Nummernkonto aus Liechtenstein und wurde immer bar abgehoben von Alain Lacoste.

»Nicht schlecht«, sagte Martine zu Jacques, als sie die Summen zusammenrechnete: pro Jahr etwa dreihunderttausend Euro. »Damit kann man leben.«

Der erste Aktendeckel war blau, der zweite weiß, und darin lagen Grundbuchauszüge, aus denen hervorging, dass eine Firma mit Sitz in Panama vor fünf Jahren in der Avenue Victor Hugo im eleganten 16. Arrondissement von Paris eine dreihundertzehn Quadratmeter große Altbauwohnung in der dritten Etage rechts vom Aufzug gekauft hatte. Hier wohnte Alain Lacoste mit seiner zweiten Frau, wie eine Notiz in der weißen Akte besagt: ohne Miete zu zahlen.

Wahrscheinlich hatte sich der Corbeau ins Fäustchen gelacht, als er den dritten Aktendeckel rot auswählte, denn so ergaben die drei Ordner zusammen die Farben der Trikolore. Blau-weiß-rot ist allerdings auch die Flagge von Panama, und deshalb war aus eben diesen Farben eine Kordel geflochten, die der Siegellack auf einer notariell beglaubigten Abschrift festgebrannt hatte. Das Papier bestätigte die Gründung der panamesischen Firma Lesseps durch die Treuhänder Aida Espino und Pablo Biggs von der Anwaltskanzlei Morgan y Estribi in Panama-City. Die Kosten für die offizielle Bestätigung betrugen fünf Dollar. Diese Firma war nur zu dem einzigen Zweck gegründet worden, die Wohnung in der Avenue Victor Hugo zu kaufen, in der Alain Lacoste wohnte.

Ohne die Lieferung dieses Corbeau hätte Jacques Ricou wahrscheinlich nie beweisen können, dass die Gesellschaft Lesseps von Alain Lacoste selbst gegründet worden war. In der roten Akte aber lagen auch die Rechnungen der Anwaltskanzlei Morgan y Estribi für die Wahrnehmung der Treuhandverwaltung ebendieser Briefkastenfirma, ausgestellt auf Alain Lacoste. Gegen den Namen Lesseps hatte ein Señor Juan Estribi aus der Kanzlei Einwände erhoben: Lesseps habe nach dem gescheiterten Bau des Panama-Kanals keinen besonders guten Ruf, und, so hob Juan Estribi hervor, »auch in Ihrem Lande dürften die politischen Folgen den Namen Lesseps beschädigt haben«.

»Dieser Lesseps hat doch den Suezkanal gebaut«, widersprach Jean Mahon, als Jacques ihn in den Fall einwies.

»Dieser Lesseps hat später aber auch den Plan für einen Panama-Kanal entworfen und ist damit jämmerlich gescheitert.«

»Den haben doch die Amis gebaut!«

»Das habe ich auch geglaubt«, antwortete Jacques, »aber dann habe ich ein bisschen gegoogelt. Resultat: Ferdinand de Lesseps war ein Phantast und sein Ingenieur Gustave Eiffel, …«

»Der dieses Monster, den Eiffelturm, gebaut hat?«

»Genau der. Beide wurden zu Gefängnisstrafen verurteilt, weil der Bau des Kanals in einem Skandal endete. Angefangen hatte alles mit einem äußerst dilettantischen Plan. Dann fehlte es, schon bald nachdem Lesseps' Sklaven mit dem Erdaushub begonnen hatten, an Geld. Und was haben sie getan, um den Konkurs abzuwenden? Sie haben vor nichts zurückgeschreckt und einflussreiche Leute hoch bestochen, damit sie für eine neue hohe Anleihe werben. Auch das hat nicht gereicht. Deshalb peitschten Lesseps und Kumpane über gekaufte Politiker im Parlament ein Gesetz durch, das der Panamakanal-Gesellschaft erlaubte, eine lukrative Lotterie-Anleihe durchzuführen. Das Gesetz wurde aber nur verabschiedet, weil sie fünfhundertzehn Abgeordnete bestochen haben.«

»Fünfhundertzehn? Fast das ganze Parlament. Das gibt's doch nicht.« Mahon schüttelte den Kopf.

»So schnell vergessen wir unsere Geschichte. Aber das war schon genial. Wenn du fünfhundertzehn Abgeordnete bestichst, dann sind alle Parteien, dann ist die gesamte politische Klasse betroffen, und es wird gar nichts passieren. So war es auch. Es gab zwar einen Riesenskandal: Aber weder Lesseps noch Eiffel mussten ihre Haftstrafen absitzen. Reaktionäre Kreise haben später zwei jüdische Bankiers betrügerischer Machenschaften beschuldigt, aber nicht den Hauptschuldigen, den Grafen Ferdinand von Lesseps. Der war nun einmal kein Jude, sondern Held der Nation – weil er den Suezkanal gebaut hat.«

»Na ja, vergiss nicht, das war zur Zeit der Dreyfus-Affäre, ein Höhepunkt des Antisemitismus in Frankreich.«

»Der ist jetzt nur besser versteckt. Zur Zeit des Panama-Skandals hat die Rechte ein antisemitisches Hetzblatt namens La libre parole gegründet, und schon wegen der ersten Ausgabe hat sich ein jüdischer Offizier mit dem Herausgeber Drumont duelliert.«

»Alles Google-Wissen?«, fragte der Kommissar.

»Ja. Und jetzt schau dir dieses letzte Blatt an.« Jacques reichte es Jean Mahon.

»Jetzt sind deine Fingerabdrücke drauf!«, sagte der. »Hm. Computergeschrieben. Wir werden es mal untersuchen. Wo das Papier herkommt, welcher Drucker, das können wir an der Tinte feststellen.«

»Wichtiger wäre mir«, sagte Jacques, »wenn ihr dem Inhalt nachgehen könntet. Wir würden weiterkommen, so schreibt der Corbeau, wenn wir herausfänden, wer die Wohnung an Lacoste verkauft hat.«

Alain Lacoste

Montag

Wir müssen Lyse aus dem Verkehr ziehen!«, sagte Alain Lacoste und lief nervös durch den Salon am Boulevard Saint-Germain, während Sotto Calvi weiter an seiner Zigarre paffte, die er sich nach dem Mittagessen angesteckt hatte. »Sonst kommen die noch auf mich.«

»Im Gegenteil. Der Richter schnappt schon nach dem Köder. Sie ist ziemlich nah an ihm dran. Solange ich nicht ins Spiel komme, ist Lyse sicher. Und sonst wird mir schon was einfallen. Für wann bist du vorgeladen?«

»Donnerstag.«

»Das ist zu früh. Kannst du eine wichtige Dienstreise antreten?«

»Jederzeit.«

»Lyse kommt frühestens Donnerstag, wahrscheinlich aber erst am Freitag oder Sonnabend von der Ranch aus Texas zurück.«

»Geht das nicht schneller, ein Bild aufzuhängen?«

»Nein. Sie muss erst nach San Antonio fliegen, dort wird sie abgeholt und zur Clear Springs River Ranch gebracht. Das ist weit und dauert einige Stunden. Also versuch, die Vernehmung um eine Woche zu verschieben. Und Didier soll seine Koffer packen.«

»Der darf doch Frankreich nicht verlassen!«

»Je schneller dein Sohn aus dem Verkehr gezogen wird, desto besser für dich.« Das letzte Wort betonte

Sotto Calvi so, dass Alain Lacoste erstaunt zu ihm hinsah. Calvi aber verzog keine Miene. »Didier meldet sich noch einmal wie verlangt bei der Polizei. Doch noch am selben Tag fährt ihn Paul nach Genf und von dort fliegt er auf meine Ranch in Texas.«

»Ist Paul wieder da?«

»Eben aus Angola gelandet. Aber er bleibt nicht in Paris. Auch für ihn ist es hier zu heiß. Vielleicht kann er Didier auf der Ranch ein wenig trainieren und ihm die Drogen abgewöhnen.«

Wenn Paul Mohrt ins Spiel kam, wagte Alain Lacoste keinen Widerspruch. Paul, lange Zeit Geheimagent des Auslandsgeheimdienstes DGSE, erledigte für Calvi die schmutzigen Geschäfte. Und davon wollte Alain, immerhin als Präsident der Sofremi ein angesehener hoher Beamter, nichts wissen. Das waren unappetitlichere Angelegenheiten als nur ein Geldtransfer.

»Ich habe übrigens das Schweizer Konto nicht nur schließen, sondern auch alle Unterlagen in der Bank vernichten lassen. Wir werden deine Aussage vor Gericht noch trainieren müssen.«

»Und wovon lebe ich jetzt?«, fragte Alain mit hochgezogenen Augenbrauen. »Wenn meine Geldquelle versiegt ist?«

»Wie wär's mal mit dem Gehalt?«, antwortete Calvi mit steinernem Gesicht, bis er sich nicht mehr beherrschen konnte, die Zigarre aus dem Mund nahm und laut losprustete.

Montagnachmittag telefonierte Kommissar Mahon mit Jacques.

»Ich müsste dich dringend sprechen. Es tut sich was in deinem Fall. Aber – besser nicht am Telefon.«

»Was würde dir passen?«

»Wie sieht dein Tag aus? Kannst du jetzt gleich in mein Büro ins Palais de Justice kommen?«

»Ich mache mich auf den Weg.«

Als Jacques dem Kommissar gegenübersaß, erfuhr er Folgendes: Völlig aufgelöst hatte eine Frau beim Notruf gemeldet, ihr Sohn sei mit Gewalt aus ihrer Wohnung entführt worden. Als eine Streife dann die Fakten aufnehmen wollte, trafen die beiden Polizisten in der Wohnung im teuren 16. Arrondissement auf eine höchst elegante, gepflegte Frau, die unter dem Einfluss starker Medikamente zu stehen schien.

Sie habe sich mit ihrem Sohn heftig gestritten. Wie alt der sei? Na ja, Student. Der habe seine Koffer so voll gepackt, als wolle er endgültig bei ihr ausziehen. Das habe sie verhindern wollen, denn nachdem ihr Mann sie schon verlassen habe, sei sie nun ganz allein.

Als sie anfing zu weinen, ohne Tränen zu vergießen, wahrscheinlich um ihr Make-up zu schonen, versuchte der ältere der beiden Polizisten, sie zu beruhigen, doch als er seine Hand leicht auf ihren Arm legte, schrie sie auf, als wollte er ihr Gewalt antun.

Ein sehr starker Mann habe den Sohn begleitet und ihm geholfen, die Koffer aus der Wohnung herauszutragen. Ein sehr starker Mann. Und böse sah er aus. Sie sei vor Angst geschüttelt worden.

Die Polizisten schauten sich an: Eine Verrückte, aber in dieser Gegend wohnten Leute mit Beziehungen, da waren sie vorsichtig, also nahmen sie den Fall auf und leiteten ihn weiter.

»Das war die Mutter von Didier Lacoste. Sie hat dann doch keine Anzeige erstattet«, erklärte Kommissar Jean Mahon. »Didier muss von der Wohnung aus heute Vormittag noch zur Polizeistation gefahren sein, wo er sich deiner Auflage entsprechend einmal die Woche melden muss. Die Kollegen haben ihn aus einem großen Mercedes-Jeep aussteigen sehen. Am Steuer saß ein kräftiger Typ mit einer großen Sonnenbrille.«

»Der böse schwarze Mann!«, lachte Jacques und amüsierte sich über die Geschichte. »Was regen wir uns über die durchgeknallte Alte auf. Kein Wunder, dass der Knabe die Schnauze voll hat. Auch kein Wunder, dass der Vater abgehauen ist.«

»Es sei denn, der Vater zieht den Sohn aus dem Verkehr, weil dessen Aussage ihm zu gefährlich wird.«

Jacques dachte nach. Es lag schon ein gewisses Risiko darin, eine Woche zu warten, ob Didier sich wieder bei der Polizei melden würde. Der Fall langweilte ihn.

»Was sollen wir schon tun?« Er schaute den Kommissar hinter seinem alten Schreibtisch an und trat ans Fenster. Im Hinterhof des Palais de Justice standen Einsatzwagen. Kein Mensch war zu sehen.

»Du kennst die Tonleiter: Vater abhören lassen, Flughäfen informieren …«

»Nicht doch!«

»He, Jacques – aufwachen! Werd nicht schwach.«

»Okay. Lass den Vater abhören, Wohnung und Büro.« Er brummte vor sich hin, schaute auf die Uhr, ob es schon sechs Uhr wäre, jener Zeitpunkt, zu dem man sich – nach der Tropenregel, wie Jacques es nannte – den ersten Drink des Abends genehmigen darf.

»Fünf vor sechs!« Er schaute den Kommissar an, der lachte und schüttelte den Kopf.

»Erst um sechs.«

»Hast du noch was in der Flasche?«

Der Kommissar bückte sich und verschwand fast hinter seinem Schreibtisch. Die unterste Schublade klemmte erst, doch dann hob er mit verschmitztem Lächeln die halb volle Flasche Johnnie Walker hoch. Es folgten zwei Gläser, die er neben den Whisky stellte. Beide Männer schauten auf die Uhr. Um zwei vor sechs klingelte das Telefon.

»Merde«, sagte der Kommissar. »Für dich. Es ist Martine.«

Jacques hörte zu und fluchte, als er den Hörer wieder auflegte: »Wirklich merde! Der Anwalt von Vater Lacoste hat gerade eine Verschiebung des Termins am Donnerstag beantragt. Lacoste sei für zwei Wochen auf Auslandsreise.«

»Und jetzt?«

»Gieß ein!«

Jacques kippte den Whisky in einem Schluck runter, hustete, schüttelte sich, schaute den Kommissar an und rief: »Action!«

Um halb acht betätigte Jacques eine moderne elektronische Klingel, die mit den ersten sechs Takten von »Freude schöner Götterfunken« aus Beethovens Neunter erkennen ließ, dass jemand in die Privatwohnung von Alain Lacoste Einlass begehrte. Ein Hausmädchen öffnete und reagierte verschreckt auf Jacques' Frage, ob sie hier angestellt sei. Nach kurzem Zögern bestätigte sie es.

»Und wer bezahlt Sie?«

»Monsieur.«

Die nächste Frage stellte Jacques dem hinzutretenden Lacoste: »Wie viel bezahlen Sie ihr, ist sie angemeldet?«

»Darum kümmert sich meine Frau. Was wollen Sie?«

»Sie sagen, Ihre Frau kümmere sich, Ihre Angestellte hat aber eben Sie als den Geldgeber genannt. Diese Kleinigkeit werden wir noch klären. Hausdurchsuchung. Hier sind die Papiere. Ich bin Untersuchungsrichter Jacques Ricou, mich begleiten Kommissar Jean Mahon und seine Leute.«

Jean Mahon drängte sich mit vier Polizisten in die Diele und sagte, wie es seine Pflicht war, die Formel auf: »Wollen Sie einen Arzt sehen? Welchen Anwalt sollen wir nach Ablauf der Frist benachrichtigen? Wollen Sie einen Ihrer Vertrauten informieren?«

»Das wird nicht nötig sein. Was suchen Sie?«

»Das lassen Sie mal unsere Sorge sein«, Jacques gab den Polizisten leise Anweisungen. In der Diele stand eine alte, gut erhaltene Kommode aus dem achtzehnten Jahrhundert mit kostbaren Intarsien. In einer asiatischen Vase steckte ein frischer Blumenstrauß und darüber hing ein großer Spiegel mit goldenem Rahmen. Auf einem Silbertablett lag ein Schlüsselbund.

Auch die beiden Salons und das angrenzende Speisezimmer waren mit alten Möbeln eingerichtet, doch an den Wänden hingen moderne Bilder von Pierre Soulages und Michel Debré, von Jean-Charles Blais und Armand. Nicht billig.

Jacques und Kommissar Mahon setzten sich, nachdem sie höflich um Erlaubnis gefragt hatten, an den Esstisch und blätterten die Papiere durch, die ihnen die Polizisten brachten. Was sie mitzunehmen gedachten, stapelten sie auf einen Haufen. Das Moleskine lag aufgeschlagen neben Jacques' rechter Hand, ab und zu machte er sich eine Notiz. Auf Lacostes Angebot, ihnen zu helfen, sagte Ricou: »Wenn Sie so freundlich wären, alle Schecks, Bankbelege, Unterlagen über Ihre Buchhaltung, Steuerbelege, kurz – alles, was mit Ihrem Geldverkehr zu tun hat, beizubringen, dann geht es viel schneller.«

Die beiden Kinder saßen im Schlafanzug in der Küche und aßen unter Aufsicht ihrer Mutter – einer fröhlich wirkenden, jugendlichen Blondine – zu Abend. Sie waren aufgeregt wegen des Besuchs, aber zu wohlerzogen, um Fragen zu stellen.

Die Polizisten, die Kinderzimmer und Schlafzimmer der Eltern nur oberflächlich durchsucht hatten, schleppten schließlich acht Kartons voller Papiere aus der Wohnung, und als Lacoste schon glaubte, der Sturm wäre vorbei, fragte ihn Jacques: »Wo ist denn Ihr Tresor?«

»Wieso Tresor?« Lacoste spürte eine Hitzewelle.

»Wir würden gern einen Blick hineinwerfen.«

Lacoste zögerte. Doch dann schritt er vor dem Richter und dem Kommissar in die Küche, schob wie mit Geisterhand ein Regal zur Seite, und zeigte ihnen einen kleinen Safe.

»Würden Sie ihn bitte aufmachen?«, bat Jean Mahon. Jacques schwieg und gab sich unbeteiligt.

Alain Lacoste zog ein Taschentuch aus der Hosentasche und wischte seine feuchten Handflächen ab. Dann gab er mit flinkem Finger einen siebenstelligen Code ein.

Lacoste machte mit der Rechten eine einladende Handbewegung und trat einen Schritt zurück. Jacques warf dem Kommissar einen Blick zu und ließ ihm den Vortritt mit den Worten: »Jean, das ist dein Metier!«

Äußerst vorsichtig, so als fürchtete er eine Falle, zog Jean Mahon die Tür des Tresors auf, blickte hinein und forderte Jacques mit einer Kopfbewegung auf, das Gleiche zu tun. Der Safe war in zwei Fächer geteilt. Im oberen lag Bargeld in Bündeln übereinander gestapelt, im unteren befanden sich größere Mengen Papiers in gelben und braunen Briefumschlägen.

»Monsieur«, sagte Jacques mit tonloser Stimme, »das werden wir auch mitnehmen. Und wir müssen Sie bitten, uns zu begleiten. Sie haben wohl einiges zu erklären.«

Kommissar Jean Mahon gab den Polizisten einen Wink, einer leerte den Safe in einen Leinensack, der vor den Augen Lacostes versiegelt wurde, ein anderer legte dem aufgebrachten Hausherrn Handschellen an.

Nur der Gutmütigkeit des wachhabenden Polizeioffiziers hatte es Alain Lacoste zu verdanken, dass er die Nacht auf der Betonbank der Ausnüchterungszelle verbringen durfte.

»Da wollt ihr mich doch wohl nicht reinstecken!«, hatte der Präsident der Sofremi protestiert, ganz ehemaliger Präfekt und hoher Beamter, der zum weiteren Freundeskreis des Innenministers gehörte, was ihm im Augenblick aber nichts nutzte. Das »da« war die übliche Zelle für Untersuchungshäftlinge, vom Wachraum nur durch eine Panzerglasscheibe getrennt. Auf den Bänken entlang der Wände kauerten schon drei Gestalten.

Aber auch in der Ausnüchterungszelle, die Lacoste allein bewohnte, brannte das Licht die ganze Nacht. Er machte kein Auge zu. Ab und an kam der wachhabende Offizier, ließ ihn eine Zigarette rauchen, und wechselte einige wenige Worte in freundlichem Ton mit ihm. Einmal brachte er Lacoste auf dessen Wunsch hin ein Glas Wasser.

Montag um Mitternacht

»Wer ist sein Anwalt?«, wollte Innenminister Charles Cortone wissen, als ihn Sotto Calvi noch am späten Abend in seiner Dienstwohnung im Innenministerium an der Place Beauvau mit Blick auf das Palais de l'Élysée besuchte.

»Lafontaine.«

»Warum nicht Tessier, der wäre in diesem Fall der Allerbeste.«

»Aber Tessier vertritt schon mich in meiner Steuersache. Und dafür ist die Barda zuständig. Die ist noch schlimmer als Ricou. Und wenn Tessier jetzt auch Lacoste vertreten sollte, würde der Richter den Braten sofort riechen. Außerdem wirkt Lafontaine wie ein schmieriger Trottel, aber er gehört zu den gewieftesten Anwälten, die ich kenne. Eine Bombe mit einer langen Lunte.«

Bomben mit langer Lunte hatte er nie gemocht. Das war feige. Cortone schwieg missmutig. Als Sotto Calvi eine Zigarre hervorholte und die Spitze abbeißen wollte, knurrte er: »Hier nicht!«

Calvi zögerte, hackte die Vorderzähne in den Tabak, spuckte die Brösel in seine Hand und steckte die Zigarre in seinen Mund, zündete sie aber nicht an.

»Wie benimmt sich seine Frau?«

»Ruhig und überlegt. Keine Spur von Hysterie, als sie mich anrief. Ich habe ihr geraten, bloß mit niemandem zu sprechen. Ich werde mich um sie kümmern.«

Cortone kniff die Augen zusammen und schmunzelte.

Calvi verzog keine Miene und erzählte dem Innenminister von der Festnahme des Sohnes, von den Drogen und der Aussage, mit der Didier Lacoste seinen Vater in die Bredouille gebracht hatte. Nach dem Bargeld im Safe hatte der Untersuchungsrichter daraufhin gesucht.

»Und was gefunden?« Cortone sah ihn fragend an.
»Viel gefunden.«
Den Sohn habe er, Sotto Calvi, inzwischen außer Landes bringen lassen.

»Mit deiner Maschine?« Cortone konnte zwar stets ein Flugzeug der Regierung in Anspruch nehmen, doch er beneidete den Waffenhändler um seinen Privatjet. Damit flog Calvi auch schon mal zum Mittagessen nach Korsika und war abends wieder zurück.

»Nein, das wäre zu gefährlich gewesen.« Calvi biss mit dem Unterkiefer auf seine kurze Oberlippe und schaute Cortone an, der sich inzwischen hinter seinem Schreibtisch verschanzt hatte. Cortone blickte unberührt zurück. Die Geschichte könnte brenzlig werden.

Vor beinahe vierzig Jahren hatten sie als junge Nationalisten in den Bergen Korsikas gemeinsam manch einen Brandsatz in Ferienhäuser von Ausländern geworfen, die den Sinn gewisser Zahlungen nicht verstehen wollten.

Fremde, die ein Grundstück von einem korsischen Vorbesitzer kaufen, glauben auch heute noch, sie könnten das Stück Erde nach eigenem Gutdünken bebauen. Doch bald nach dem ersten Spatenstich erscheint ein Onkel des Vorbesitzers und fordert seinen Anteil am Geschäft, dem folgt, sobald das Fundament gelegt ist, ein junger Cousin. Und wenn die Mauern hochgezogen sind, das Dach aber noch nicht drauf ist, melden sich weitere Geschwister, die – so ihre Behauptung – auch noch zu den Erben gerade dieser paar Hektar gehören.

Und im Grundbuch steht der tote Urahn als Eigentümer, denn Grundbücher sind seit fast hundert Jahren nicht auf den letzten Stand gebracht worden. Umschreibungen kosten zu viel und lösen nur das Begehren des Staates nach Erbschaftssteuern aus. Der Hausbauer zahlt also, kauft sich Schutz – oder es brennt.

Die Zweckgemeinschaft zwischen Sotto Calvi und Charles Cortone war über die Jahrzehnte immer enger geworden. Beide strebten nach oben, der eine zur Macht, der andere zum Geld. Und weil man immer mehr Geld benötigt, je mehr Macht man sucht, unterstützte Sotto Calvi den Weg seines Freundes Charles Cortone bis ins Innenministerium. Denn auf der anderen Seite benötigt, wer Geld machen will, die eine oder andere freundliche Entscheidung der Mächtigen. Als Chef einer kleinen liberalen Partei hatte Cortone sich in viele Regierungen als Koalitionspartner einbringen können – und seinen Einfluss weiter ausgebaut.

Über das »ganz große Ziel« redeten sie selten, am liebsten nur an der Küste Korsikas, denn dieses Projekt würden sie erst nach den Wahlen zum Europaparlament angehen, zu denen Cortones Partei mit eigener Liste – und großer finanzieller Hilfe Calvis – antrat.

Cortone durfte also nicht belastet werden. Denn selbst wenn ein Skandal Lacoste aus dem Amt des Präsidenten der Sofremi fegte, würde dessen Nachfolger wieder von Cortone ernannt werden. Calvis Waffengeschäft mit Angola, das er mit Hilfe der Sofremi eingefädelt hatte, war zwar längst abgeschlossen, aber er brauchte noch die Unterstützung Cortones, und sei es auch nur, um sein Steuerverfahren heil zu überstehen.

»Auch Lacoste ist Korse«, sagte Cortone.

»Ja, aber aus Bonifacio. Und der Vater war Notar.«

»Aber vergiss nicht, wie er sich noch im hohen Alter für unsere Sache eingesetzt hat. Auch er kannte das Gesetz des Schweigens. Mein Vater handelte mit Wein, und sein Vater kaufte bei uns, und sein Onkel mütterlicherseits hat eine Nichte meiner Großmutter geheiratet.«

Das Gesetz des Schweigens liegt in den Genen eines Korsen.

Calvi hatte es noch nie gebrochen.

Cortone auch nicht.

Dem Gesetz des Schweigens unterwerfen sich alle Korsen, und es wirkt umso stärker, weil es auf einem anderen Gesetz beruht, dem Gesetz der Angst. Nicht nur dem droht Vergeltung, der redet, sondern auch seiner ganzen Entourage, Freunden und Familie.

Die beiden Männer beschlossen, schnell, aber im Verborgenen zu handeln.

»Wir müssen davon ausgehen, dass die Wohnung und das Büro von Lacoste abgehört werden. Du solltest seine Frau nicht anrufen. Und von jetzt ab verkehren selbst wir nur noch stumm über die mobilen Geräte. Wir müssten nur Lacoste ermöglichen, mit uns Kontakt aufzunehmen«, sagte Cortone.

»Das lässt sich erledigen. Einer unserer Korsen soll sich in Paris ergreifen lassen, und du sorgst dafür, dass er in der Santé in die Zelle von Lacoste kommt. Kannst du das?«

»Es wäre besser, ich bliebe außen vor. Gib dem Korsen ein ordentliches Paket mit. Dann kann er sich den Weg erkaufen.«

Calvi gab noch in dieser Nacht die Order weiter. Dann befahl er Lyse – sofort! – zurück nach Paris zu kommen. Und Cortone rief um Mitternacht den Justizminister an.

Schließlich schloss er seinen extra-kleinen Safe auf, der in der rechten Schublade seines Schreibtisches verborgen war, und holte seinen blauen BlackBerry hervor. Seine E-Mails sendete und empfing er verschlüsselt und auf Korsisch.

Ein großes Attentat mit Personenschaden würde die Medien lange beschäftigen – und dem »großen Ziel« dienen. Er wusste die Antwort auf seinen Vorschlag schon im Voraus. Drei bis vier Wochen Vorbereitungszeit. Dann mal los. In letzter Minute kann man immer noch alles absagen.

Die Zigarrenkiste

Dienstag

*E*in Polizist fuhr den Wagen. Auf dem Beifahrersitz saß Jacques Ricou, im Fond der schweigende Jean Mahon, der an der Linken die Handschelle trug, mit der Alain Lacoste gefesselt war. Lacoste hatte einen Kaffee in der Zelle getrunken, gegessen hatte er nichts. Er fühlte sich wie betäubt. Das Hemd klebte an seinem Körper, und er sehnte sich nach seinem Rasierapparat, einer Dusche und frischen Klamotten. Um halb acht war er geweckt worden, offenbar hatte der Schlaf ihn am Morgen doch noch übermannt, und jetzt waren sie auf dem Weg in sein Büro. Untersuchungsrichter Ricou hatte eine weitere Durchsuchung angeordnet.

Als Jacques Ricou an dem Bürogebäude der Sofremi am Boulevard Saint-Germain ankam, verweigerten ihm die Gendarmen, die das Haus bewachten, den Zutritt. Sie wiesen auf hier lagernde Staatsgeheimnisse hin.

»Aber ich bitte Sie«, Jacques Ricou wies auf den hinter ihm stehenden Alain Lacoste, »schließlich werden wir vom Präsidenten der Sofremi begleitet.«

Der Gendarm schaute auf die Handschellen: »Aber der scheint Sie nicht freiwillig zu begleiten.«

Erst als Kommissar Jean Mahon mit dem Wachhabenden im Innenministerium telefoniert hatte, schloss ihnen ein schweigsamer und unfreundlicher Gendarm die Büroräume des Präsidenten der Sofremi auf. Gegen neun Uhr würden die Sekretärinnen ihren Dienst beginnen, bis dahin sollte die Durchsuchung abgeschlossen sein.

Während sechs Polizisten im Sekretariat und in Lacostes Büro Schreibtische und Schränke öffneten, bat Jacques Ricou, einen Blick in den Tresor werfen zu dürfen. »Ich gehe davon aus, dass Sie einen haben, von wegen der Staatsgeheimnisse!«

»Der ist mit einer Zeitschaltuhr verbunden und lässt sich nie vor acht Uhr öffnen.«

Die Kutscheruhr auf dem antiken Schreibtisch mit den typischen Merkmalen von Louis-Philippes Neo-Rokoko zeigte zwei vor acht.

»Die Zeit haben wir.«

Sie gingen dann nicht zu einem Tresor, sondern zu einem Tresorraum. Es dauerte eine Weile, bis es Lacoste, der sich aus Nervosität immer wieder bei der Eingabe eines langen Codes vertippte, gelungen war, die Sperren zu öffnen.

Als aber Jacques Ricou und Jean Mahon die Polizisten aufforderten, die Stahlschränke aufzumachen und die Unterlagen daraus zu durchsuchen, protestierte der Sofremi-Chef.

»Diese Akten gehören zu unseren wichtigsten Verkaufsgeheimnissen, die dürfen Sie auf keinen Fall anrühren. Die Schränke sind noch einmal besonders geschützt.«

Jacques Ricou gab sich unbeugsam: »Wir sind auf der Suche nach belastendem Material. Das kann sich auch zwischen vertraulichen Papieren verbergen.«

Jetzt nahm Lacoste den scharfen Ton an, mit dem er als Präsident der Sofremi Untergebene einschüchtern konnte: »Da Sie mir noch nicht einmal mitgeteilt haben, was Sie mir vorwerfen, lege ich schärfsten Protest und rechtlich Widerspruch ein. Herr Kommissar«, er sah zu Jean Mahon, »ich nehme Sie zum Zeugen!«

Mahon blickte zu Jacques und signalisierte ihm mit einem Augenschlag, sich ruhig zu verhalten: »Monsieur Lacoste, ich schlage vor, wir versiegeln die Stahlschränke und überlassen den zuständigen Gremien die Entscheidung, ob deren Inhalt für diesen Fall herangezogen werden darf.«

»Aber lassen Sie uns wenigstens einen Blick in den kleinen Tresor dort werfen«, Jacques Ricou ging einige Schritte auf den in der Mitte der rückwärtigen Wand stehenden Safe zu. Noch bevor Lacoste sich weigern konnte, fügte der Untersuchungsrichter hinzu: »Einen Blick werfen, sagte ich, nur einen Blick. Wir können dann immer noch zwischen Staatsgeheimnissen und Belastungsmaterial unterscheiden.«

Alain Lacostes Gehirn begann verzweifelt nach einem Ausweg zu suchen. Der Chef der Sofremi wusste, was sie finden würden.

Eine Zigarrenkiste voller Rohdiamanten – aus Angola.

»Gibt es hier eine Tiefgarage?«, fragte Jacques Ricou den Präsidenten der Sofremi, als sie endlich gegen zehn Uhr das Bürogebäude verlassen wollten.

Fotografen, Kameraleute und Journalisten drängten sich vor dem Ausgang zum Boulevard Saint-Germain. Die Nachricht von der Durchsuchung der Sofremi hatte sich nach Beginn der Arbeitszeit schnell verbreitet und der Untersuchungsrichter wollte Alain Lacoste wenigstens ein Bild mit Handschellen ersparen.

Lacoste überlegte kurz, ob er den geheimen Ausgang

in die rue de l'Université offenbaren sollte, aber dann würde auch das verborgene Appartement auffliegen.

»Nein.«

»Dann fahrt den Wagen direkt vor die Tür!« Kommissar Jean Mahon befahl seinen Leuten, die Meute zurückzudrängen und den direkten Weg von der Pforte bis zum Polizeiauto freizuhalten.

Zwei Mann liefen eng vor Lacoste, zwei Mann eng hinter Lacoste, sodass die Fotografen so wenig wie möglich von ihm sehen konnten. Aber die Handschellen behinderten den Präsidenten der Sofremi so, dass er strauchelte. Er fiel zwar nicht, aber auf Pressefotos sah es so aus, als würde ein widerstrebender Verhafteter von Polizisten mit Gewalt abgeführt.

Auf der Seitenbank der »Salatschüssel«, wie die Polizisten ihren blauen Kastenwagen nennen, in dem sie mit Sirene zum Einsatz fahren, flog Alain Lacoste hin und her, wenn der Fahrer mit übermäßigem Eifer um die Ecke brauste. Er konnte sich nur schlecht festhalten, mit einer Hand war er an eine Stange über seinem Kopf gefesselt. Der ihm gegenübersitzende Polizist verzog keine Miene, sondern goss sich aus einer Thermoskanne einen Kaffee ein, den er trotz des Geruckels trank, ohne einen Tropfen zu verschütten.

Als der Wagen hielt, standen wieder Fotografen auf dem Trottoir. Das imposante Gebäude in der rue des Italiens war hundert Jahre zuvor für eine große Patisserie gebaut worden und bis zum März 1999 hatte die Redaktion der Tageszeitung Le Monde hier gearbeitet. Jetzt beherbergte es die Zentralstelle der Justiz zur Bekämpfung von Finanzdelikten.

Alain Lacoste, Präsident eines Amtes, das dem Staat Hunderte von Millionen verdiente und direkt dem Innenminister unterstellt, fühlte sich ohne Verfahen schon verurteilt. Was wird aus der Unschuldsvermutung des Angeklagten?, dachte er, als er aus dem Wagen stieg und wieder fotografiert wurde. Er, der sonst stets half, das Recht der Macht anzupassen, fühlte sich im Recht. Er hatte nicht gegen Gesetze verstoßen, sondern nur Privilegien wahrgenommen und sich dem Verhalten der Elite angepasst.

Zwei neutral wirkende Polizisten verhörten ihn stundenlang.

Mittags stellte ihm ein uniformierter Gerichtsdiener ein Baguette mit gekochtem Schinken auf den Tisch, dazu eine Flasche Evian, stilles Wasser, das er hasste, weil es nach nichts – höchstens nach Seife – schmeckte. Kein Glas. Er trank, aber er aß nichts. Erst gegen acht Uhr am Abend schlossen die beiden ihre Akten. Noch eine Nacht in der Zelle. Er trank wieder nur ein bisschen Wasser. Nach achtundvierzig Stunden würde er seinen Anwalt sehen können. Er war gegen neun Uhr abends festgenommen worden, also morgen um dieselbe Zeit würde er vielleicht freigelassen werden.

*

Wein oder Whisky? Jacques stand bewegungslos in der Küche, horchte in sich hinein und überlegte, wie er sich fühlte.

Vielleicht einen leichten Roten. Was lag denn noch im Eisschrank? Eine einzelne Flasche Chinon und ein Brouilly. Chinon! Er öffnete die Schublade des Küchentischs, suchte nach dem Korkenzieher und fluchte, weil der nicht am gewohnten Platz lag. Weiß der Teufel, wo Amadée ihn versteckt hatte. Man soll eben keine

Frauen in den Haushalt lassen. Der Öffner lag neben dem Herd.

Als er auf dem Sofa im Wohnzimmer saß, goss er sich das Glas halb voll, nippte und lehnte sich zurück.

Im Büro hatte er mit Martine zusammen die Abendnachrichten angesehen, die mit dem Fall Lacoste aufmachten. Bilder des Bürogebäudes der Sofremi, dann die Szene, als sie aus dem Eingang kamen. Ein Hinweis auf den Untersuchungsrichter Jacques Ricou, den Schrecken der Politiker.

Er war kaum von der Durchsuchung zurückgewesen, da hatte ihn schon Marie Gastaud, die Gerichtspräsidentin, angerufen und darum gebeten, täglich auf dem Laufenden gehalten zu werden.

»Haben Sie etwas in der Hand, das Ihr hartes Vorgehen rechtfertigt?«

»Ja. Außer der belastenden Aussage seines Sohnes Didier Lacoste einen Safe voll Bargeld in seiner Wohnung und eine Zigarrenkiste voller Rohdiamanten in seinem Büro. Es handelt sich übrigens keineswegs um ungewöhnlich hartes Vorgehen.«

»Können Sie die Presse raushalten?«

»Nein, nicht mehr. Die stand vor der Sofremi, als wir mit Lacoste das Büro verließen. Die Meldung läuft schon über France-Info und die Agenturen.«

»Es reicht, wenn Sie mich regelmäßig anrufen.«

Das deutete auf Druck von oben hin.

Jacques hatte Kommissar Jean Mahon gebeten, weiter nach Didier zu suchen und die Telefone sowohl von Didiers Mutter, als auch in der Wohnung von Lacoste abhören zu lassen.

Gegen Abend hatte er dann noch eine Kurzfassung vom Verhör des Präsidenten der Sofremi erhalten und die Prognose der Beamten, dass es wohl ein paar Tage dauern werde, bis alle beschlagnahmten Akten ausgewertet sein würden.

Der kleine Fall von der Rave-Party! Jacques schüttelte den Kopf, lachte, trank das Glas leer und goss gleich nach. Wie naiv und dämlich sich diese Herrschaften immer noch benahmen, obwohl doch seit Jahren alle paar Monate ein Politiker wegen einer Geldaffäre aufflog. Das prominenteste Beispiel: der ehemalige Premierminister Alain Juppé, den Präsident Jacques Chirac wie einen Ziehsohn behandelt und sich zum Nachfolger gewünscht hatte. Schwarze Kassen – und das noch nicht einmal für sich, sondern nur für die Partei! –, ein Urteil und das Ende einer großen Politikerlaufbahn.

Lacoste dagegen wird ein mieser kleiner Fisch bleiben, der nun bald mit dem Bauch nach oben schwimmt. Ich müsste an die Papiere in dem Tresorraum kommen, dachte er, auch wenn sie als geheim klassifiziert sind. Den Antrag an die entsprechende Regierungskommission hatte er schon gestellt.

Aber er ahnte, wie die Antwort lauten würde: Staatsgeheimnis bleibt Staatsgeheimnis und sei es auch nur, um einen Staatsbeamten oder Minister zu schützen.

Übermorgen früh würde er Lacoste vernehmen und über die Einweisung in die Santé, das Prominentengefängnis von Paris, entscheiden. Das heißt, verfügen würde er es, denn entschieden hatte er längst – und die Strategie samt Ausgang für die Sitzung hatte er im Kopf.

Als Jacques sein drittes Glas Chinon eingoss, klingelte das Telefon. Zwölf vor elf. Nein, Amadée würde es nicht sein, sie hatte sich für ein paar Tage abgemeldet. Margaux? Mit Absicht hatte er sie nicht zurückgerufen, obwohl Martine ihren Namen auf der Liste seiner Anrufer vermerkt hatte. Die wollte ihn nur aushorchen, um mit ihrem Artikel über Lacoste wieder die am besten informierte Journalistin spielen zu können. Ruf doch mal den Ricou an, wird ihr Chefredakteur gesagt haben, hast du nicht mal was mit dem gehabt?

Er hob nicht ab. Der Anrufbeantworter sprang an.
»Bitte hinterlassen Sie eine Nachricht nach dem Piep.«
Piep!

»Schade, dass du nicht zu Hause bist, oder liegst du schon im Bett? Ich steige gerade in Chicago um, in einer Stunde geht mein Flug nach Paris ...«

Lyse. Die hatte er ganz vergessen. Jacques atmete schwer durch. Die Durchsuchung bei Lacoste am Montagabend hatte sie aus seiner Sehnsucht verdrängt. War ihm in diesem Augenblick danach, mit dem Prada-Model zu sprechen, das nie Zeitung las? Plötzlich spürte er wieder den Druck ihrer Lippen.

»... und weil ich morgen wieder da bin, habe ich gedacht, wir könnten ...«

»Hallo? Ich komme gerade rein. Lyse?«

Sie redeten. Über Bilder, über die Weiten von Texas, über amerikanische Rinder, die das beste Fleisch der Welt hergeben, besser als französische Charolais, und über die beneidenswerte Freiheit der Cowboys, bis Lyse einen leichten Schrei ausstieß.

»Oh Gott, ich werde schon ausgerufen. Bis morgen. Ich freu mich!«

Jacques legte den Hörer auf, nahm einen tiefen Schluck, und hörte im gleichen Augenblick ein sanftes Klopfen an der Tür. Ein Schlüssel wurde leise in das Schloss gesteckt, es drehte sich, Margaux steckte ihren Kopf herein.

»Ich habe von unten Licht bei dir gesehen, da habe ich gedacht, du bist noch wach. Schließlich muss ich dir doch endlich einmal …«

»… die Schlüssel zurückgeben?« Jacques umarmte sie, vielleicht ein wenig fester als sonst, und erhielt von ihr zwei Küsse auf die Wangen.

»Okay.« Er hielt seine Rechte mit der Handfläche nach oben vor sie hin, »die Schlüssel!«

»Bekomme ich noch einen Schluck Wein?« Margaux ging auf das Sofa zu, legte den Schlüsselbund auf den Tisch und schaute sich die Flasche an. »Chinon. Heute Chinon, kein Beaujolais mehr im Haus?«

Jacques goss ihr ein. »Du bist doch nur gekommen, um mich auszuhorchen. Hast du für Morgen schon eine schöne Geschichte im Blatt? Ich Idiot habe dir sowieso wieder zu viel gesagt.«

»Als du mir bei Michels Fete die Geschichte von Lacoste und dessen Sohn, dem Drogenhändler, erzählt hast, ging es ja noch gar nicht um einen richtigen Fall! Was ist eigentlich aus dem Sohn geworden?«

Jacques legte seine Hand über ihren Mund.

»Kein Wort mehr darüber.«

Sie biss zart in seine Finger.

Er sah sie an und fühlte es wieder: Margaux, das war Paris, das war Stress, das war sein Leben. Als er vor seiner Frau Jacqueline geflohen war, die eine Champagnerflasche nach ihm geworfen, aber nicht getroffen hatte, zog er bei Margaux ein. Für drei Monate, bis er eine eigene Wohnung gefunden hatte. Dass sie so benutzt worden war, hatte sie gekränkt. Irgendwann später war er dann in den Armen von Amadée gelandet und Margaux im Bett des Senators der Côte-d'Or.

Sie biss noch einmal leicht in seinen Handballen.

Jacques zog den Arm weg und küsste sie. Sie gluckste, als er sie halb ausgezogen hochnahm und in sein Schlafzimmer trug.

Mittwoch früh

Gaston, der Patron des Bistros l'Auvergnat an der Ecke Boulevard de Belleville und rue J. P. Timbaud, begrüßte Margaux so freundlich, als komme sie immer noch regelmäßig mit Jacques auf ein Croissant und einen Café Crème zum Frühstück. Diskretion gehört zum Dienst am Kunden.

»Wie immer?« Gaston, der stolz war auf seinen auvergnatischen, nach außen gezwirbelten Schnurrbart, dessen Enden dann wieder nach unten gedreht wurden, wischte mit einem feuchten Tuch über das Messing der Theke und schaute Margaux an.

»Wie immer.«

Ihr gefiel seine Art, sie lächelte.

Gaston stellte zwei Tassen unter die Kaffeemaschine.

»Margaux, bist du in den letzten Tagen mal mit der Metro gefahren?«

»Weshalb fragst du?«

»Ist dir nicht aufgefallen, dass es dort anders riecht?«

»Ja, Gaston. Nach Rosmarin. Und ich weiß auch warum: Die Region Languedoc-Roussillon lässt aus kleinen Lüftern Duftspray, der an Rosmarin erinnert, in die Metro-Luft blasen, damit die Leute an ihren Urlaub im Süden erinnert werden. Ist doch eine nette Geste, oder?«

Margaux setzte sich zu Jacques, der so tat, als wäre er vollkommen mit sich selbst beschäftigt. Er hatte einen dritten Thonet-Stuhl an den Tisch herangezogen und mit einem Stapel Zeitungen belegt. Von jeder Titelseite sah ihm Lacoste entgegen, manchmal war innerhalb der Artikel auch noch ein Bild von ihm eingeklinkt. Kein Zweifel, Margaux' Bericht schlug alle andern.

Nur sie konnte alle Einzelheiten erzählen, beginnend mit der Rave-Party, dem Wohnmobil von Didier, den Drogen – und der Aussage, Vater Lacoste habe aus der Schweiz regelmäßig Bargeld in großen Mengen abgeholt. Lacoste, der Präsident der Sofremi, die im staatlichen Auftrag Waffenhandel betrieb.

»Zufrieden?« Margaux legte ihre Zeitung zur Seite und tunkte das Croissant in den Café.

»Na ja, gerade noch erträglich.« Der nächtliche Tanz mit Margaux in seinem Bett hatte ihn wohlig betäubt. Er blies seinen Atem laut durch die Nase. »Aber mehr erfährst du nicht. Von jetzt ab ist der Fall tabu. Morgen früh werde ich ihn anhören.«

»Danke!«

Das ist doch zum Lachen, er will nichts mehr sagen und gibt sofort seinen nächsten Zug preis. Aber diesen Termin würde die Pressestelle des Gerichts heute ohnehin bekannt geben.

»Ich vermute, dann sehen wir uns morgen früh wieder?«

Margaux gab ihm einen Abschiedskuss – auf die Wange.

»Ja, aber dann erst nach dem Frühstück.«

Sotto Calvi

Mittwochvormittag

Die beiden Männer bereiteten sich für ihren Einsatz penibel vor. Auf Luftbildern machten sie das Grundstück im Stadtteil Val d'Or von Saint-Cloud aus und studierten seine Lage direkt am Hippodrome. Der Kleine wirkte wie ein drahtiger Polospieler, kurz geschorenes Haar und kein Gramm zu viel auf den Muskeln, der Kräftige konnte seine schwarzen Haare kaum bändigen, sein stets halb offener, lachender Mund zeigte ein gesundes, gelbes Gebiss, nicht zufällig lautete sein Spitzname Gargantua.

Die Galopprennbahn war 1901 von dem einstigen Spielkönig von Monaco, dem Großgrundbesitzer Eduard Blanc, gebaut worden. Angrenzend an die schön gepflegte Grünfläche hatten sich dann, im Lauf der Zeit, reiche Männer ihre Villen in eigene Parks gestellt. Hier, auf den luftigen Hügeln westlich von Paris, lebte es sich besser als mitten in der engen und lauten Metropole. Vom Parc de Saint-Cloud aus öffnete sich der Blick auf Paris, wie ihn viele Künstler in Stichen oder auf Leinwand festgehalten hatten. Optisch nah, akustisch fern.

Das zu observierende Objekt lag mit der Rückseite zum Hippodrom, die Einfahrt in einer engen, wenig befahrenen Straße mit Halteverbot auf beiden Seiten. Die beiden Männer empfanden die Aufgabe nicht als große Herausforderung.

Die Sonne schien, keine Wolke spazierte über den Himmel, es war angenehm warm und eine laue Luft wehte durch den Altweibersommer. Aus Spaß lieh der Kleine bei einem vornehmen Autohaus in Neuilly ein neues Luxuscabrio, das hunderttausend Euro im Einkaufspreis kostete, für eine Probefahrt aus. Beide setzten sich Ferrari-Fan-Kappen auf und schwebten, beschwingt von lauter Musik, feixend durch die Straße. Ihr Motto war: Wer sich besonders auffällig benimmt, fällt nicht auf. Als sie kurz vor dem Tor ihres Objekts für einen Augenblick hielten, um scheinbar eine Kleinigkeit aus dem Kofferraum zu holen, schwenkten Beobachtungskameras, die auf der dreieinhalb Meter hohen Mauer angebracht waren, in ihre Richtung.

Am Nachmittag überredeten sie eine fröhliche Pferdepflegerin, die sie in der Kantine des Hippodroms aufgetan hatten, mit ihrem Hengst am Zügel den hinteren Teil des Grundstücks abzugehen. Ihnen war keine Pforte aufgefallen; die Mauer führte in gleicher Höhe rund um den wohl zwei Hektar großen, von außen uneinsehbaren Garten.

In der Straße konnten sie den Observationswagen keinesfalls parken, auch wenn er noch so gut getarnt wäre, und jeder Fußgänger würde genauso auffallen, weil das Trottoir höchstens einen Meter breit war. Vermutlich kam sogar der Postbote mit dem Auto. Für eine zweite Fahrt durch die Straße liehen sie sich einen Pferdetransporter, und während der Kleine fuhr, filmte Gargantua das Anwesen mit einer kleinen Digi-Kamera aus der offenen Ladeklappe.

Beide flachsten noch mit der Pferdepflegerin, als sie den Transporter wieder abstellten, dann gingen sie fröhlich auf ihr Cabrio zu. Als sie sich in den Wagen setzten, sahen sie von vorn einen Mann heftig gestikulierend auf sie zukommen. Er trat neben die Fahrertür, rang um Atem, stotterte Unverständliches. Immer noch heiter, versuchten sie ihn zu beruhigen.

Da spürten beide im selben Moment den Lauf einer Pistole im Genick und der Mann an der Fahrertür grinste völlig entspannt: »Merci, Messieurs. Polizei. Bleiben Sie bitte ganz ruhig und halten Sie die Hände gut sichtbar nach vorne.«

Gargantua schaute den Kleinen an und gluckste fröhlich drauflos.

»Ach, liebe Kollegen, was ist denn mit euch los?«

Mittwoch, am frühen Nachmittag

Der einzige Schnaps, den der Kantinenwirt im Palais de Justice ausschenken konnte, war ein mittelmäßiger Calvados. Noch eine Runde? Noch eine, riefen fast alle. Jacques schaute Kommissar Jean Mahon verzweifelt an, doch der zuckte nur mit den Achseln. Der dienstälteste Sergeant aus dem Einsatzteam Mahons hatte zum dreißigjährigen Dienstjubiläum ein zusätzliches Monatsgehalt bekommen und alle auf einen Schluck eingeladen.

Ein gutes Dutzend Männer hockte deshalb um einen langen Tisch in der ungemütlichen Kantine. Durch die Milchglasscheiben fiel fahles Licht. Der Lärm, den die heitere Gruppe veranstaltete, hallte in dem riesigen, gekachelten Saal, mit Platz für gut dreihundert Leute, wider. Einige hatten ein Sandwich gegessen, Rotwein dazu getrunken und Zoten erzählt, es saß ja keine Frau unter ihnen, deretwegen die Gespräche zivilisierte Töne annehmen müssten. Selbst der Kommissar, von dem Jacques wusste, dass er grobes Benehmen verachtete, ließ sich mitreißen. Und schließlich wunderte Jacques sich über sich selbst. Als Untersuchungsrichter ein Einzelgänger, hatte er Männerbesäufnisse stets gemieden. Doch jetzt ertappte er sich dabei, dass er sich ganz wohl fühlte mit seiner Truppe.

Sie betrachteten ihn als einen der ihren und das gefiel ihm.

Ein Polizeileutnant, der gerade vom Kommissariat des 17. Arrondissements zu Mahon versetzt worden war, zog plötzlich ein beschriebenes Papier hervor, das er offensichtlich schon häufiger entfaltet hatte und sagte: »Wie gut, dass wir einen neuen Außenminister haben. Jetzt wird gegen die Unmoral vorgegangen«, und begann zu lesen: »Note d'arrondissement Nummer 49 – vom 15. April. Vorgang: Vertreibung von Prostituierten. Sofort nach Vorgabe dieser Anordnung sind regelmäßige Kontrollfahrten vorzunehmen mit dem Zweck, Prostituierte, die an der Straßenecke soundso – na gut, ich will mal die Örtlichkeit verschweigen – Aufstellung nehmen, aus dieser Gegend zu vertreiben.« Er sah auf. »Und warum? Wenn ihr mich fragt: Weil hier der Außenminister wohnt. Es geht weiter: Die Betroffenen sind aufs Kommissariat zu verbringen, ihre Personalien festzustellen und – wenn nötig – ein Vorgang anzulegen.«

Jacques sagte lachend: »Die vornehmen Herren im Siebzehnten werden von jetzt an enttäuscht sein, wenn sie abends unbefriedigt nach Hause kommen.«

Beflügelt vom Calvados rief der Sergeant: »Ihr Richter, ihr besorgt es euch ja während der Sitzung!«

Der Tisch wackelte. Die einen schlugen vor Lachen

derb mit der flachen Hand auf ihn ein, andere hielten sich an der Kante fest, damit sie nicht vom Stuhl rutschten, weil sie sich prustend krümmten. Jeder wusste, worauf der Polizist anspielte. Die satirische Zeitung »Le Canard enchainé« hatte in den letzten Wochen über Richter geschrieben, die ihr Wasser nicht halten konnten. Putzfrauen hatten in einem Gerichtssaal unter dem Platz eines Richters eine große Pfütze vorgefunden. Der Mann, bekannt für seinen unkontrollierten Genuss von Alkohol, hatte wohl während der Sitzung unter den Tisch geplätschert. In der Folge der öffentlichen Empörung meldete ein Anwalt den Fall eines anderen Richters, der sich sogar während der Sitzung auf seinem Richterstuhl befriedigt hatte. Und die satirische Zeitschrift fragte, ob die Sitzung so erregend oder eher so langweilig gewesen war.

»Ihr kommt auf Staatskosten ja auch ganz schön rum. Monsieur le juge war doch letzten Winter auf Martinique!« Der das gerufen hatte, hob lachend sein Glas in Richtung Jacques. Und ein anderer, der bisher nur in sich hereingekippt hatte, lallte: »Der Untersuchungsrichter Jean-Louis Bruguière fährt jetzt sogar nach Kambodscha – auf Staatskosten.«

Tatsächlich hatte der als »juge antiterroriste« bekannte Bruguière beschlossen, den Mord an drei Touristen in Kambodscha, darunter ein Franzose, noch einmal aufzurollen – obwohl der Fall schon zehn Jahre zurücklag. Drei Offiziere der Roten Khmer waren wegen Mordes verurteilt worden, aber Bruguières vermutete ein größeres Komplott. So war er halt. Selbst Jacques schüttelte zweifelnd den Kopf ob des Sinns solch einer Reise.

Als die Kantinentür laut aufschlug und ein junger

Polizist hereinstürmte, wurde es sofort still, nur der Sergeant, inzwischen wohl vom Calvados betäubt, krakeelte weiter.

Kommissar Jean Mahon hörte dem jungen Mann kurz zu, fluchte und schaute Jacques an: »Mist. Komm! Da braut sich was Böses zusammen. Unsere beiden Leute, die Sotto Calvi im Visier halten sollten, sind hoppgenommen worden.«

»Hoppgenommen? Von wem?«

»Von unseren eigenen Leuten! Also, nicht von meinen, aber hier von der Police judiciaire. Wahrscheinlich ist da auch ein Kollege von dir im Geschäft.«

Mittwoch, am späten Nachmittag

Aus den Fragen der beiden Polizisten hörte Alain Lacoste heraus, dass Untersuchungsrichter Jacques Ricou insgeheim die Richtung des Verhörs vorgab:

»Wer bezahlt Ihr Hausmädchen?«

»Meine Frau.«

»Das Mädchen hat aber anders ausgesagt.«

»Vermutlich, weil ich der Patron bin. Tatsächlich kümmert sich meine Frau um den Haushalt. Und dazu gehört auch das Mädchen.«

»Was erhält sie?«

»Das weiß ich nicht.«

»Wird sie bar bezahlt?«

»Das weiß ich nicht.«

»Ist sie sozialversichert?«

»Ich vermute, dass sie so bezahlt wird, wie es üblich ist.«

»Was ist üblich?«

Lacoste schwieg. Die Polizisten schauten ihn an. Im Nebenraum klapperte ein Blechgeschirr. Dieser karge Raum auf der Polizeistation wirkte auf Alain Lacoste grässlich und er fragte sich, was für ein Volk das war, das es nicht weitergebracht hatte, als seine Beamten in solcher Umgebung tagein, tagaus arbeiten zu lassen.

Einer der beiden Polizisten stand auf, ging um den Schreibtisch herum und setzte sich vor Lacoste auf die Kante.

»Was meinen Sie mit ›üblich‹, Monsieur Lacoste?«

»So, wie es alle tun.« Es fiel Lacoste nicht schwer, kein Gefühl zu zeigen.

Der Polizist aber ließ sich nicht einschüchtern. »Ich weiß nicht, was alle tun. Ich kann mir kein Hausmädchen leisten. Würden Sie es uns bitte erklären?«

Lacoste schwieg wieder und schaute aus dem Fenster. Tatsächlich, die Sonne schien. Von draußen brummte Verkehrslärm herein. Immer wieder neu formuliert prasselten die Fragen nach dem Bargeld auf ihn ein. Er beantwortete sie nicht.

Als gewährten sie ihm eine Gnade, führten ihn die Polizisten um sieben Uhr abends hinaus auf den Gang: »Ihr Anwalt wartet auf Sie. Sie können ihn jetzt sprechen.«

Maître Lafontaine, ein kleiner, wabbelig runder Mann mit pomadig zurückgekämmtem, schwarz gefärbtem Haar, kam mit strahlendem Lächeln auf ihn zu und zog ihn auf eine Holzbank.

»Oh Gott, fünf Stunden haben die mich warten lassen. Das ist psychologische Kriegsführung. Aber ich habe eben Untersuchungsrichter Ricou abfangen können, und er hat mich für wenige Minuten zur Seite genommen. Fazit: ›Wenn Lacoste zu unserer Zufriedenheit die offenen Fragen beantwortet, dann ist alles drin, es ist noch keine Entscheidung getroffen.‹ Wie steht's also?«

»Was soll ich erklären? Was heißt: Es ist noch alles drin? Ich habe das Gefühl, mich bei Kafka zu befinden! Ich weiß ja noch nicht einmal, was man mir vorwirft!« Alain Lacoste versuchte seinen Anwalt zu beeindrucken, indem er den unschuldigen Präsidenten der Sofremi spielte, aber zwei Tage Untersuchungshaft, Befragung und Durchsuchung, wenig Essen und wenig Schlaf hatten auch ihm zugesetzt.

»Cher ami«, sagte Maître Lafontaine, »Sie wissen, wer mich beauftragt hat, und Sie wissen auch noch mehr. Darüber brauchen wir jetzt nicht zu sprechen. Ihnen, Ihren Freunden und schließlich auch mir geht es darum, den Schaden so weit wie möglich zu begrenzen.« Er packte Alain Lacoste am Arm und zog ihn nahe zu sich heran, so als wollte er dem Präsidenten der Sofremi ein Geheimnis verraten. »Monsieur le président, bitte überlegen Sie: Was will der Richter? – In Frankreich doch immer ein Geständnis. Damit erkaufen Sie sich die Freilassung. Geständnis gegen vorläufige Freiheit, das Spiel ist so alt wie unsere Justiz.«

Alain Lacoste schwieg, stieß nur einen lauten Seufzer aus. Er fror auf diesem kalten Gang. Niemand kam hier vorbei, hinter den geschlossenen Bürotüren schien keiner mehr zu arbeiten. Nur am Ende des Flurs standen zwei Polizisten, die ihn bewachten.

Ein Geständnis konnte er auf gar keinen Fall ablegen. Er durfte weder Sotto Calvi als Geldgeber noch den Innenminister Charles Cortone als Empfänger preisgeben.

Was ihn bisher belastete, war nur die Aussage seines

Sohnes. Er musste sich also eine glaubwürdige Erklärung dafür überlegen, dass er regelmäßig große Mengen Bargeldes aus der Schweiz geholt, davon gelebt und einen größeren Teil weitergegeben hatte.

Dazu aber brauchte er Zeit. Die Rohdiamanten wären nicht so problematisch. Sie befänden sich im Besitz des Staates, würde er behaupten. Lacoste hätte das Geschenk von Calvi wegen seines hohen Wertes in dem völlig sicher scheinenden Safe im Büro verwahrt.

»Am liebsten würde ich mich mit Calvi beraten, Maître. Komme ich heute noch raus?«

Lafontaine stieß ein trockenes Lachen aus und schüttelte den Kopf. »Das kann ein paar Tage dauern. Und da kann Ihnen auch niemand helfen. Denken Sie nur daran, wie viele Politiker inzwischen schon ein paar Wochen gesessen haben – und mehr oder weniger unschuldig waren.«

»Gibt es da kein juristisches Mittel? Können wir nicht klagen? Die Untersuchungshaft ist in Zeiten des Sensationsjournalismus wie einst das Rad, auf das man geflochten wurde. Das Opfer wird heute in der Öffentlichkeit gequält, während es in der Zelle schmort! Widerlich. Haben Sie keine Idee?«

»Ohne irgendeinen Erfolg. Meine Erfahrung ist: Der Untersuchungsrichter bestimmt das Verfahren. Und es kommt auf den Beschuldigten an, wie schnell er wieder draußen ist.« Lafontaine sah seinem Klienten direkt ins Gesicht. »Aber einen Rat gebe ich Ihnen. Beantworten Sie nie mehr als die gestellte Frage. Der Magistrat möchte wissen, wie viel Uhr es ist? Geben Sie ihm die Uhrzeit an. Nicht mehr als das, nicht den Tag, nicht den Monat, nicht das Jahr. Wie viel Uhr ist es? Halb acht. Morgens oder abends? Abends. Und? – Was und? Welcher Tag? Mittwoch. Welcher Mittwoch? Der soundsovielte. Verstanden?«

»Ich sage nie mehr als nötig.«

»Gut. Wir sehen uns morgen früh. Heute Nacht werden Sie noch einmal in Untersuchungshaft schlafen müssen. Ich habe Ihnen zu Hause frische Wäsche und Rasierzeug einpacken lassen.«

Lafontaine legte, wie zur Beruhigung, eine Hand auf das Knie von Alain Lacoste, der sich daraufhin – um die ihm unangenehme Berührung nicht unhöflich zu beenden – erhob.

Die Polizisten gingen einige Schritte auf ihn zu, blieben jedoch stehen, als der Anwalt ihnen ein Zeichen mit der flachen Hand gab.

»Wir treffen uns also morgen früh bei Gericht zu einem Anhörungstermin. Dann wird über alles Weitere entschieden. Nur Mut, wird schon werden!« Lafontaine lachte, und Alain Lacoste ärgerte sich darüber. Es schien ihm, als werde sein Fall nicht ernst genommen.

Einzig der letzte Satz des Anwalts beim Abschied: »Glauben Sie, man denkt wirklich an Sie«, machte ihm wieder Hoffnung.

Donnerstag

»Ist noch am Telefon«, flüsterte die Sekretärin von Marie Gastaud, deutete mit dem Kopf auf die Telefonanlage auf ihrem Schreibtisch und machte eine entschuldigende Handbewegung.

Die Gerichtspräsidentin ließ ihre Besucher selten lange warten. Jacques setzte sich also ohne ein weiteres

Wort auf den einzigen Stuhl neben der Tür. Ihm war nicht wohl in seiner Haut.

Er war sich zwar keines Fehlers bewusst, aber seit der Vernehmung von Alain Lacoste und den bisherigen Ergebnissen der Untersuchung wusste er, dass sich der Fall des verhafteten Sofremi-Präsidenten zu einer öffentlichen Affäre entwickelte. Maître Lafontaine hatte seinen Mandanten zwar bestens vorbereitet, aber schon mit seinen ersten Fragen hatte Jacques das Verteidigungsgebäude ins Wanken gebracht.

Lacoste war angeschlagen. Die wenigen Tage in Untersuchungshaft in der Santé hatten den Präfekten, der als hart und arrogant galt, verletzbar gemacht. Als Jacques Ricou ihm mit seinen Fragen klar zu erkennen gegeben hatte, wie viele Fakten die Ermittler zusammengetragen hatten über die privaten und geschäftlichen Beziehungen zwischen Sotto Calvi und dem Präsidenten der Sofremi, war er beinahe zusammengebrochen. Er hatte offensichtlich begriffen: Seine Regeln galten nicht mehr. Er würde den Fragen des Untersuchungsrichters Ricou, der in der Hierarchie weit unter ihm stand, fast hilflos ausgeliefert sein. Lacoste wusste sich nicht mehr zu verteidigen.

Maître Lafontaine hatte die Situation nur retten können, indem er um eine Unterbrechung des Verhörs bat.

Jacques musste nicht lange warten. Keine fünf Minuten und das Telefon summte. Die Gerichtspräsidentin erwartete ihn. Er erhob sich, zwinkerte mit dem linken Auge der Sekretärin zu, atmete hörbar tief ein und ging durch die gepolsterte Tür in das lang gestreckte Büro seiner Vorgesetzten.

Marie Gastaud kam ihm über den großen Teppich,

der in der Mitte des Büros alle Geräusche dämpfte, mit festem Schritt entgegen. Ihre Frisur saß perfekt, das vornehme Seidenkleid mit dem unscheinbaren Muster und dem leichten Stoffgürtel verbarg ihre leichte Fülle.

Sie wirkte auf Jacques wie der perfekte Mensch, der weder privat noch beruflich Fehler macht.

Und entsetzlich langweilig ist.

Unter dem Einfluss einiger Flaschen Rotwein hatte Martine sich allerdings einmal zu der Bemerkung hinreißen lassen, die zieht wahrscheinlich zu Hause Lederstiefel an und peitscht ihren Mann aus. Jacques Ricous Gerichtsschreiberin hatte damit großes Gelächter ausgelöst. Aber Jacques hatte sich allein bei der Vorstellung, wie diese Szene ablaufen könnte, entsetzlich geekelt. Marie Gastaud war mit einem erfolgreichen Beamten in der Innenverwaltung verheiratet, hatte drei tadellose Kinder großgezogen und gehörte zu jenem konservativen Kreis der Pariser Gesellschaft, der Wert darauf legt, nie in der Presse erwähnt zu werden.

Kurz bevor sie ihren Untersuchungsrichter erreichte, streckte sie ihm die Hand entgegen, lächelte kaum merklich und bat ihn an den Konferenztisch aus dunklem Holz, der, ihrem Schreibtisch gegenüber, am anderen Ende des Zimmers stand. Wie zufällig nahm sie den Sitz mit dem Rücken zum Fenster ein – im Gegenlicht fallen Gesichtsfalten weniger auf. Jacques kannte diese Marotte. Sie amüsierte ihn.

Marie Gastaud wirkte so perfekt, dass sie ihm Respekt, jetzt sogar ein wenig Furcht einflößte, weil er nicht wusste, wie sie sich ihm gegenüber in diesem Fall verhalten würde. Sie lächelte, seufzte sogar ein wenig, was wohl mitfühlend wirken sollte: »Mein Gott, Monsieur le juge, allein heute früh musste ich mit dem Gerichtspräsidenten von der Cité, mit dem Justizminister und mit dem Innenminister persönlich telefonieren. Nicht ich habe auch nur einen dieser Herren angerufen, aber Minister scheinen immer noch zu glauben, sie könnten die Justiz mit ein paar autoritären Worten beeindrucken. Immerhin ist aber sicher, dass der Gerichtspräsident von der Cité genau wie ich zur gesetzlich verbrieften Unabhängigkeit eines Untersuchungsrichters steht.«

Sie machte eine minimale Pause, während sie lächelte, wahrscheinlich eine bewusste Geste, um Jacques zu entspannen, der ahnte, dass jetzt ein »aber« folgen würde.

»Aber wir müssen zwei Dinge klären. Erstens: Wie der Fall bei Ihnen steht. Zweitens: Dass Sie in diesem Fall mit dem Palais de Justice in der Cité zusammenarbeiten müssen.«

»Mit wem dort?«

»Mit Françoise Barda.«

Er wich ihrem Blick nicht aus. Zeigte sie mit einer auch noch so kleinen Regung ihrer Miene, was sie über Françoise Barda dachte? Er glaubte ein leichtes Zucken zu erkennen, das er auslegte als: »Sie Armer tun mir leid, aber die ist halt, wie sie ist.« Die Untersuchungsrichterin Françoise Barda machte einfach jedem Ärger, der mit ihr zu tun bekam. Jedem!

Durch die Fenster hörte er durchdringendes Hupen, einen lauten Schwerlaster quietschend bremsen und lauten Krach. Entweder war die Ladung verrutscht, oder zwei Wagen waren zusammengestoßen. Doch da Marie Gastaud nichts davon wahrzunehmen schien, antwortete er sachlich: »Ich werde mich mit ihr in Verbindung setzen.«

»Françoise Barda erwartet Sie morgen früh um zehn Uhr in ihrem Büro im Palais de Justice auf der Ile de la Cité. Ich hoffe, Sie haben dann Zeit. Das würde ›zweitens‹ beantworten. Jetzt aber zu ›erstens‹: Wie steht's um den Fall bei uns?«

Dieser kleine Unterschied in der Frage gefiel Jacques: Sie sagte »uns«. Seine Chefin bezog sich mit ein.

»Ist Lacoste Korse?«

Marie Gastaud hielt den Kopf ein wenig schräg nach vorn, als wollte sie mit dem rechten Ohr besser hören. »Ja, warum?«

»Cortone ist Korse.«

»Sotto Calvi auch, Monsieur le juge.«

»Das mag Zufall sein, Madame la présidente.«

»Oder auch nicht. Was führen Sie gegen Sotto Calvi an?«

Jacques schob sein Steißbein gegen die Stuhllehne, um sich zu zwingen, gerade zu sitzen. Er kratzte sich am Hals.

»Zwei Tatsachen deuten auf den Millionär Sotto Calvi als Geldgeber hin.«

»Und die wären?«

»Zum einen übernahm Lacoste seine Wohnung vor fünf Jahren von Sotto Calvi. Und zwar kostenlos. Damals war Lacoste noch nicht Präsident der Sofremi. Er hatte zwar versucht, über die Errichtung seiner panamesischen Firma namens Lesseps die Eigentumsverhältnisse zu kaschieren, doch Recherchen beim Grundbuchamt haben ergeben, dass der Vorbesitzer eine Liechtensteiner Firma war, die wiederum die Wohnung von Sotto Calvi übernommen hatte.«

»Das ist doch wohl kein endgültiger Beweis!«

»Aber die Vermutung liegt nahe, dass Sotto Calvi das

Appartement, das in dieser Lage sicherlich zwei bis drei Millionen Euro wert ist, an eine auf ihn eingetragene Briefkastenfirma in Liechtenstein übertragen hat, um seinerseits die Übertragung an Lacoste via Panama zu verschleiern.«

»Das wird man rausbekommen. Und zweitens?«

»Die Kiste mit den Rohdiamanten weist auf Sotto Calvi hin.«

»Fingerabdrücke?«

Jacques war erstaunt über das Interesse von Marie Gastaud an seinem Fall. Er überlegte, in welcher Behörde ihr Mann arbeitete. Ob es da vielleicht einen Interessenkonflikt gäbe.

Die Präsidentin erhob sich und beugte sich leicht vor: »Einen Kaffee, Monsieur Ricou?«

»Gern.«

Sie ging zur Tür, öffnete sie einen Spalt, bat die Sekretärin um zwei Tassen Kaffee und drehte sich fragend zu Jacques: »Mit Milch und Zucker?«

»Nein danke, schwarz!«

Dann setzte sie sich wieder und wiederholte die Frage: »Fingerabdrücke?«

»Nein. Aber unter den Steinen lag ein vornehmes Kärtchen mit dem handgeschriebenen Satz ›Eine kleine Aufmerksamkeit, die Paul für die Schöne in Victor Hugos Nest mitgebracht hat‹, versehen mit einem Datum. Und Calvi stand an diesem Tag in dem Kalender, der auf dem Schreibtisch im Büro des Präsidenten der Sofremi gefunden wurde. Wer der auf dem Kärtchen erwähnte Paul ist, konnte bisher niemand herausfinden, aber das scheint gleichgültig. Denn unter den Papieren, die wir in der Wohnung von Lacoste beschlagnahmt haben, war eine ähnliche Karte, die offenbar zu einem

Blumenstrauß gehörte, den Calvi an Madame Lacoste geschickt hatte. Darauf stand in blauer Tinte geschrieben ›un grand bisou à une ravissante pour une soirée ravissante, S. C.‹ – Einer Entzückenden einen großen Kuss für einen entzückenden Abend. Die Schreibprobe wird noch untersucht, sie scheint aber identisch mit der Schrift auf der Diamantenkarte.«

»Haben Sie eine Schreibprobe von Sotto Calvi zur Hand?«

»Nein, aber ich werde Françoise Barda morgen als Erstes darum bitten.«

»Kennen Sie den Wert der Diamanten?«

»Nur grob geschätzt – einige Millionen Euro, etwa zehn. Und das, obwohl sie noch nicht geschliffen sind! Vermutlich stammen sie, so die Untersuchung, aus den Minen von Angola. Das Gewicht allein des kleinsten Steines beträgt knapp zehn Karat. Und ein alter Fachmann aus einem der edelsten Juweliergeschäfte an der Place Vendôme bescheinigt allen Diamanten beste Farbqualität und höchste Klarheit. Er hat in den Steinen selbst bei zehnfacher Vergrößerung nicht die kleinsten Einschlüsse entdecken können.«

Jacques unterbrach seine Erklärungen, als sich die Tür öffnete und die Sekretärin auf einem Tablett zwei Tassen Kaffee mit jeweils einem kleinen Glas Wasser brachte. Das ist wie im Hôtel Crillon, dachte Jacques, das hat Stil, und fühlte sich durch die ungewöhnliche Aufmerksamkeit geehrt.

Seine Präsidentin nahm eine Süßstoffpille, rührte mit einem silbernen Löffel in der Tasse und schaute versunken auf den Kaffee, als wollte sie darin lesen.

»Haben Sie deshalb die Beobachtung Sotto Calvis angeordnet?«

»Scheint Ihnen das nicht auch eine sinnvolle Entscheidung?«

Jacques wollte Marie Gastaud dazu bringen, sein Vorgehen offen zu billigen. Aber so leicht tappte sie nicht in die Falle.

»Der Innenminister scheint höchstes Interesse an dem Fall zu haben ...«

»... vielleicht sogar ein persönliches?«, warf Jacques ein und bereute sein Vorschnellen sofort wieder, als er sah, dass die Gerichtspräsidentin für einen kurzen Moment die Augenbrauen zusammenzog und den Kopf schüttelte und fortfuhr: »Deshalb empfehle ich Ihnen: Achten Sie darauf, mit welchen Polizisten Sie zusammenarbeiten. Alle unterstehen zunächst dem Innenminister, und meist erfährt der schneller als Sie, welche heiklen Dinge gefunden werden.«

»Ich verlasse mich auf Kommissar Jean Mahon.«

»Aber auch der hat eine Mannschaft, die aus einzelnen Polizisten besteht, die alle mal befördert werden wollen.« Marie Gastaud erhob sich, sah Jacques freundlich an, gab ihm die Hand und sagte: »Morgen früh um zehn auf der Ile de la Cité! Und halten Sie mich auf dem Laufenden.«

Die Wüstenkönigin

Freitag

Pünktlichkeit ist die Höflichkeit der Könige«, krähte ihn Françoise Barda an, als Jacques um halb elf in ihr Büro trat. Und fügte hinzu, »setz dich«, als wäre er ein kleiner Junge.

Er lächelte nur.

Ein Stau sei schuld an seiner Verspätung, so redete er sich heraus, aber der Verkehr hatte ihn nur deswegen aufgehalten, weil er die letzten zwölf Stunden bei Lyse verbracht hatte und nach dem Frühstück noch einmal nach Belleville gefahren war, um sich umzuziehen. Und mit dem Wagen hatte er im morgendlichen Verkehr mehr als eine Stunde gebraucht von der eher im Westen gelegenen Place des Ternes, wo Lyse wohnte, bis zu ihm in den Norden von Paris und dann zum Palais de Justice auf der Ile de la Cité.

*

Gestern war Lyse gelandet, hatte angeblich ihren rechten Knöchel vertreten und ihn deshalb zu einem kleinen, leichten Abendessen – »es gibt wirklich nichts Besonderes« – zu sich gebeten. »Und komm nicht so spät, ich habe noch Jetlag.«

Obwohl sich Jacques für diesen Abend mit Michel, dem Maler, zu einem chinesischen Essen in Belleville im Restaurant Président verabredet hatte, war er zu ihr gefahren. Michel musste auf die nächste Gelegenheit warten.

Diesmal gab ihr raffiniert geschnittenes Kleid den Rücken bis zum Po frei, was er allerdings erst bemerkte, als er Lyse zum Begrüßungskuss an sich zog. Vorn reichte der rosafarbene Stoff nämlich bis zum Hals.

»Ist das auch ein Kleid aus Sex and the City?«, fragte er und legte den Strauß Rosen, dunkelrot mit drallen, purpurnen Köpfen, beiläufig auf die Kommode im Eingang.

»Nein«, lachte sie, nahm die Blumen hoch, roch an ihnen, »oh, die duften ja – herrlich. Danke«, gab ihm einen Kuss auf die Wange und schloss die Wohnungstür, die mit einem dumpfen Seufzer in den Rahmen fiel.

»Elegantes Geräusch«, Jacques drehte sich um und klopfte mit dem Zeigefinger an das Holz. »Klingt wie in den Bleikammern von Venedig.«

»So ähnlich ist die Tür auch gepanzert. Hier wohnte vor mir ein israelischer Diplomat. Deswegen kann mir hier auch nichts passieren.«

Sie ging vor ihm her durch die Wohnung, in der ein schwerer Geruch, wie nach süßlichen Orangen, hing.

»Einen Schluck Champagner, oder lieber Whisky?«

»Habe ich das bei der Fête von Michel gesagt? Du hast aber gut aufgepasst. Gern einen Whisky. Scotch?«

»Klar. Eis, Wasser? Komm mit in die Küche.«

Die späte Sonne fiel goldrot und warm durch die riesigen Fensterscheiben des großzügig ausgebauten Dachstuhls. Die Einrichtung war modern und beeindruckend geschmackvoll. Wie benommen ging er hinter ihr her, sah wie die Muskeln auf ihrem Rücken sich geschmeidig bewegten und die langen, festen Beine dem

Kleid einen sanften Schwung gaben. Als sie sich in der Küche aus Stahl und Marmor umdrehte und er ihre Brüste unter dem leichten Stoff wahrnahm, fühlte er sich fremd.

»Ich brauche dringend diesen Whisky«, sagte er und trat durch die offen stehende Terrassentür auf den Balkon vor der Küche, wo sie den Tisch gedeckt hatte. Alles weiß, fiel Jacques auf, die Blumen, das Tischtuch, die Teller, sogar die Griffe der Messer.

»Bei der Wärme können wir gut draußen essen. Und weil wir höher als alle sitzen, kann keiner uns reinschauen.«

Sie stieß mit einem Glas Champagner an sein Whiskyglas.

»Ist dir nicht zu warm? Zieh doch deine Jacke aus. Schön, dass du Zeit hast.«

Lyse freute sich wirklich. Und sie war so warm, so natürlich, dass Jacques langsam seine Beklemmung abwarf. Sie bat ihn, noch einmal mit ihr zurück ins Wohnzimmer zu gehen, damit sie ihm ihre Bilder vorstellen könne. Alle stammten von französischen Malern und Fotografen, die in den achtziger und neunziger Jahren des letzten Jahrhunderts als jung und viel versprechend galten.

Ein Bild mit streng gemalten Quadraten, die mal schwarz mit sandighellem Innenhof, mal ockergelb mit schwarzem Innenhof ein verwirrendes und doch wieder scheinbar gleichmäßiges Muster ergaben, machte auf Jacques einen besonderen Eindruck. Es erinnerte ihn an die ausschließlich mit schwarzer Farbe bemalten Leinwände von Pierre Soulages, aber auch an seinen Freund Michel, und er fragte fast schüchtern, weil er sich überhaupt nicht sicher war: »Von wem ist das? Ein Soulages? Ein Faublée?«

»Von einem unbekannten Chokwe-Künstler. Erinnerst du dich daran, was ich dir über Lusona erzählt habe? Die Sandzeichnungen aus meiner Heimat? So sieht ein Sona aus, nur eben auf der Leinwand. Ich liebe es. Obwohl der Sinn eines Sona auch ist, bald wieder vom Wind verweht zu werden.«

Sie beugte sich zu einer kleinen Kiste aus poliertem Holz, klappte den Deckel auf und zog eine Kette hervor, an der ein flaches Medaillon aus Silber hing. Ein Vogel. Als Jacques genauer hinsah, bemerkte er auch darauf das Muster des Bildes.

»Das ist mein Schutz, mein Glücksbringer.«
»Dein Amulett?«
»Ja.«

Sie führte das Medaillon an ihre Lippen und legte es sanft zurück in die Kiste.

»Möchtest du noch einen?« Sie zeigte auf sein leeres Glas. »Gern«, sagte er und folgte ihr wieder in die Küche.

Als sie sich umdrehte und ihm den Whisky in die Hand drückte, stand sie so nah bei ihm, dass er die Arme um sie legte, sie küsste und das Glas vorsichtig hinter ihrem Rücken abstellte.

Später, als er sich von ihr löste, griff sie mit beiden Händen nach seinem Kopf, zog ihn zu sich und presste ihre Lippen noch einmal fest, wie abschließend auf seinen Mund. Er sah in ihre dunklen Augen und bemerkte eine dünne Narbe, die vom oberen Lid des linken Auges in einem geraden Strich zum unteren Lid reichte.

»Prinzessin küsst wie Wüstenkönigin Njinga!«
»Olàlà, du hast aber gut aufgepasst. Aber Königin Njinga galt als harte und machtbewusste Frau, aber auch als großherzig. Auf der anderen Seite sagt man ja

auch Katharina der Großen nach, sie sei hart gewesen, aber sexbesessen. Gekocht habe ich heute aber eher wie Madame de Pompadour.«

»Die hat doch wahrscheinlich nie einen Kochlöffel angefasst.«

»Du wirst schon sehen.«

Zu einem kalten Chablis servierte Lyse kurz geschmorte Jakobsmuscheln mit reichlich Knoblauch, einen Salat, angemacht mit Nussöl, und Seezungenfilets, geschwenkt in frischer Butter aus der Normandie, mit Keniabohnen. Zum Dessert gab es in Weißwein eingelegte Pfirsichscheiben.

Beim Essen erzählte er ihr von seiner Jugend im Süden Frankreichs, von seinen Eltern, die Lehrer in Albi gewesen waren und, von der Geschichte der Gegend geprägt, immer zum Widerstand gehört hatten – als Protestanten gegen das katholische Paris, als Linkswähler gegen die konservative Zentralregierung. Dort unten, so erklärte Jacques, haben die kleinen Leute nie den Massenmord der Staatsmacht an den Katarern – das war im 13. Jahrhundert – und später an den Hugenotten – im 16. Jahrhundert – vergessen, geschweige denn die autoritäre Durchsetzung der Langue d'œil, die die Normannen sprachen, als französische Amtssprache gegen ihre Sprache des Südens, die Langue d'Oc.

Als sie im Bett lagen und er ans untere Ende gerutscht war, um – weil es so schön kitzelt – ihre Zehen zu küssen, sah er, dass vom kleinen Zeh am rechten Fuß nur eine Narbe übrig geblieben war. »Ein Unfall«, murmelte sie und seufzte, »mach weiter!«

Später dann erfuhr Jacques in dürren Worten auch von ihrem Leben. Beide Eltern waren tot. Der Vater stammte aus Angola, genauer – vom Stamm der Ovimbundu, zu denen auch der Rebell Jonas Savimbi gehört hatte. Schon als Student war er nach Portugal gegangen und ein anerkannter Rechtsanwalt in Lissabon geworden. Nie aber hatte er aufgehört, für die Unabhängigkeit seines Landes und später gegen die korrupte Regierung der MPLA zu kämpfen.

Ihre Mutter hatte ihren Vater in Angola kennen gelernt, als sie dort Entwicklungshilfe leistete. Sie entstammte einer wohlhabenden Familie aus Israel, weshalb Lyse, nach ihrem Tod, zu einer Tante nach Haifa kam, dort die Schule abschloss und zum Wehrdienst eingezogen wurde.

Jacques, der nicht beim Militär war, stützte sich mit dem Ellenbogen auf und fragte, ob sie Panzer gefahren sei. Sie lachte ihn aus. Aber schießen könne sie hervorragend. Sie gehöre sogar im Cercle Interallié, einem der feinsten Pariser Clubs in einem Hôtel particulier im Faubourg-Saint-Honoré, zu den treffsichersten Pistolenschützen. Jacques fragte sie nicht, ob sie auch jetzt eine Pistole in der Nähe habe. Und als er ihre Lippen an seiner Brust spürte, wollte er gar nicht mehr reden.

Um halb fünf fragte sie ihn, ob sie den Wecker stellen solle. Ja, leider. Auf acht, nein, lieber halb neun.

Am Morgen legte Lyse ihm eine neue, noch in Plastik verpackte Zahnbürste auf das Waschbecken und einen kleinen Rasierapparat, über den er lachte, der aber funktionierte.

Nicht ein Wort hatte Jacques über seinen Fall erzählt, und Lyse hatte keine Frage gestellt.

In der Küche tranken sie im Stehen einen Kaffee. Jacques klopfte mit dem Finger an das Fenster und schüttelte den Kopf. »Panzerglas, was?«

»Ja, stammt alles vom Vorgänger. Hier kommt kein Dieb rein.«

Er stellte den leeren Kaffeebecher ab. Und als er fragte: »Was machst du heute?«, antwortete sie: »Ich muss noch einmal zu Sotto Calvi.«

»Wer ist das?«, fragte er.

»Der Kunstsammler, der die Bilder von deinem Malerfreund Michel Faublée gekauft hat. Und was machst du?«

»Ich ermittle gegen Sotto Calvi.«

*

Sie lacht wie eine Henne, die gackert, dachte Jacques, als er seiner Kollegin Françoise Barda in ihrem kleinen, dunklen Büro schließlich gegenüber saß. Der vier Meter hohe Raum in dem alten Gebäude schien höher als breit zu sein, jedenfalls ließen die Schränke und Regale an den Wänden gerade noch Platz für den mit Akten überfüllten Schreibtisch, einen noch volleren Beistelltisch und drei Holzstühle für Besucher.

Die Untersuchungsrichterin hatte Jacques allein zu sich gebeten, weil sie meinte, dann offen reden zu können. Es gebe im Fall Calvi ein paar Dinge, so hatte sie gesagt, die besser nicht an die große Glocke gehängt würden. Schließlich sei sie mit der Beweisaufnahme noch längst nicht am Ende.

Die Finanzbehörden warfen Calvi vor, mehr als eine halbe Milliarde Euro Steuern hinterzogen zu haben.

»Ja, es dreht sich hier um Summen, die weit über meine Vorstellungskraft hinausgehen.« Françoise Barda blies die Backen auf, wie ein Mops.

»Wie kann ein Privatmann so eine Steuerschuld anhäufen?«, fragte Jacques ungläubig.

»Wenn der Privatmann als Zwischenhändler für Staaten auftritt, die Öl fördern und Waffen kaufen.«

»Wer eine halbe Milliarde ans Finanzamt zahlen muss, der hat doch mindestens eine Milliarde Gewinn gemacht – nach Abzug aller Kosten. Das schafft ja noch nicht einmal eine große Autofirma wie Peugeot mit zweihunderttausend Arbeitern. Zumindest nicht jedes Jahr!«

»Vielleicht ein Beweis dafür, dass Industriearbeit überflüssig wird. Calvi gehört zu den ganz großen Vermittlern in dieser Welt. Er hat allein nach Angola Waffen für vier Milliarden Euro geliefert.«

»Ohne Industriearbeit keine Waffen.«

»Na gut!« Barda mochte Jacques' Besserwisserei ganz offensichtlich nicht.

»Und für den Verkauf von Waffen hätte Calvi eine Ausfuhrgenehmigung benötigt, die er vom französischen Staat kaum erhalten haben dürfte, es sei denn...« Jacques hob die Rechte und rieb seinen Zeigefinger schnell am Daumen.

Françoise unterbrach ihn: »Er brauchte gar nicht zu bestechen, denn die Waffen kamen aus dem Osten, Hubschrauber und MiG-Kampfflugzeuge aus Russland, Granatwerfer samt Munition aus einer Fabrik, die er für diesen Zweck selbst in Slowenien gekauft hat, Lastwagen und Panzer aus der Ukraine. Nicht eine Schraube hat französisches Territorium berührt.«

»Dann dürfte das Geschäft auch den französischen Fiskus nichts angehen.«

»Doch. Abgewickelt wurde das Ganze über ein Konto von Calvi bei einer französischen Bank in Paris. Und damit muss er vom Gewinn genau...«, die Untersuchungsrichterin schaute in die vor ihr liegende Akte,

»532 Millionen 312 tausend 729 Euro und 87 Cent Steuern zahlen.«

»Und wie viel Gewinn hat Calvi gemacht?«

»Eine Milliarde 961 Millionen 727 tausend 370 Euro und 13 Cent. So hat's das Finanzministerium ausgerechnet.«

»Das heißt, ihm bleiben, selbst wenn er die Steuern zahlen würde, noch knapp anderthalb Milliarden Euro übrig! Warum ist er denn dann so geizig?«

»Weiß der Teufel! Er vertritt den Standpunkt, von dem auch du ausgegangen bist: Die Waffen sind nicht aus Frankreich geliefert worden, also muss er hier auch keine Steuern zahlen.«

»Und was …«, Jacques zögerte, schaute den Mops an und benutzte dann doch die unter gleichrangigen Richtern übliche Vertraulichkeit, »… hast du bisher unternommen?«

»Ich habe ihn mehrmals vorgeladen, um die Sache mit ihm zu klären. Er hat die Bankunterlagen freiwillig herausgegeben.«

»Wer vertritt ihn?«

»Philippe Tessier.«

»Die beste Steuerkanzlei, die man sich kaufen kann.«

»Calvi kann sich's leisten. Wir lassen ihn abhören und beschatten. So sind wir auf deine Leute gestoßen. Wir sind vorsichtig, denn er gilt als enger Vertrauter von Innenminister Cortone. Und was hast du gegen ihn?«

»Ich ermittle eigentlich gegen Alain Lacoste, den Präsidenten der Sofremi.«

»Das habe ich in der Zeitung gelesen. Du scheinst in der Presse nicht besonders viele Freunde zu haben.«

»Das ist mal so, mal so. Die schreiben dich rauf, dann schreiben sie dich wieder runter. Als ich vor einem halben Jahr den Präsidenten in der Affäre mit den schwarzen Kassen des Generals vorgeladen habe, da fanden sie mich ziemlich mutig.«

Sie sah ihn über den Schreibtisch hinweg skeptisch an, so als überlegte sie, etwas Kritisches zu sagen über Jacques' forsches Vorgehen damals, das keinen Erfolg hatte, weil der Präsident der Vorladung nicht gefolgt war. Doch dann schüttelte sie nur leicht den Kopf und fragte: »Was hast du gegen Lacoste?«

»Er lebt von Bargeld, das er sich regelmäßig aus der Schweiz von einer Bank in Genf holt. Und dieses Konto ist jahrelang von Calvi aufgefüllt worden. Ich habe alle die Konten betreffenden Unterlagen.«

»Bei der Durchsuchung gefunden? War Lacoste so blöd, die Auszüge aufzuheben?«

»Nein, ein Corbeau hat sie geschickt. Glück muss der Mensch haben. Zum zweiten hat Calvi ihm ein schickes Appartement in der Avenue Victor Hugo übertragen.«

»Verkauft?«

»Nein, eben nicht verkauft. Eher geschenkt. Für Calvi wahrscheinlich eine Kleinigkeit, wenn ich jetzt höre, dass er über zwei Milliarden kassiert hat.«

Jacques zog die Augenbrauen hoch, das war eine Summe, von der er nicht mal träumte. Ihm blieben nach Abzug von Steuern und Versicherungen – und der Unterhaltszahlung an Jacqueline – etwas weniger als viertausend Euro im Monat übrig. Das war mehr, als viele andere verdienten, und trotzdem langte es gerade so.

In Nizza, wo er einige Jahre auf Posten gewesen war, hatte er reiche Männer kennen gelernt, die in Monaco steuerfrei lebten, mit Motoryachten und dem Schmuck ihrer gelifteten Frauen angaben, nichts taten, außer ihr Geld zu vermehren und damit protzten, bei welchen Events sie eingeladen waren. Events, über die geschrieben wurde, weil dazu Sexflittchen eingeflogen wurden, die wegen ihres Exhibitionismus vermeintlich berühmt waren. Peinlich für die Veranstalter, peinlich für die Gäste, peinlich für Voici und Paris Match, die darüber berichteten.

Als Françoise Barda mit dem Bleistift auf den Tisch klopfte, weil Jacques ins Leere starrte, fuhr er schnell fort: »Lacoste hat eine Firma in Panama gegründet, die der Scherzkeks auch noch Lesseps nannte, und diese Firma ist im Grundbuch als Eigentümerin des Appartements eingetragen. Lacoste hat für die Wohnung nichts bezahlt. Wenn du so willst: klare Bestechung.«

»Und warum hast du Calvi nicht gleich vorgeladen, sondern versucht, ihn zu überwachen?«

»In seiner Wohnung hatte Lacoste einen mit Bargeld gefüllten Safe. Und im Tresorraum in der Sofremi, der nur vom Büro des Präsidenten aus zu betreten ist, befindet sich ein weiterer, kleiner Safe. In dem lag ein Kistchen mit Rohdiamanten …«

»Aus Angola?«

»… vermutlich aus Angola. Völlig farblos und ohne irgendwelche erkennbaren Einschlüsse. Erste Qualität. Darunter eine Karte mit Aufdruck und Handschrift von Calvi. Eine Karte mit derselben Handschrift haben wir bei Lacoste zu Hause gefunden. Das beweist noch nicht alles, aber es ist ein ziemlich gutes Indiz.«

Die Richterin schob die Ärmel ihrer Strickjacke, die sie über ihrer weißen Bluse trug, hoch und wühlte in den Akten, hob einen Ordner nach dem anderen, ging zu dem Beistelltisch, stapelte auch hier um, bis sie einen dünnen Hefter fand. Mit dem kam sie zurück an ihren Platz und fragte plötzlich unerwartet heiter: »Willst du einen Kaffee oder so was?«

»Eh, nein danke«, stotterte Jacques überrascht. Er wollte sich nicht ablenken lassen. »Wir müssen an Calvi ran!«

»Klar«, Françoise Barda ärgerte sich schon wieder. Sie wollte bestimmen, was weiter geschehen sollte. Calvi war ihr Fall.

Und dann sagte er auch noch: »Lass uns eine Durchsuchung machen.«

»Die würde ICH durchführen«, sagte sie deutlich und klopfte mit der Kuppe des rechten Zeigefingers auf die vor ihr liegende Akte. »Hier drin habe ich genau sieben Orte, bei denen wir gleichzeitig antreten müssen. DU ermittelst nicht gegen ihn.«

Offensichtlich wollte sie keinem Streit mehr ausweichen.

Jacques schaute ihr ohne die Miene zu verziehen in die Augen. Sie reizte ihn so, dass er kindisch wurde. Ob er die lästige Kollegin ausstarren sollte? Früher, beim Streit auf dem Schulhof, hatte er dabei immer gesiegt.

Er sah die graue, trockene Iris, die eine kleine schwarze Pupille umschloss. Kleine, nichts sagende Augen. Ungeschminkt. Kalter Blick. Kurze Wimpern. Aber sie hielt seinem Blick stand, ohne das leiseste Flattern eines Augenlides. Françoise Barda arbeitete mit der gleichen Taktik wie er. Hinschauen, aber den anderen nicht wahrnehmen. So konnte man stundenlang albern vor sich hinstarren.

Jacques räusperte sich und sagte leise, aber bestimmt: »Mein Fall reicht rechtlich weiter als deiner. Du darfst nur wegen der Steuerhinterziehung bei Calvi nachforschen. Das beschränkt dich auf das Waffengeschäft. Und auch da nur auf die finanzielle Seite. Ich dagegen darf sehr viel weiter gehen, ich ermittele wegen Beamtenbestechung. Und da kann ich bei einer Durchsuchung praktisch jede Unterlage mitnehmen, die ich brauche; denn ich …« – dabei deutete er mit dem linken Zeigefinger auf seine Hemdleiste – »… ich muss ja nicht nur herausfinden, warum er bestochen hat, sondern ob er – neben dem Präsidenten der Sofremi, Alain Lacoste, noch andere finanziert. Wer zum Beispiel hat den Teil des Geldes erhalten, das Lacoste aus der Schweiz geholt und weitergegeben hat? Cortone? Dessen Partei? – Und wozu?«

In dem Büro war kein Laut zu hören. Aus dem Hof des Palais de Justice drang das Aufheulen eines Motors herauf, der mit zu viel Gas angelassen wurde, sein Keilriemen pfiff. Als der Wagen abgefahren war, herrschte wieder Stille.

Jacques sah durch das hoch gelegene Fenster hinauf in den Himmel, soweit er über den Dächern zu sehen war. Hellblau. Keine Wolken. Draußen war es immer noch sommerlich warm.

Ein herrlicher Herbst. Abendessen auf der Terrasse bei Lyse, das wär's, dachte er. Lyse, die für Calvi arbeitet. Mit der er eine berauschende Nacht verbracht hatte. Eine erste. Ob mehr folgen würden? Er sehnte sich schon jetzt danach.

Der Mops blies die Wangen auf, schnaufte und nickte mit dem Kopf. »Na gut. Da ist was dran. Wir machen es zusammen.«

Spitzelspiele

Das Sonnenlicht blendete ihn, als er aus dem Tor des Palais de Justice von der Seite der Concièrgerie her auf den Quai de l'Horloge einbog. Nach wenigen Metern fuhr er links in die Place Dauphine, an der Yves Montand bis zu seinem Tod gewohnt hatte. Das wusste er von Jacqueline, seiner mondänen Ex, die mit solchen Belanglosigkeiten prahlte, so als gehöre sie in diese Welt. Er hielt, tippte die PIN-Nummer in sein Handy und hörte die Mailbox ab. »Sie haben eine neue Nachricht. Zum Abhören der neuen Nachricht drücken Sie die Eins.« Margaux wollte ihn sprechen. Keine Nachricht vom Büro. Das erleichterte ihn. Wenigstens keine Katastrophen. Auf einen Anruf von Lyse hatte er leise gehofft. Ob sie auf eine Regung von ihm wartete?

Er gab die Nummer von Margaux ein, erreichte sie sofort und schlug vor, gemeinsam eine der köstlichen Tartines in der Taverne Henri Quatre hier gleich nebenan zu verspeisen. Dort steht auf einer Tafel an der Wand hinter dem Tresen mit Kreide geschrieben: »Hier werden Sie weder übers Ohr gehauen noch enttäuscht«. Schräg gegenüber der Taverne sitzt – auf einem bronzenen Pferd – jener Henri Quatre, der einst jedem Franzosen sonntags ein Huhn im Topf versprochen hat, weshalb sich heute manche französischen Restaurants noch »La Poule au Pot« nennen.

Margaux war kurz angebunden, sie sei im Stress, sagte sie, oder ob es was Neues in seinem Fall gebe?

»Nein, nichts der Rede wert«, sagte Jacques. Da legte sie ohne Gruß auf. Sie musste wirklich im Stress sein.

Jacques stieg aus und schloss das Auto ab. Die Taverne war überfüllt, so setzte er sich unter die rote Markise des Bistros nebenan. Das Haus war gerade renoviert worden. Der Maler Michel Grau, ein bescheiden auftretender Mann mit kurz geschorenem weißem Vollbart, hatte unter den Dachsims ein blumiges Fries gemalt und die falschen Fenster auf der rechten Hausseite elegant gerahmt. Und als sei sie als Schmuckstück gemeint, ragte neben dem Gebäude bis in den dritten Stock hinauf eine alte, elegant gebogene Gaslaterne mit dem großen geblasenen Glasschutz für das Licht. Trompel'œil.

Die Sonne heizte die Luft auf.

Jacques zog seine Jacke aus, setzte die Sonnenbrille auf die Nase, bestellte nur einen Espresso. Die Durchsuchungen müssten so bald wie möglich stattfinden, dachte er, aber für Calvi völlig unerwartet. Er würde mit Jean Mahon besprechen, wie sie es anstellen könnten, die rund sieben verschiedenen Einsätze gleichzeitig stattfinden zu lassen, ohne dass ein Wort nach draußen gelangte. Das bedeutete sieben Einheiten begleitet von sieben Vertretern der Justiz. Auch da müssten sie die richtigen finden.

Fast ein Ding der Unmöglichkeit, so wie er die Polizei kannte.

Und die Justiz.

Wie hatte seine Gerichtspräsidentin Marie Gastaud gesagt? Achten Sie darauf, mit welchen Polizisten Sie zusammenarbeiten. Denn alle unterstehen zunächst dem Innenminister, und meist erfährt der schneller als Sie, was so alles gefunden wird.

Vielleicht müssten nicht alle Einsätze wirklich im selben Moment stattfinden. Es käme auf den Zeitpunkt an. Während der Arbeitszeit würden alle im Büro sein: Calvi, seine Sekretärin und die engsten Mitarbeiter. Calvis Villa müsste gleichzeitig mit dem Büro durchsucht werden, auch sein Haus auf Korsika. Das macht drei Orte gleichzeitig. Die Wohnungen von Sekretärin und engen Mitarbeitern könnten danach vorgenommen werden.

Auf dem Weg in sein Büro in Créteil stand er fast nur im Stau. Er überlegte kurz, ob er sein Blaulicht aus dem Handschuhfach hervorkramen, auf das Dach setzen und die Busspur benutzen sollte, doch aus Abneigung vor Kollegen, die sich mit dem flackernden Signal wichtig taten, verwarf er den Gedanken sofort wieder. Für die ersten dreitausend Zentimeter benötigte er tausendzweihundert Sekunden. War hier am Quai de la Mégisserie nicht der Maler Jacques-Louis David geboren? Ja. Schwülstiger Klassiker. Nur seine Porträts von Napoleon mochte Jacques. Aber nicht die monumentale Krönung von Joséphine mit Napoleons Weihe zum Kaiser. Hing ein paar Meter weiter im Louvre.

Als er mit dem Wagen vor dem Haus mit der Nummer vierzehn stand, hatte er genügend Zeit, sich die beiden Kariatiden anzuschauen, die auf Sockeln erhöht rechts und links vom Eingang standen und den Balkon des ersten Stockwerks trugen. Sie gefielen ihm besser als die Mädchen der Korenhalle auf der Akropolis. Da war er als Student mit seiner ersten großen Liebe gewesen. Nicht einmal ihr Name fiel ihm jetzt ein. Diese beiden

Frauen in wallendem Gewand ähnelten eher dem fröhlichen Abbild einer Marianne. Sie sahen den Betrachter direkt an, und jeweils die der hellen Holzpforte zugewandte Brust guckte nackt aus dem Faltenwurf hervor. Aimé Millet, ein Schüler des großen Viollet le Duc, hatte sie geschaffen. Nur an ihren Füßen hatte jetzt ein Hauswart zwanzig Zentimeter lange Nägel aufgestellt, um es Tauben unmöglich zu machen, auf den Zehen der Damen zu landen und dann ihren üblichen Dreck zu hinterlassen. Tauben! Ratten der Lüfte. Aber, Tauben – nein, nicht die aus der Stadt! – schmeckten erheblich besser als Wachteln, saftiger und würziger das Fleisch.

Aus Langeweile rief er Martine im Büro an. Sie nahm nicht ab. Er sah auf die Uhr. Halb zwei. Mittagspause. Lyse? Sollte er oder sollte er nicht? Er würde noch warten.

Am Pont Louis-Philippe stand er vor der schwierigen Frage, entscheiden zu müssen, was schneller sein würde, die verstopfte Voie Pompidou unten an der Seine entlang oder doch oben die Quais? Wenn genügend Autos gekauft werden, dann entpuppen sie sich als Mittel zum Erleben der Langsamkeit.

Jacques schaltete France-Info an: Heute war der letzte Tag, um die Listen zur Europawahl einzureichen. Auf Korsika war der Präfekt nur knapp einem Attentat mit einer Autobombe entkommen. Das Gesetz über die Fünfunddreißig-Stunden-Woche sollte aufgeweicht werden. Das war ihm gleichgültig. Die Sonne schien auf das Wagendach. Ihm lief der Schweiß aus den Achseln die Rippen hinab. Warum gibt es keine Klimaanlage in so einem Dienstwagen? Er fühlte sich an seine Dienstreise nach Martinique erinnert. Und an Amadée.

Die hatte er zwei Abende hintereinander nicht angerufen.

Er wählte ihre Nummer, aber sie hob nicht ab. Dann versuchte er Michel, den Maler, zu erreichen, hängte aber ein, als sich der Anrufbeantworter einschaltete. Wenn Michel im Atelier arbeitete, ging er nie ans Telefon, es störte seine Phantasien. Für die Strecke, die er manchmal in zwanzig Minuten fuhr, benötigte Jacques fast eine Stunde.

Martine strahlte, als er in ihr Büro trat. Auch hier war es warm. An solchen Tagen wünschte er sich in die alten, kühlen Gemäuer des Palais de Justice auf der Ile de la Cité. Sie hatte den Sonnenschutz vor den Fenstern runtergelassen, winkte ihm beschäftigt zu und sagte: »Schau mal auf deinen Schreibtisch. Da liegt eine kleine Überraschung.«

Er öffnete den versiegelten Umschlag der Renseignements généraux, auf dem »per Boten mit Rückschein« stand und zog ein Abhörprotokoll hervor. Es war drei Tage zuvor vom Telefon von Didier Lacostes Mutter aufgenommen worden. Der verschwundene Sohn meldete sich mit seinem Namen.

»Didier. Ich wollte mal ein Lebenszeichen geben, Maman. Hat Papa dir Bescheid gesagt?«

»Ja, der Trottel. Aber zu spät, ich hatte dich bei der Polizei schon als vermisst gemeldet. Geht's dir gut, chéri?«

»Na ja, die Wildnis ist nicht gerade mein Fall. Paul will mich zum Cowboy erziehen ...«

»Wer ist Paul?«

»Paul Mohrt, kennst du doch. Der Bodyguard von Sotto. Der hat mich hierher gebracht. Nun will er mir das Reiten beibringen, und ich habe seit Tagen nur noch Muskelkater.«

»Nimm ein heißes Bad, das hilft.«

»Paul meint, da helfe nur Weiterreiten. Und es gibt nichts sonst zur Abwechslung. Lyse ist auch hier …«

»Wer ist denn Lyse?«

»Die Freundin von Sotto, mein Gott, die kennst du doch. Die sich immer um alles kümmert. Die hängt hier irgendein riesiges Bild auf, bleibt aber nicht lange. Und sonst? Der nächste Ort liegt über eine Stunde mit dem Jeep entfernt, die nächste Lounge wahrscheinlich drei Flugstunden. Am Abend kann man noch nicht mal fernsehen. Ansonsten hat Sotto jeden Luxus auf seiner Farm: sogar eine Landebahn für sein Privatflugzeug und ein eigenes kleines Kino. Aber das ist auch langweilig.«

»Bekommst du genug zu essen, chéri?«

»Kiloweise. Ich wohne im Nebenhaus mit den Cowboys, für die kocht Marscha mehr als man essen kann.« Er machte eine Pause. »Du fragst ja gar nicht, wer Marscha ist.«

»Na ja, wahrscheinlich die Köchin.«

»Ja. Hast du mit Papa darüber gesprochen, wie lang ich untertauchen soll?«

»Mit dem kann im Augenblick niemand reden, weil er im Gefängnis sitzt. Und das ist kein Scherz. Der Richter, von dem du vernommen worden bist, hat nicht nur das Appartement in der Avenue Victor Hugo durchsuchen lassen, sondern auch das Büro. Der scheint allerhand gefunden zu haben.«

»Wahrscheinlich hatte er im Safe wieder kiloweise die Scheine gestapelt.«

»Aber ihn dann gleich einzusperren!«

»Du kennst doch meinen Vater! Der hat wahrscheinlich noch andere Sachen rumliegen lassen. Hast du mit meinem Anwalt Kontakt?«

»Nein, Papa hat gesagt, ich solle auch ihm gegenüber behaupten, nicht zu wissen, wohin du verschwunden bist. Damit ich mich gar nicht erst in Widersprüche verwickele. Ist auch besser so. Mir geht es so schlecht, chéri ...«

Und dann klagte sie seitenlang ihr Leid, bis es Didier offenbar zu viel wurde und er sich kurz verabschiedete.

Jacques legte das Protokoll zur Seite.

Er griff zum Telefon, am anderen Ende klingelte es sechs Mal, doch gerade, als er einhängen wollte, wurde der Hörer abgehoben. Er hörte ein Keuchen und dann ein kurzes »Ja«.

»Jean?«

»Ja?«

»Jacques. Jacques Ricou. Geht's dir nicht gut?«

Noch ein Schnaufen.

»Doch, ich bin eben gerannt, weil ich auf dem Flur das Telefon gehört habe. Was Neues?«

»Wir wissen wohl, wo Didier ist. Interessanterweise auf der Farm von Sotto Calvi in Texas.«

»Und woher weißt du das?«

»Abhörprotokoll der RG. Didier hat seine Mutter angerufen. – Aber wir müssen uns dringend zusammensetzen. Ich war heute bei Françoise Barda wegen Sotto Calvi. Aber dazu lieber nichts am Telefon. Hast du heute noch Zeit?«

»Wo bist du jetzt?«

»In meinem Büro in Créteil.«

»Auf den Straßen ist Chaos. Du schaffst es niemals, vor sechs Uhr hier zu sein, und da bin ich schon unterwegs. Mit Madame nach Deauville, mon cher. Zum Pferderennen, der neue Freund deiner, eh, von Jacqueline lädt ein. Ein großzügiger Mann! Einer der portugiesischen Rothschilds.«

»Portugiesische Rothschilds?«

»Oder er arbeitet dort für die Rothschilds. Die machen dort irgendeinen Wein.«

Von dem Neuen wusste Jacques nichts, aber er fragte auch nicht nach. Ein großzügiger Mann könnte Erleichterung bei ihren unberechtigten finanziellen Forderungen bedeuten oder genau das Gegenteil. Vielleicht brauchte sie noch mehr Geld für ihre Schönheit.

Um sechs schaute Martine durch die Tür und fragte. »Meinst du, ich kann gehen? Ich muss dringend zum Work-out und habe noch eine Verabredung zum Squash. Und man weiß nie, was dann noch folgt!«

Jacques knurrte. Was dann noch folgt? Die Auswahl fürs Wochenende.

»Geh nur, ich hab so viele Fälle liegen lassen und will mal ein bisschen was aufarbeiten. Bis Montag.«

Um halb acht rief er dann doch bei Lyse an. Aber das Telefon war besetzt. Weil er meinte, vielleicht falsch gewählt zu haben, versuchte er es noch einmal. Immer noch besetzt. Er suchte bei Google »françafrique« und traf auf ein hübsches Wortspiel »france à fric«, Pinkepinke-Frankreich. Ehe er sich mit den vielen Artikeln und Büchern zu dem Thema beschäftigen konnte, war bei Lyse nicht mehr besetzt. Als er ihr Hallô so schmachtend in den Hörer gehaucht hörte, wie es Empfangsdamen in den großen Anwaltskanzleien von New York nach vierzehntägiger Schulung können, wurde ihm heiß. Er versuchte es mit Nonchalance.

»Ich wollte hören, ob dein kleiner Zeh nachgewachsen ist.«

Zuerst hörte er nichts, dann ein leises Glucksen.
»Wo bist du?«
»Immer noch im Gericht. Und was machst du?«
»Ich wollte gerade packen.«
Schweigen auf beiden Seiten.
»Willst du mitkommen?«
»Wohin?«
»Nach Deauville. Ich bin zum Pferderennen eingeladen – und ich nehme dich gern mit ... dann kannst du ja nach dem Zeh suchen.«
Er schnaufte kurz.
»Das wird schwierig. Wer hat dich eingeladen?«
»Kennst du nicht.«
»Vielleicht doch?«
»Einer der englischen Rothschilds. Ich habe ihm mal beim Kauf eines Rennpferdes geholfen. Da ging es um gekränkte Eitelkeiten zwischen einem arabischen Verkäufer und Rothschild, und ... ich kann eben wie ein Frieden stiftendes Medium wirken. Hab übrigens gut daran verdient.«
»Ich dachte, du seist Kunstmaklerin, oder so ...«
»Ich kann vieles. Willst du mitkommen?«
Er überlegte. Sie hatte die Frage ganz sachlich gestellt.
»Der, von dem wir heute früh gesprochen haben, wird nicht da sein.« Auch das klang sachlich.
»Ach nein«, sagte er. »Bei den Rothschilds würde ich mich so fühlen, als müsste ich ständig im Cut rumlaufen. Lass mal, da passe ich nicht hin.«
»Für mich ist das hauptsächlich Job. Da kann ich gute neue Kontakte machen und alte pflegen.«
»Weißt du schon, wann du zurück sein wirst?«
»Sonntagabend, Montag früh. Je nachdem.«

»Meld dich, wenn du wieder da bist.«

Jetzt hauchte sie wieder in den Hörer, diesmal kaum noch vernehmbar: »Ich vermisse dich wirklich.« – Und klick!

Er rief bei Michel an. Mit einem Freund zu sprechen, wäre jetzt nicht schlecht. Doch Michel war in Eile, Montagabend, heute geht's nicht. Na gut. Montagabend.

*

Alain Lacoste saß auf seinem Bett in der Zelle im Gefängnis La Santé und beobachtete Marco, seinen Zellengenossen. Gerade hatte man ihnen das Abendessen auf einem großen Tablett durch die Tür gereicht, da machte Marco sich daran, zu sortieren, was er für essbar hielt. Den Rest spülte er sofort weg. Dann holte er aus einem Karton unter dem Bett eine Plastikdose hervor, einen etwas größeren Blechnapf und einen Tauchsieder. In dem Napf kochte er Wasser, füllte gleichzeitig Wasser in die Plastikdose und zählte genau 140 Spaghetti ab. Die Nudeln brach er in der Mitte durch, steckte sie in die Plastikdose, und die wiederum in den größeren Blechnapf mit dem kochenden Wasser.

»Eine Art ›bain-marie‹«, sagte er, »wenn du die Nudeln gleich in den Topf mit dem Tauchsieder packst, dann nehmen sie einen merkwürdigen Geschmack an.«

Einige Minuten später kippte er die al dente zubereiteten Spaghetti auf die Teller und krümelte Thunfisch, den er aus einer anderen Zelle besorgt hatte, darüber.

Marco war auf Wunsch von Alain Lacoste in seine Zelle verlegt worden. Er hatte der Gefängnisverwaltung durch seinen Anwalt Lafontaine andeuten lassen, dass er unter Angstzuständen leide und eine Kurzschlusshandlung befürchte, wenn er sich selbst überlassen bliebe. Schließlich stünde er als Präsident der Sofremi in dieser ihm ungewohnten Lage unter großem seelischem Stress.

Tatsächlich fühlte sich Alain Lacoste besser, seit er nicht mehr allein war. Marco, der korsische Nationalist, war erfahren im Gefängnisleben. Jahre hatte er in Untersuchungshaft verbracht, selbst wenn er nur zweimal für jeweils kurze Zeit verurteilt worden war. Es hatte stets an Zeugen gefehlt.

Marcos Hauptregel lautete: »Kämpfe, statt zu jammern. Lass dich auf keinen Fall gehen. Du weißt, warum du in diese Lage gekommen bist, jetzt musst du damit fertig werden.«

Das bedeutete jeden Morgen putzen, zwanzig Liegestütze, zwanzig Kniebeugen, zehn Klimmzüge am Gitter des Fensters. Lacoste schaffte es nicht, sein Kinn auch nur einmal bis zu den Händen hochzuziehen. »Gut«, sagte Marco, »bald schaffen wir einen Klimmzug, dann zwei, dann drei. Damit haben wir ein Ziel. Ein kleines, ja, aber ein Ziel.«

Ein Untersuchungshäftling hat das Recht, sich einmal in der Woche Lebensmittel schicken zu lassen. Marco stellte die Liste zusammen und von nun an aßen sie vorzüglich. Sogar Foie gras. Trotzdem nahm Lacoste schnell ab. Die Untersuchungshaft könne bis zu sechs Monaten dauern, sagte Anwalt Lafontaine, aber Marco schüttelte den Kopf. Die finden schon einen Grund, daraus zwölf zu machen.

In der zweiten gemeinsamen Nacht schreckte Alain Lacoste auf, als eine Hand sich fest über seinen Mund legte und ihn ein kräftiger Arm fest in sein Bett drückte.

Marco flüsterte ihm kaum hörbar ins Ohr: »Kein Wort! Du weißt, ich bin hier im Auftrag von Calvi. Ich soll dir helfen. Man hat mir eine Art Mini-Computer reingeschmuggelt. Damit können wir nachts unbemerkt nach außen kommunizieren.«

Lacoste hatte sich entspannt, den Kopf geschüttelt, die raue Hand Marcos weggerissen und tief eingeatmet. Als er etwas sagen wollte, warnte Marco dicht an seinem Ohr. »Es kann sein, dass wir hier abgehört werden. Nur ins Ohr flüstern!«

»Wie können wir Kontakt aufnehmen?«

»Mit diesem BlackBerry.« Marco zeigte das flache, handgroße Gerät.

»Kann ich gleich meiner Frau etwas mitteilen?«

»Sei nicht so sentimental. Hier geht's doch um was ganz anderes! Du hast offensichtlich Calvi mit in die Scheiße gezogen.«

Montag

Er hatte ihr angekündigt, dass es spät werden könne, aber sie wollte ihn unbedingt noch sehen. Also hatte er Michel wieder abgesagt und klingelte um Viertel vor elf an ihrer Wohnungstür. Als er eintrat, wich Lyse zuerst einen Trippelschritt zurück, dann gab sie ihm doch rechts und links eine Bise, drehte sich aber sofort wieder um und fragte fast ein wenig verlegen: »Jacques, einen Whisky?«

»Ja gern, einen dicken Daumen breit mit zwei Eis und einem Schuss Wasser. Perrier, wenn du hast, sonst lieber Leitungswasser.«

Sie reichte ihm das Whisky-Glas so, dass ihre Hände sich berühren mussten. Er nahm einen vollen Schluck und sah sie an.

»Lyse, kennst du Paul Mohrt?«

Sie hatte sich gemütlich im Schneidersitz am anderen Ende der Couch angelehnt, der rechte Arm ruhte auf der Rücklehne, in der Hand hielt sie ein von kaltem Chablis beschlagenes Glas. Doch kaum hatte er die Frage gestellt, wich alle Leichtigkeit aus ihrem Gesicht und machte einer Leere Platz, die ebenso schnell in Härte überging. Ihr linkes Auge starrte ihn fast wütend an, aus dem rechten lief, nein, keine Träne, aber doch etwas Feuchtes, wie Tau.

»Monsieur le juge, warum verhörst du mich?«

Er nahm noch einen Schluck Whisky, atmete tief durch.

»Pardon, tut mir leid. Das sollte nur eine Frage an eine Freundin sein. Ich dachte, du verstehst das vielleicht.«

Der Tag hatte wie jeder Montag angefangen. Dazu gehörte für Jacques das Frühstück im Bistro L'Auvergnat, mit allen Zeitungen des Tages, mit grand crème – meist zwei – und Croissants, manchmal drei. Erst wenn der Zahn der Gürtelschnalle nicht mehr in das übliche Loch passte, gab es nur noch eins.

»Libération« ließ sich ausführlich über die Listen zur Europawahl aus und machte sich lustig über die von Innenminister Charles Cortone eingereichten Namen. Unter den Kandidaten befand sich auch Alain Lacoste, Präsident der Sofremi, derzeitige Adresse: Gefängnis La Santé, Mitglied der korsischen Mafia um »Kaiser Karl von Korsika«, wie es auf Deutsch hieß. Und der Korse

Cortone wurde in der Karikatur mit Pickelhaube dargestellt – nicht, wie er es sich vielleicht gewünscht hätte, im Hermelinumhang mit Lorbeerkranz wie auf dem Krönungsbild von Napoléon-Bonaparte. Die Pickelhaube war zwar nicht ganz passend, Jacques schüttelte den Kopf, aber die Zeichnung sollte den rechten Cortone lächerlich machen. Immerhin hatte der Innenminister seiner Liste den Namen »Parti Corse de l'Empereur« gegeben, womit er wohl dem einzigen Korsen, der es je zum französischen Kaiser gebracht hatte (wenn man von dessen Neffen einmal absieht), die Ehre erwies.

Jacques fand das eher komisch, diese Liste würde kaum die Fünfprozenthürde schaffen. Er trank seinen Kaffee schnell aus, zahlte und fuhr los. Noch vom Auto aus rief er einen Freund im Conseil constitutionel, dem Verfassungsrat, an und fragte, ob die Aufstellung eines Untersuchungshäftlings zur Europawahl rechtens sei. Dagegen bestünde kein Einwand, erfuhr er, ein Untersuchungshäftling besitze schließlich noch die bürgerlichen Ehrenrechte.

Wie viel praktischer es ist, auf der Ile de la Cité zu arbeiten, dachte Jacques, als er in den Innenhof des Palais de Justice fuhr, um mit Françoise Barda und Jean Mahon die Durchsuchung bei Sotto Calvi vorzubereiten.

»Oh, Monsieur le juge, wir haben eine kleine Überraschung für dich.«

Die Untersuchungsrichterin Françoise Barda blickte unfreundlich von ihrem Schreibtisch auf, schaute neben sich, ergriff ein schmales Dossier und reichte es Jacques mit der Rechten, während der Zeigefinger der Linken nervös auf einen leeren Stuhl wies.

Jacques hielt ein Abhörprotokoll der Renseignements

généraux in der Hand, mit versteckten Mikrophonen aufgenommen am Donnerstagabend in der Villa von Calvi in Saint-Cloud. Gesprächsteilnehmer: Sotto Calvi und eine Person mit Namen Paul Mohrt. Sie redeten über das Wetter, das hier auch nicht schlechter sei als in Texas, von wo Paul Mohrt gerade angereist zu sein schien, über die Rennbahn und Pferde, über einen Störenfried, den es auszuschalten gelte, weil er ein Projekt gefährde, aber da sie vorsichtig in Anspielungen redeten, wusste Jacques nicht, um wen es sich handelte. Es schien nicht so, als habe dieser Mann mit ihrem Fall zu tun. Doch Françoise Barda hatte im folgenden Text einige Zeilen mit gelbem Leuchtstift angestrichen.

Sotto Calvi: »Haben Sie die Kommunikation zu unserem Freund aufgebaut?«

Paul Mohrt: »Probe durchgeführt. Läuft wie geschmiert. Er hat zunächst keinen weiteren Termin beim Richter.«

S. C.: »Und um den kümmert sich Lyse. Ich habe sie zu der Vernissage mitgenommen, als ich die Bilder gekauft habe, er ist nämlich ein Freund des Malers und tauchte auch dort auf. Und er hat sofort angebissen. Sie hat die Bilder auf Korsika und auf der Ranch aufgehängt. Sie müssen sich doch in Texas getroffen haben?«

P. M.: »Nein. Ich habe zwar Didier hingebracht, aber bin ihr aus dem Weg gegangen.«

S. C.: »Sieht es gut aus?«

P. M.: »Was?«

S. C.: »Das Bild? Ein echter Faublée. Hat immerhin eine ganze Menge gekostet und müsste mit den kräftigen Farben in der Eingangshalle einen beeindruckenden Effekt machen.«

P. M.: »Ja, beeindruckender Effekt.«

S. C.: »Und der Kleine, wird der auf der Clear Springs River Ranch erst einmal Ruhe geben oder müssen wir uns was ausdenken?«

P. M.: »Lascher Kerl. Aber von den Drogen war er schnell weg. Ich habe mir ein spezielles Programm für ihn ausgedacht, das ihm gut gefällt. In San Antonio habe ich über unseren Pariser Escort-Service einen Kontakt herstellen lassen und ein Mädchen mit der Ausstrahlung eines Collegegirls ausgesucht, das gern reitet und das wir als Marschas Tochter ausgeben konnten. Die bekommt einen ordentlichen Monatslohn, ein Pferd, und soll den Jungen in jeder Beziehung richtig fertig machen.«

S. C.: »Im Heu wie im Sattel, eine prächtige Idee.«

P. M.: »Und wenn er unruhig werden sollte, lassen wir ihn noch Fliegen lernen. Der ist auf Monate beschäftigt. Soll ich mich um Lyse kümmern?«

S. C.: »Paul! Mit Ihrem Übereifer können Sie auch alles wieder zerstören. Wenn Lyse Sie nur sieht, wird sie zur Furie. Immer wieder fragt sie mich, ob Sie noch für mich arbeiten. Ich winde mich dann immer irgendwie heraus und versuche das Gespräch auf die Kunst zu lenken. Aber auf Lyse ist Verlass. Sie trifft ihn heute Abend. Das Räuber-und-Gendarm-Spiel scheint ihr doch noch Spaß zu machen.«

Françoise Barda sah Jacques nicht an, als er das Protokoll zurücklegte.

Jacques stand auf und trat ans Fenster, blickte hinaus, ohne etwas wahrzunehmen. Dann nickte er mit dem Kinn, drehte sich um und setzt sich wieder.

»So, dann an die Arbeit. Ich weiß, was ich zu tun habe. Danke!«

Zusammen vertieften sich die beiden in die Unterlagen des Falles Sotto Calvi. Gegen eins brachte die Gerichtsschreiberin von Françoise Barda zwei Käse-Schinken-Sandwiches und eine Flasche Evian. Je tiefer sie in die Materie einstiegen, desto mehr wuchs Jacques' Respekt vor der Untersuchungsrichterin. Sie arbeitete nicht nur schnell, sachlich und präzise, sondern verfügte auch noch über einen äußerst scharfen, analytischen Verstand.

Um sechs waren sie mit Jean Mahon verabredet, um die Durchsuchungen bei Sotto Calvi genau abzusprechen. Als der Kommissar nur fünf Minuten zu spät kam, entschuldigte er sich, als handele es sich um eine dreiviertel Stunde. Er habe gewartet, bis der Gang vor dem Büro von Françoise Barda leer war. Denn die Gerüchteküche würde überbrodeln, wenn jemand Barda, Ricou und Mahon zusammen sehen würde. Der alte, gestandene Kommissar Mahon galt als linke Hand von Jacques Ricou und beide als unerbittlich. Zwei Krieger gegen die Korruption und als Würze dazu die Kampfhenne Barda. Das gäbe Stoff für die üppigsten Spekulationen.

Kommissar Jean Mahon überlegte kurz, schaute die Untersuchungsrichterin an. »Darf ich das Jackett ausziehen?«

»Ja natürlich«, sie schaute verwundert auf, weil er sie als Frau und nicht nur als Kollegin behandelt hatte, »ja, es ist ja immer noch erstaunlich heiß, obwohl der Herbst schon angefangen hat.«

Mahon hängte die graue Jacke über die Stuhllehne, stellte die alte Ledertasche vor sich auf einen Aktenständer, holte drei Gläser heraus, eine Flasche Perrier und eine mit Whisky, die noch dreiviertel voll war.

»Für mich nicht!« Françoise Barda riss die Augen auf.

Der Kommissar hielt ein Glas hoch.

»Einen Schluck Wasser?«

»Na gut.«

»Und du, Jacques?« Der Kommissar beugte sich noch einmal über seine Tasche und entnahm ihr einen kleinen silbernen Eiskühler. Jean Mahon schaute zu Jacques, drehte den Kopf ein wenig schräg und hob den Finger hoch. Dieses nützliche Utensil habe er heute von zu Hause mitgenommen, sagte er dabei.

»Wie immer, Jean!«

Das Eis reichte für zwei Mal Wasser und vier Gläser Whisky. Um halb zehn segneten sie ihren Plan ab. Die Durchsuchung in Sachen Sotto Calvi sollte an drei Orten gleichzeitig beginnen: Im Pariser Büro, in den Villen in Saint-Cloud und auf Korsika.

An jedem Ort muss ein Untersuchungsrichter anwesend sein, Françoise Barda im Büro, Jacques Ricou auf Korsika, ein noch zu benennender Kollege in Saint-Cloud. Kommissar Mahon wird den Einsatz in Calvis Büro leiten, je ein Sergeant aus seiner Mannschaft die anderen Durchsuchungen. Morgen, am Dienstag, werden die Einsätze personell vorbereitet. Am Mittwoch wird Jacques mit Begleitern nach Korsika fliegen.

Am Donnerstag früh um Viertel nach acht sollte der Einsatz beginnen, denn Sotto Calvi pflegte sein Büro morgens um acht Uhr zu betreten.

Jacques bestand darauf, dass die Polizisten von dem Ziel ihres Einsatzes erst im Augenblick der Abfahrt unterrichtet würden. Als Barda und der Kommissar ihn zweifelnd anschauten, sagte er: »Das hat doch jeder von uns schon erlebt. Und gerade in diesem Fall hat mir selbst unsere konservative Gerichtspräsidentin Marie Gastaud eingebläut: ›Achten Sie darauf, mit welchen

Polizisten Sie zusammenarbeiten. Denn alle unterstehen zunächst dem Innenminister, und meist erfährt der schneller als Sie, was für heikle Dinge gefunden werden.‹ Vorsicht hat noch nie geschadet.«

Die beiden Männer verließen das Palais de Justice gemeinsam, und Jean Mahon schlug noch einen schnellen Bissen vor. Ein Steak-frites? Jacques starb vor Hunger. Er würde immer noch früh genug zu Lyse kommen und einige Last mitnehmen, da tat eine Stärkung gut.

Das Steak war scharf angebraten und doch innen noch rot, die Pommes frites goldgelb und knusprig. Der Bordeaux schmeckte nach Zimt und Brombeeren.

Jean Mahon brauchte lange, bis er damit rausrückte, dass er in Deauville beim Pferderennen nicht nur Jacques' Ex gesehen habe, sondern auch die dunkelhäutige Journalistin des Figaro, die nach der geplatzten Rave-Party auf der Vespa weggefahren sei. Ob sie allein war? Ja, und sie gab sich diesmal als Kunstspezialistin aus, war diesmal genauso elegant wie damals sportlich. Eine aufregende Frau. Ob er, Jean Mahon, recherchieren solle, wer sich dahinter verberge?

Jacques bat um die Rechnung, zahlte und lud den Kommissar ein. »Ach lass mal. Ich glaube, ich bin schon auf der richtigen Fährte.«

»Paul Mohrt«, Lyse setzte sich auf, nahm das kalte Weinglas mit beiden Händen und schaute hinein, als suchte sie darin nach einer Fliege – oder einem Stück Kork. »Paul Mohrt sollte man aus dem Weg gehen. Sotto beschäftigt ihn, wenn heikle, äußerst heikle Aufgaben zu erledigen sind.«

Sie stellte die Füße auf den Boden, als überlegte sie, aufzustehen, nahm einen Schluck Chablis und warf

Jacques, der seinen Whisky ausgetrunken und das leere Glas vor sich auf den Couchtisch gestellt hatte, nur einen Blick zu. Sie bot ihm keinen weiteren Scotch an.

»Falls du Didier Lacoste suchst, den hat Paul Mohrt nach Texas auf die Ranch von Calvi gebracht. Calvi ist mit Vater Lacoste befreundet, die machen so manches Geschäft zusammen, und offenbar scheint deine Untersuchung sie zu stören. Ich weiß nicht, ob Didier seinen Vater belasten würde, ich weiß auch nicht, ob Didier etwas über Sotto Calvi weiß. Aber dass Paul Mohrt beauftragt worden ist, sich um den Sohn von Lacoste zu kummern, zeigt, wie vorsichtig Calvi in all seinen Geschäften vorgeht. Auch nur die kleinste, potenzielle Fehlerquelle wird vorsichtshalber trocken gelegt.«

Sie lehnte sich zurück und als Jacques nichts sagte, sprach sie einfach weiter.

»Paul Mohrt war zwanzig Jahre lang Agent im französischen Auslandsgeheimdienst DGSE. Ich weiß nicht allzu viel über ihn. Aber er leitete Einsätze im Tschad, in Südamerika – und in Angola. Als mein Vater noch lebte und ich mit ihm in Angola die Familie bei den Ovimbundu besuchte, von denen wir abstammen, ist Paul Mohrt einmal aufgetaucht. Und ich will nie wieder mit ihm was zu tun haben. Nie wieder, verstehst du!«

Lyse kreischte fast: »Nie wieder.«

Was mag der ehemalige Geheimagent Paul Mohrt ihr angetan haben? Wahrscheinlich das, was Legionäre Frauen antun. Jacques wagte nicht, zu fragen.

Er stand auf, nahm ihr das Glas aus der Hand und ging in die Küche. Während er eingoss überlegte er, welche Fragetechnik jetzt psychologisch am erfolgreichsten sein würde. Harte Konfrontation – à la Paul Mohrt? Dann würde Lyse blockieren – und sie wären Feinde.

Er müsste ihr die Chance geben, ihm die Wahrheit zu sagen.

Als er ins Wohnzimmer kam, war sie verschwunden. Doch sie kam sofort wieder zurück, und als er ihr das Glas gab, zitterte ihre Hand nicht. Es klang vielmehr hell und klar, als er mit dem oberen Rand seines Whiskybechers leicht mit ihrem Weinglas anstieß. Sie setzten sich in gleicher Entfernung wie vorher auf die Couch.

»Als wir uns bei Michel Faublée getroffen haben, wusstest du, wer ich bin?«

»Ja. Sotto Calvi hatte mich gebeten, dich ein wenig auszuhorchen. Aber du weißt: Ich habe dir nie eine Frage gestellt. Und dir schließlich auch gesagt, dass ich für ihn Aufträge erledige.«

»Auch als Journalistin des Figaro, die über Rave-Partys schreibt?«

Lyse lachte: »Ja. Verdammt. Damals warst du ja mit den Polizisten im Einsatz! Vater Lacoste hatte ich bei einem Diner getroffen, das Sotto Calvi gab, und irgendwie waren wir auf das Vespafahren gekommen. Da hat Lacoste mich gebeten, Didier zu überreden, solche verbotenen Rave-Partys zu meiden. Wenn ich mit dem schönen alten Roller erschiene, würde er mir vielleicht eher zuhören. Und einen Hausausweis des Figaro habe ich, weil ich tatsächlich ab und zu für den Figaro schreibe, Kleinstartikel – allerdings nur über Kunstprojekte. Einen Hausausweis hat selbst der Pförtner, aber deine Polizisten haben ihn als Presseausweis gelten lassen.«

Jacques überlegte: Hatte er ihr nicht von der Aussage Didiers erzählt, davon dass Vater Lacoste aus der Schweiz Bargeld holte? Mehr wird es nicht gewesen sein. »Wie viel von dem, was ich dir gesagt habe, wissen Calvi oder Lacoste?«

»Für euch Untersuchungsrichter gilt jeder Verdächtige gleich als Verbrecher, den ihr einsperren müsst. Ich dachte, es gäbe so etwas wie die Unschuldsvermutung?«

Jacques ging darauf nicht ein, fragte vielmehr scharf, als säße er in seinem Büro einem Beschuldigten gegenüber: »Und warum machst du so was?«

Lyse lachte und nahm einen Schluck.

»Für mich ist das Abenteuer. Es ist doch überhaupt nichts dabei, einem kleinen missratenen Sohn hinterherzufahren oder aber sich an einen berühmten Untersuchungsrichter ranzumachen. Wenn man den dann auch noch mag, ja – warum denn nicht. Das ist nun gar nichts Verbotenes. Ich finde das spannend.«

»Immerhin handelt es sich hier möglicherweise um Korruption riesigen Ausmaßes und um Steuerbetrug.«

»Für dich vielleicht. Aber woher soll ich das denn wissen? Ich schnüffele Leuten doch nicht nach! Wenn du Sotto Calvi triffst, dann lernst du sicherlich einen reichen, aber auch sehr kultivierten, sehr bedächtigen Mann kennen. Mit dem du dich wahrscheinlich sehr eingehend unterhalten würdest. Der auch nicht unattraktiv ist. Und Lacoste stellt als Präsident der Sofremi eine wichtige Person des Staates dar. Wenn der mich um einen pädagogischen Auftrag bittet, dann fühle ich mich sogar geschmeichelt, und ich sage zu, weil ich zum Beispiel noch nie mit einer Rave-Party zu tun hatte. Dazu bin ich schließlich zehn Jahre zu alt. Und wenn Sotto Calvi, dem ich gerade drei Bilder eines – wie ich finde – wichtigen zeitgenössischen Malers vermittelt habe – gegen sehr angenehme Provision –, wenn der mich bittet, mal zu schauen, ob der nicht ganz unumstrittene Jacques Ricou wirklich ein so gnadenloser Untersuchungsrichter ist, dann finde ich das aufregend.

Und, um ehrlich zu sein, ich habe genug über dich gelesen, um mich auch als Frau für dich zu interessieren. Zu Recht, wie ich jetzt weiß. Und du könntest Sotto Calvi für seinen Auftrag fast ein wenig dankbar sein.«

Lyse lachte, Jacques nickte automatisch. Vielleicht war sein Blick wirklich einseitig durch seinen Beruf als Jäger von Kriminellen.

»Und, wenn ich ein bisschen ernster werde, Jacques: Ich liebe das banale Abenteuer. Meine Mutter ist jung gestorben, mein Vater ist jung gestorben. Da werde auch ich nicht alt. Also: Carpe diem. – Zumindest wenn es sich nur um solche Kleinigkeiten handelt. Sonst bin ich ein braves Mädchen! Ich kann ebenso gut tagelang zu Hause sitzen.«

»Na ja, ich war schon ein bisschen erstaunt, wie schnell du mich geküsst hast!«

»Ach, ich bin wie eine Wüstendistel. Jahrelang kann ich grau und vertrocknet in der Wüste stehen. Aber wenn der Regen einsetzt, dann blühe ich auf, entfalte alle Farben und stehe leuchtend im Sand. Du warst der Regen.«

»War das dein Roller bei der Rave-Party?«

»Ja. Willst du mal mitkommen auf einen Ausflug?«

»So wie Jimmy mit dem Roller von Ace an der englischen Südküste?«

»Oh, du kennst Quadrophemia. Toller Film, toller Sting.«

»Und die Musik!« Jacques imitierte einen Schlagzeuger von The Who. »Aber bei mir geht's nicht so tragisch aus wie bei den Mods.«

»Ich habe den Roller unten in der Tiefgarage stehen. Am schönsten ist es, sonntagmorgens die Champs-Elysées hinunter zu fahren, über den Concorde, und dann an der Seine entlang der roten Sonne entgegen. Da jubelst du wegen des Gefühls von Freiheit. Du glaubst, fliegen zu können.«

»Mal sehen, wie der Wetterbericht für das Wochenende aussieht. Ist das alles wirklich so banal, wie du es schilderst, Lyse?«

»Ja. Und: Sotto Calvi sucht seit Freitag nach einer neuen Kustodin.«

Jacques war immer noch der Untersuchungsrichter: »Weißt du, ob er außer dem Haus in Saint-Cloud, der Villa auf Korsika und dem Büro noch irgendeine Wohnung oder Niederlassung in Frankreich hat?«

»Nein. Nicht dass ich wüsste.«

Noch lange nach Mitternacht standen sie in der lauen Luft auf der Terrasse vor der Küche. Was sollte er gegen so viel Naivität tun, dachte Jacques.

Später, als sie nackt und schweißnass im Bett lagen, sagte er: »Stell den Wecker auf sechs.« Aber weil er dann noch einmal »nach dem fehlenden Zeh schauen« musste, fuhr er erst um sieben durch die leeren Straßen von Paris zu seinem Appartement nach Belleville. Um neun warteten Françoise Barda und Kommissar Jean Mahon auf ihn im Palais de Justice.

Am Mittwochabend verpasste Jacques fast den letzten Flug nach Figari, dem Flughafen im Süden von Korsika – nicht weit von Bonifacio. Martine hatte den Flug vom Flughafen Charles de Gaulle im Norden von Paris gebucht, während er sich von einem Fahrer in den Süden der Stadt nach Orly bringen ließ, weil von Orly die meisten innerfranzösischen Flüge abgingen. Aber er hatte Glück: Von beiden Flughäfen ging zur gleichen Zeit eine Maschine nach Marseille, wo er in jedem Fall umsteigen musste.

Die Durchsuchung

Donnerstag

Um sieben Uhr saß Jacques im Polizeiwagen drei Kilometer östlich von Bonifacio auf der D 260, Françoise Barda und Jean Mahon waren in Paris unterwegs und der dritte, neu hinzugezogene Untersuchungsrichter, Jean Delorme, in Saint-Cloud. Sie warteten auf die Bestätigung, dass Sotto Calvi seine Villa verlassen hatte und im Büro eingetroffen war.

Um dreiundzwanzig Minuten vor acht sagte eine krächzende Stimme über Funk, Sotto Calvi sei am Steuer seines neuen, silbernen Bentley-Coupés durch die Pforte seiner Villa hinausgefahren.

»Wie peinlich für so einen reichen Mann. Er fährt Volkswagen.« Mit Ironie versuchte der Kommissar wieder mal die besonders streng wirkende Untersuchungsrichterin aufzulockern. Doch Françoise Barda schaute ihn nur fragend an.

»Bentley, das ist doch so gut wie ein Rolls-Royce! Ein Engländer!«

»Gehört jetzt aber zu Volkswagen, wie Lamborghini.«

Françoise Barda schüttelte den Kopf. Autos interessierten sie nicht. Zwei Minuten vor acht versenkte Sotto Calvi seine Limousine in der Tiefgarage des Gebäudes an der Avenue Wagram, in dem seine Büroetage lag. Der Kommissar gab den Befehl zum Einsatz. Über

Funk wurde die Einheit in Saint-Cloud informiert, und über sein Handy erhielt Jacques die Nachricht.

Um acht Uhr siebenundzwanzig stand er auf der Terrasse des Ferienhauses von Sotto Calvi und atmete die Meeresluft ein, als befände er sich im Urlaub. Von einem berühmten Schweizer Architekten auf den hohen ockerfarbigen Fels gebaut und umgeben von einem prächtigen Park, der fast ausschließlich aus Rasen und hohen, gerade gewachsenen Kiefern bestand, wirkte die Anlage wie ein modernes – ja, was denn? Kein Märchenschloss. Sondern der Traum eines Milliardärs. Riesige Fenster gaben den Blick frei auf das Ilöt St-Antoine, einen lang gezogenen, ausgewaschenen Felsen, der wie ein gekentertes Schiff vor dem Capo Pertusato in den Gischt aufpeitschenden Wellen lag.

Im Süden sah Jacques die Lavezzi-Inseln. Dorthin war er mit Jacqueline auf der Motoryacht eines Freundes bei einem ihrer ersten gemeinsamen Ausflüge gefahren. Sie hatten geankert, sich gesonnt und dann nach Seeigeln für das Abendessen getaucht. Ein wunderbarer Tag. Als er nachts endlich eindöste, ein Arm lag noch über Jacqueline, glaubte er draußen Hunderte von Menschen vor sich hinmurmeln zu hören. Sie wiederholten und wiederholten den Satz, den Jacqueline vor dem Einschlafen – vielleicht unbewusst – gehaucht hatte: Ich möchte deine Frau werden. Völlig verwirrt schlief er erst gegen Morgen ein.

Es waren die puffins cendrés, merkwürdige, nur hier lebende Vögel, die sich so unterhielten, dass es nach menschlichem Gebrabbel klang, erzählte der Freund beim Frühstück, sie gelten als jenes Meeresgespenst, das Seefahrer im Nebel auf Felsen lockt.

Zwei Polizisten waren mit Leitern über die hohe

Mauer geklettert und hatten das große Tor von innen geöffnet. Die Beamten standen schon vor der Haustür, als ein vierzigjähriger, stämmiger Korse mit einem doppelläufigen Schrotgewehr aus einer Seitentür stürmte. Doch ehe er sichs versah, stand er zwei Maschinenpistolen gegenüber.

An der Wand gegenüber dem Fenster sah Jacques das Bild von Michel Faublée, das Lyse erst vor wenigen Tagen hier aufgehängt hatte. Es wirkte so, als sei es extra für diesen Platz gemalt worden. Jacques würde ihm erzählen, wie beeindruckend sein Werk mit den Wogen des Capo Pertusato kontrastierte.

Drei Stunden dauerte die Durchsuchung. Auf dem Schreibtisch, der aus zwei Chromböcken und einer großen grauen Granitplatte bestand, lagen nur wenige Papiere, ein Kalender mit kaum einer Eintragung. Der Laptop wurde eingepackt. Sie fanden keinen Geldschrank, und der Korse schüttelte nur den Kopf, als er nach einem Tresor gefragt wurde. Jacques ordnete an, die Telefone mitzunehmen, möglicherweise waren Nummern darauf gespeichert. Als die Polizisten das Gelände sorgfältig durchsuchten, kam Jacques die Idee, den Korsen nach einem Boot zu fragen. Ja, das lag unten im Yachthafen. Zwei Leute fuhren los und kamen mit dem Logbuch und einem weiteren Computer zurück.

Die Ausbeute auf Korsika war mager. Jacques ließ die beschlagnahmten Gegenstände noch in Sotto Calvis Wohnzimmer für den Transport nach Paris verpacken und gleich versiegeln. Zwei Sicherheitskräfte würden die Kisten in der Abendmaschine via Marseille nach Paris-Orly begleiten. Sie stiegen als Letzte zu, saßen vorn neben dem Eingang, um die Ladeluken im Auge zu haben, und rannten in Marignane, dem Flughafen von Marseille, sofort auf das Rollfeld, um die großen Kartons beim Transfer nicht aus den Augen zu lassen.

In Saint-Cloud fand die Einheit von Untersuchungsrichter Jean Delorme einen Keller voller elektronischer Geräte, eine hochmoderne Funkanlage und ein Regal voller DVDs und CDs. Delorme musste einen zusätzlichen Kastenwagen für den Abtransport bestellen.

Im Büro der rue de Wagram erlebten Françoise Barda und Jean Mahon die erste Überraschung, als sie feststellten, dass der Bentley zwar im Keller stand, Sotto Calvi aber verschwunden war, und die zweite, als schon wenige Minuten später sein Anwalt Philippe Tessier auftauchte.

Die Untersuchungsrichterin setzte sich ohne zu diskutieren an den eleganten Schreibtisch des Waffenhändlers und ließ sich Aktenordner für Aktenordner vorlegen, um zu entscheiden, welche Papiere sie beschlagnahmen wollte. Tessier machte Einwände, tobte, versuchte mit legalen Einwänden die Papiere zurückzuhalten, die nicht mit dem Steuerverfahren zu tun hatten, doch Françoise Barda schaute noch nicht einmal auf.

»Sehen Sie genau hin. Der Durchsuchungsbefehl ist nicht nur von mir unterschrieben, sondern auch von Untersuchungsrichter Jacques Ricou, der einem Fall von Korruption nachgeht. Sie werden sich schon gedulden müssen, Maître Tessier«, sagte sie lapidar.

Als etwa zehn Kartons mit Papieren gefüllt waren, stürzte, gefolgt von Kommissar Jean Mahon und zwei seiner Polizisten, ein halbes Dutzend Männer in den Raum und bezog Position um die Akten herum. Mahon stritt sich mit einem kleinen, drahtigen Wiesel, das ihn immer wieder zur Seite schob und seine Männer aufforderte, aus den beschlagnahmten Papieren die Akten auszusondern, die sie suchten.

Françoise Barda sprang auf: »Hören Sie sofort auf!« Aber Jean Mahon zuckte nur die Schultern: »DST. Das sind Leute vom Inlandsgeheimdienst.«

»Die haben hier überhaupt nichts zu suchen!« Die Stimme der Barda überschlug sich, sie stürmte hinter dem Schreibtisch vor. »Mahon, holen Sie Ihre Leute! Die sind doch bewaffnet. – Mahon, machen Sie schon!«

Sie riss die Arme des erstbesten Geheimagenten aus dem Karton, in dem er herumwühlte, zerrte ihn am Hemdkragen, was ihm die Kehle zuschnürte und ihn erschreckt zurücktaumeln ließ. Und schon stürzte sie sich schreiend auf den nächsten.

Als endlich drei Polizisten mit Maschinenpistolen hereingerannt kamen, gab das kleine Wiesel auf.

»Okay, diesmal gehen wir. Aber nicht geschlagen. Ihr werdet schon euer Wunder erleben.«

Françoise Barda schlug vor dem Schreibtisch stehend die letzten Aktenordner zu.

»Alles einpacken. Unter Bewachung in die Wagen bringen. Mindestens drei Bewaffnete unten am Wagen lassen.«

Als Jacques am Abend kurz nach zehn im Wagen nach Paris saß, rief er bei Françoise Barda im Büro an, ließ es lange klingeln, erreichte aber niemanden. Auch Jean Mahon schien schon zu Hause zu sein. Doch als er gerade überlegte, bei wem er es noch versuchen könnte, klingelte sein Handy.

»Françoise. Hast du mich eben angerufen?«

»Ja. Bist du noch im Büro?«

»Ich habe gerade abgeschlossen, als das Telefon läutete, und bis ich wieder aufgeschlossen hatte, warst du weg. Wo bist du?«

»Im Wagen vom Flughafen in die Stadt. Müssen wir uns noch sehen?«

»Ach, lass mal. Es ist viel passiert. Sotto Calvi ist uns entwischt. Können wir beide uns morgen früh um acht bei mir im Büro sehen? Um neun kommen Delorme und Mahon. Wir sollten vorher einiges klären.«

»Morgen früh um acht – bei dir. Bis dann. Einen schönen Abend.«

»Danke. Bis dann.«

Um zwanzig vor zwölf saß Jacques müde auf seiner Couch, vor sich ein Glas mit zwei Daumen hoch Whisky und zwei Eiswürfeln. Sotto Calvi war entwischt. Das war merkwürdig. Hatte Lyse ihn gewarnt? Hätte sie überhaupt einen Grund dafür gehabt? Nein, er hatte ihr nicht einmal etwas angedeutet. Kein Wort über die Untersuchungen gegen Lacoste und gegen Calvi. Erst recht keine Silbe über die anstehende Durchsuchung. Lyse anrufen?

Er stieß einen lauten Seufzer aus.

Dazu war es zu spät und er zu müde.

Amadée? Jacques wählte die Nummer der Habitation Alizé auf Martinique.

Die Flucht

Freitag

Als Jacques um fünf vor acht in das Büro von Françoise Barda getreten war, hatte sie sofort die Tür mit dem Schlüssel verriegelt, sich neben ihn vor ihren Schreibtisch gesetzt und geflüstert: »Es kann sein, dass ich schon seit einigen Wochen abgehört werde. Also Vorsicht. Und: Wenn wir die Sache Sotto Calvi ungestört durchziehen wollen, dann können wir keine Mitwisser brauchen. Ich schlage vor, wir danken Jean Delorme für seinen Einsatz in Saint-Cloud, schütteln ihm die Hand und verabschieden ihn. Und wir machen das alleine.«

»Okay. Wir machen das alleine.« Jacques schaute Françoise Barda fast verschwörerisch an, und sie konnte sich plötzlich sogar ein kleines, verqueres Lächeln abringen.

Delorme war für neun bestellt und bevor er überhaupt wusste, was ihm geschah, überhäuften ihn die beiden Untersuchungsrichter mit Lob, schüttelten ihm die Hand, ließen ihn nicht einmal Platz nehmen und schickten ihn um zehn nach neun schon wieder in sein Büro. Erst da merkte er, dass sie ihn ganz schön ausgebootet hatten. Für Proteste war es zu spät. Und vielleicht war der Fall auch nicht so wichtig, beruhigte sich Delorme, kein Wort davon hatte heute früh in der Presse gestanden. Wer kannte schon Sotto Calvi.

Alles allein zu machen, bedeutete für Françoise Barda und Jacques Ricou doppelt so viel Arbeit – aber sie könnten sich auch besser austauschen. Und es kommen weniger Missverständnisse auf und weniger Eifersüchteleien.

Kommissar Mahon erhielt klare Instruktionen. Die Police judiciaire sollte herausfinden, wo Sotto Calvi war, ob er gewarnt worden war und wenn ja, von wem. Drei besonders vertrauenswürdige Computer-Spezialisten aus seinem Team sollten die elektronischen Daten durchforsten und ordnen. Barda und Ricou würden sie dann auswerten. Barda sollte hauptsächlich alle die Steuerhinterziehung betreffenden Unterlagen sichten, und Jacques würde sich dem größeren Thema Korruption widmen.

Der halbe Vormittag verging dann mit der Suche nach einem Büro für Jacques, das in der Nähe von Françoise Bardas Raum lag; die örtliche Nähe beider Arbeitsplätze war notwendig, denn die gesamte Ausbeute der drei Durchsuchungen füllte zwei Asservatenkammern im Keller der Police judiciaire, die sich im angrenzenden Flügel des Gebäudetrakts befanden. Die beiden Untersuchungsrichter rechneten damit, dass eine erste Durchsicht von Sottos Akten knapp zwei Wochen dauern würde, die wirkliche Auswertung aber mehrere Monate. Und dann würden die Verhöre beginnen, die Jagd nach den verborgenen Einzelheiten. Und aus Erfahrung wussten sie, dass der Fall sie Jahre kosten könnte.

Am Nachmittag regelte Jacques in Créteil mit Gerichtspräsidentin Marie Gastaud die temporäre Verlagerung seines Büros und er bat Martine, sich darauf einzurichten, mal in dem einen, mal in dem anderen Büro zu helfen.

Um kurz vor sechs stellte ihm Martine den Kommissar durch: »Kannst du nochmal für eine Stunde in mein Büro kommen? Wir haben schon eine ganze Menge rausgefunden. Barda kommt auch.«
»Vor sieben schaffe ich es nicht. Aber hol doch schon mal Eis!«
Jean Mahon lachte.
Als Jacques kam, standen schon zwei Gläser auf der Kommode, daneben der silberne Eiskübel und eine Flasche Whisky.
»Einen Daumen?«
»Einen Daumen, zwei Würfel. – Wo ist Barda?«
»Ach, die rufe ich jetzt erst an. Dann können wir den Whisky in Ruhe genießen.«
Jacques lachte, hob das Glas: »Salud y pesetas!«
»... y amor!«
Jean Mahon erhob sich höflich, als die Untersuchungsrichterin eine Viertelstunde später sein Büro betrat. Jacques tat es ihm gleich und bot ihr einen Whisky an. Sie bat um ein Glas Wasser.
»Machen wir es kurz«, sagte der Kommissar. »Erstens haben wir herausgefunden, wer Sotto Calvi gewarnt hat. Es konnte ja nur einer der zusätzlich angeforderten Männer sein, für meine Mannschaft lege ich die Hand ins Feuer. Und so haben wir uns konzentriert und mit ein wenig Druck war schnell klar, wer es war. Einer dieser uns von der Präfektur zugeteilten Polizisten ging, sobald der Einsatzort bekannt war, auf die Toilette und rief mit seinem Handy im Vorzimmer des Präfekten an. Das wissen wir von ihm selbst. Wie der Weg weiterging, wissen wir nicht. Aber wir haben die Abschrift der Gespräche, die Sotto Calvi geführt hat. Er war kaum im Büro, da rief ihn sein Anwalt Philippe Tessier an. Tessier

sagte, er habe einen Anruf des persönlichen Referenten des Großen Korsen erhalten, es wäre besser, Calvi mache sich auf die Socken. Und zwar weit weg. Calvi sagte nur, »verstanden und red nicht weiter, vielleicht hört jemand mit«, und hängte ein.«

Jean Mahon nahm einen Schluck, als habe ihn das Aufzählen von Fakten durstig gemacht, und fuhrt fort: »Er ist sofort aufgestanden, hat niemandem etwas gesagt und ist über einen Hinterausgang seines Bürogebäudes auf die Straße und in ein Taxi. Dann hat er eine Unvorsichtigkeit begangen: Er hat mit dem Handy seinen Piloten angerufen und ihn zum Flughafen Le Bourget bestellt, wo er seine Citation normalerweise parkt. Ein kleiner zweistrahliger Düsenflieger. Die Citation wird von zwei Piloten geflogen, und es dauerte anderthalb Stunden, bis beide auf dem Flughafen waren. So lange wollte Sotto Calvi aber nicht warten. Er muss wirklich die Hosen gestrichen voll haben. Er mietete sich eine flugbereite Maschine und düste ab in die Schweiz nach Lugano. Die Citation flog nach und holte ihn dort ab.«

Jean Mahon nahm wieder einen Schluck. Barda starrte ihn an. »Und wo ist er jetzt?«

»Noch in der Luft. Irgendwo zwischen Dakar und Luanda. Angola scheint sein Ziel zu sein.«

Jacques wiegte seinen Kopf und schaute den Kommissar an.

»Der Große Korse hat einen persönlichen Referenten. Wenn ich jetzt mal vor mich hinspinne, dann hat der Präfekt seinen direkten Chef angerufen.«

»Und wer ist das?«

»Der Innenminister. Charles Cortone. Aus Korsika. Der Große Korse. Ist er vielleicht der Empfänger des Bargelds, das der Korse Alain Lacoste aus der Schweiz abgeholt hat? Für seine Partei, die jetzt bei den Europawahlen antritt? Die Parti Corse de l'Empereur. Gesponsert von dem reichen Korsen Sotto Calvi.«

Françoise Barda nickte: »Und der Innenminister ist der Patron der DST. Deshalb sind die Geheimdienstleute gekommen. Die wollten wahrscheinlich versuchen, belastende Akten verschwinden zu lassen. Das kennen wir doch!«

Jean Mahon schüttelte die Finger der linken Hand und verzog das Gesicht, als wollte er sagen, das klingt gewagt, möglich ist es, aber hoffentlich nicht wahr.

Françoise Barda tat, als würde sie das alles nicht betreffen. Sie erhob sich und gab beiden Männern förmlich die Hand zum Abschied. Dabei schaute sie Jacques aus ihren grauen Augen an: »Morgen früh um acht fangen wir an.«

Das klang wie ein Befehl, und Jacques überlegte, ob er gereizt antworten sollte. Ihm konnte niemand etwas befehlen. Schon gar nicht die Barda.

Und schließlich war morgen Sonnabend.

Aber Jacques ließ sich von seiner Kollegin nichts vormachen. Er würde natürlich schon um halb acht im Büro sitzen und wenn sie dann um acht Uhr käme, dann würde er streng blicken, so als wäre sie zu spät dran.

Mittwoch

Jacques summte vergnügt vor sich hin. Es war Mittwoch. Er hatte die Tage kaum noch wahrgenommen, weil er seit dem Wochenende jeden Tag von morgens acht bis nach Mitternacht durchgearbeitet hatte.

Dienstag war er kurz vor Mitternacht ins Bett gefallen und hatte, ohne ein Glas Alkohol, bis sieben geschlafen. In Stresszeiten verzichtete er auf Wein oder Whisky, gestattete sich höchstens mal ein Bier vor dem Einschlafen.

Am Mittwoch aber wachte er frisch und ausgeschlafen auf und fühlte seinen Körper. Es gibt noch ein Leben außerhalb der Aktenberge.

Gleich nach dem Duschen rief er Lyse an, die schon Kaffee trank. »Heute Abend?« »Ja. Wann?« »Um neun.« »Und wo?« Jacques überlegte. Sein ehemaliges Stammlokal und das der Pariser Journaille und Politik, das Chez Edgar, existierte nicht mehr. Aber in ihrer Straße … »Bei dir gegenüber ist doch die Brasserie Lorraine. Lass uns dorthin gehen.«

Um acht Uhr abends sortierten Jacques und Françoise Barda immer noch Akten, sodass er, der sich keine Blöße gegenüber seiner humorlosen Kollegin geben wollte, schon überlegte, Lyse abzusagen. Plötzlich aber sah Françoise verschreckt auf die Uhr. »Oh Gott, ich muss zur Probe. Bleibst du noch, Jacques?«

Jacques tat so, als habe er eigentlich vor, wie an jedem der letzten Abende noch Stunden über den Unterlagen zu sitzen.

»Wie? Gehst du schon? Wie viel Uhr ist denn?«

»Ja, ich singe mit einer Gruppe von Jazz-Amateuren, und wir haben am kommenden Sonntagnachmittag Vorstellung in der Kirche Saint-Merri beim Beaubourg. Ich muss dahin, sonst sind meine Freunde aufgeschmissen.«

»Geh nur, ich mach dann heute auch bald Schluss.«

Kaum aber war sie gegangen, da räumte Jacques seine Sachen, nahm die Schlüssel und verschloss das Büro, dessen Tür mit Eisenverschlägen verstärkt und mit drei Schlössern vor unerwünschten Besuchern geschützt wurde.

Er fand einen Parkplatz in der Nähe der Brasserie Lorraine, rief Lyse an, sagte, er sei jetzt da und fünf Minuten später kam sie fröhlich winkend die Straße heruntergelaufen. Was für eine Figur, und was für ein schwebender Gang! Er mochte sie, er mochte sie sehr, ob das schon Liebe war oder einfach nur die Lust? Sie küsste ihn auf den Mund, umarmte ihn.

»Jacques, ich freue mich so. Wir haben uns so lang nicht mehr angefasst. Hast du immer so viel zu tun? Ich meine, ich habe auch eine ganze Menge am Hals, aber du scheinst ja sechzehn Stunden am Stück der Gerechtigkeit zu dienen. Der Gerechtigkeit? Na ja, zumindest dem Rechtsstaat. Gibt's den überhaupt?« Sie sah ihn an. »Aber das klingt jetzt schon wieder ganz nüchtern. Komm, ich habe Hunger.«

Der Maître d'hôtel führte sie an einen gut gelegenen Tisch, von dem aus beide das Lokal weithin überblicken konnten. Martine hatte die Reservierung vorgenommen, und sie schien die Prominenz des Untersuchungsrichters genügend betont zu haben. Jacques Ricou stand schließlich häufig genug in den Zeitungen. So jemanden sieht ein Wirt gern, der seine Gäste mit dem Versprechen von Blicken auf Prominente anlockt.

Das alte Lokal aus den dreißiger Jahren war nach viermonatiger Renovierung erst vor drei Wochen wieder eröffnet worden – und hatte seine alte Klientel gleich wiedergefunden.

Über dem Tisch, an dem sie saßen, hing ein Foto von Marlene Dietrich aus den fünfziger Jahren, aufgenommen am Eingang der Brasserie, den Regenmantel mit einem Gürtel eng um die Taille geschnürt, so wie man sie von vielen Fotos kennt.

Als der Kellner die Karte brachte und sie Lyse geöffnet überreichte, schaute sie keinen Moment hinein, schloss sie und legte sie vor sich hin.

»Ich trinke ein Bier und esse eine Platte Sauerkraut mit allen Schweinereien. Ich habe einen wahnsinnigen Hunger.«

Der Kellner nahm die Karte vom Tisch. »Als Entrée vielleicht ein Dutzend Austern?«

Jacques sah sie an. »Geht schon wieder, Lyse. Oktober. Ein Monat mit ›R‹.«

»Glauben Sie an die Regel, man dürfe Austern nur in Monaten mit einem ›R‹ essen?« Lyse strahlte den Kellner wie ein kleines Mädchen an. Der blickte fröhlich zurück.

»Bei uns sind sie auch im Sommer frisch. Sie kommen von unseren eigenen Bänken aus der Bretagne.«

Lyse schüttelte die Schultern, stützte die Ellenbogen auf den Tisch und legte die Hände zusammen. »Nein, keine Austern. Bitte, gleich Sauerkraut. Und schnell ein demi pression.«

»Und Sie, Monsieur Ricou?«

»Mir das Gleiche. Sauerkraut mit allen Beilagen. Besonderen Wert lege ich auf die saucissons lyonnaise! Und auch ein Bier, bitte. Aktenwälzen macht entsetzlichen Durst.«

»Sehr gut, Monsieur Ricou.«

Der Kellner verbeugte sich, nahm auch Jacques' Karte und verschwand schnellen Schrittes.

Lyse strahlte heute eine solche Fröhlichkeit aus, dass Jacques die Gedanken an seine Arbeit und alles, was damit zusammenhing, wegzuschieben versuchte.

Er langte mit seiner Rechten über den Tisch und legte sie auf ihre ineinander geflochtenen Finger. Mit den Lippen deutete er einen Kuss an. Lyse warf den Kuss durch die Luft zurück. Das hier ist die Wirklichkeit.

»Lyse, erzähl mir was dich umtreibt.«

»Du treibst mich um!«

Sie plauderte. Das Bier kam. Sie plauderte. Ein zweites Bier. Das Sauerkraut in der Brasserie Lorraine, da waren sie sich dann einig, ist das beste von ganz Paris. Es war mit Honig und ein wenig Champagner angemacht.

»Findest du es nicht komisch«, sagte sie immer noch plaudernd, »dass ich – eine israelisch angehauchte Angolanerin aus Portugal – verrückt bin nach elsässischem Sauerkraut?«

Er hörte zu und ahnte, dass hinter ihrem Plaudern auch Fragen an ihn standen, aber sie war wohl klug genug, ihn zunächst einmal in Ruhe zu lassen. Nein, keine Nachspeise, das war sowieso zu viel, nur noch je einen Kaffee.

Jacques zahlte mit seiner Karte.

Als sie die Brasserie verließen, hakte Lyse sich bei ihm ein und legte den Kopf an seine Schulter.

»Kommst du noch mit?«

»Gern, sehr gern, Lyse. Obwohl ich morgen früh schon um acht wieder im Büro sitzen muss. Können wir eben noch etwas aus dem Wagen holen?«

Er hatte einen Rasierapparat und ein paar frische Kleidungsstücke in eine schwarze Ledertasche gepackt, damit er morgens nicht den Umweg über seine Wohnung in Belleville machen müsste. »Das war vorausschauend«, sagte sie und legte den Arm um seine Hüften.

Er zog sie ganz sanft und langsam aus und genauso sanft und langsam liebten sie sich. Später bot sie Jacques einen Whisky an, aber er wollte nicht mehr trinken.

Sie saßen sich nackt im Bett gegenüber. Er begann sie zu streicheln, ihre Schultern, ihre Arme, ihre Brüste, ihren Bauch, die Schenkel, dann das Gesicht. Er würde sie gern nach dieser merkwürdigen Narbe fragen, die von der linken Augenbraue über das obere Augenlid bis auf das untere Lid reichte.

»Jacques, ich werde dich nichts fragen, damit nichts unsere Beziehung belastet. Aber ich werde jetzt einfach vor mich hin reden, vielleicht interessiert es dich ja. Mich kannst du unterbrechen und fragen.« Sie legte die Arme um die Knie, stützte den Kopf in die linke Hand und fing an: »Obwohl ich nicht mehr für ihn arbeite, weiß ich, dass Sotto Calvi Paris Hals über Kopf verlassen hat. Ich weiß nicht, wohin er sich verkrochen hat. Aber ich weiß, dass er auf Korsika mit großem technischem Aufwand ein geheimes Versteck ausgebaut hat, in dem er sich wahrscheinlich lange aufhalten kann. Er muss von dort aus mit aller Welt ungestört und unbeobachtet kommunizieren können.«

Jacques hatte nicht aufgehört, sie zu streicheln, jetzt zog er die Hand zurück.

»Weißt du, wo das ist?«

»Nein. Aber er stammt ja aus Korsika, und es muss sich in der Nähe des Dorfes befinden, in dem er aufgewachsen ist. Dort beherrscht er, der einst arme Junge, mit seinem Renommee und dem vielen Geld inzwischen jeden und alles. Man sagt, er habe sich über die Jahre mehrere Berge zusammengekauft.«

»Und woher weißt du das?«

»Seine Frau verbringt die meiste Zeit nicht in Paris,

sondern in New York oder Texas, weil sie mit der Frau des jetzigen amerikanischen Präsidenten befreundet ist. Ob sie nun wegfährt, weil Sotto eine Freundin in Paris hat, oder ob er eine Freundin hat, weil sie immer wegfährt, das weiß ich nicht. Aber ich kenne die Freundin. Wir haben uns immer wieder bei irgendwelchen Events getroffen, ich, weil ich Kunden betreut oder gesucht habe, und sie, weil sie Kunden betreut oder gesucht hat. Eine elegante Frau mit erotischer Ausstrahlung. Außerdem lacht sie ständig, und wir haben uns ein bisschen angefreundet. Und als sie mir schließlich gestand, dass sie einen Escort-Service betreibt, da hatte ich mich schon an sie gewöhnt und nur mit der Schulter gezuckt. Jeder hat halt seinen Beruf.«

»Wie heißen sie und ihr Service?«

Lyse blies die Kerze aus und rutschte unter die Bettdecke.

»Monsieur le juge! Muss ich jetzt alles aussagen?«

»Entschuldige. Aber der Fall ist so riesig, dass mich alles interessiert, was aufklären könnte. Ach, lassen wir das.«

Er rutschte zu ihr unter die Decke

Störmanöver

Mittwoch, sieben Tage später

Das war ein Insider-Job. Wir müssen jetzt einen Wachdienst rund um die Uhr einrichten. Mit deinen Leuten, Jean!«

Jacques rannte durch sein Büro, blieb am Fenster stehen und warf einen Blick auf den linken Arm der Seine unter sich.

Kommissar Mahon drehte sich mit seinem Stuhl um und versuchte, ihn zu beruhigen.

»Noch ist kein Schaden entstanden, und wir wissen auch nicht, ob sich die Abhörmikrophone nicht schon in dem Raum befanden, bevor du ihn vor drei Wochen bezogen hast.«

»Aber in meinem Büro sind die gleichen Mikrophone gefunden worden«, Françoise Bardas Stimme klang fast keifend, nichts deutete auf die Modulationskunst einer Jazz-Sängerin hin, »und ich hause seit vier Jahren darin.«

Am Tag zuvor war Jacques schon um sieben Uhr früh ins Büro gekommen und hatte die dreifach gesicherte Tür offen vorgefunden, drinnen sang eine fröhliche Senegalesin, die den Boden putzte. Zur Rede gestellt, führte sie Jacques zu dem Brett in der Kammer der Putzkolonne, an dem die Schlüssel zu allen Räumen hingen, auch die drei für sein und die drei für Françoise Bardas Büro. Bei der Sicherheitsüberprüfung, die

Jacques sofort veranlasste, waren in beiden Räumen modernste Abhöranlagen entdeckt worden. Jacques ließ daraufhin die gesicherten Räume im Keller inspizieren, in denen die beschlagnahmten Unterlagen eingelagert waren. Nichts deutete darauf hin, dass jemand sich an den Türen oder den Kartons zu schaffen gemacht hatte.

Kommissar Jean Mahon versprach, sich ein raffiniertes Sicherheitssystem für Keller und Büros auszudenken. Aber für eine Rundumbewachung fehlten ihm die Männer.

»Macht euch keine Sorgen. Schließlich ist das Palais de Justice Tag und Nacht bewacht.«

»Jean: Jemand hat trotzdem die Mikros angebracht. Vielleicht ist es wirklich ein Insider-Job. Genauso wie es ein Polizist aus *deiner* Einheit war, der an der Durchsuchung von Sotto Calvis Büro teilgenommen und dann Cortone Bescheid gesagt hat.«

»Cortone, das wissen wir nicht. Dem Referenten des Präfekten, das wissen wir.«

Françoise Barda erhob sich. »Gehen wir an die Arbeit. Das mit der Sicherheit werden Sie, Kommissar Mahon, erledigen. Können wir jetzt in Ihr Büro gehen, wo hoffentlich nicht abgehört wird, und die weitere Strategie besprechen?«

Es lag wenig auf dem Tisch. Nachdem er von Jacques über Calvis korsische Verstecke informiert worden war, hatte der Kommissar den Inlandsgeheimdienst DST gebeten, bei ihrer elektronischen Beobachtung auf der Insel nach Hinweisen auf ein geheimes, hoch technologisiertes Kommandozentrum in den Bergen zu suchen. Der andere Inlandsgeheimdienst, Renseignements généraux, sollte seine fest installierten Agenten beauftragen, sich umzuhören, denn in der Gebirgslandschaft von Korsika findet niemand allein durch Suchen ein Versteck. Gegen das Gesetz des Schweigens hilft höchstens ein sehr dicker Umschlag. Und schließlich wurden auf die in Gefängnissen einsitzenden Korsen Spitzel angesetzt. Mehr, so Kommissar Jean Mahon, konnte er nicht tun. Vielleicht aber würde ein Zufall helfen.

Jacques überlegte, ob die Freundin Sotto Calvis, die Chefin des Escort-Service, mehr wüsste? Dazu aber müsste er Lyse noch einmal befragen, und das war ihm nicht angenehm. Er wollte auf gar keinen Fall den Eindruck erwecken, er sähe in ihr nur eine gut abzuschöpfende Quelle. Dabei wollte er sie unbedingt anrufen. Sie sehen. Sie spüren. Und vielleicht vorsichtig befragen. Am nächsten Morgen.

Jacques merkte, dass ihn die beiden schweigend ansahen, Kommissar Jean Mahon hinter seinem Schreibtisch, Untersuchungsrichterin Françoise Barda auf dem Holzstuhl davor. Er musste sich jetzt ganz auf seine Arbeit konzentrieren.

Aus der eleganten Ledertasche, die ihm Jacqueline zur Versetzung von Nizza nach Paris geschenkt hatte, zog er einen dünnen, neuen Ordner hervor, dem er drei bedruckte Blätter entnahm. Er verteilte je eins an die beiden anderen, das dritte behielt er für sich.

»Das ist der Stand unserer Untersuchung im Groben. Wir können das Geschäftsgebaren von Sotto Calvi in drei Themenbereiche einteilen. Erstens: Waffengeschäfte mit Angola. Calvi hat nicht nur Flugzeuge, Hubschrauber, Panzer, Artillerie, Lastwagen und Schusswaffen aus dem Ostblock nach Angola an die Regierung geliefert, sondern – über die Sofremi – auch noch in Italien für hundert Millionen Euro ein dort von der Armee ausgesondertes Funksystem. Die Sofremi musste er einschalten, weil es sich um den Verkauf vermeintlicher Hochtechnologie eines NATO-Landes handelte. Die dem französischen Staat gehörende Sofremi kaufte also für hundert Millionen ein, verkaufte dann, vermittelt durch Sotto Calvi, das italienische Funksystem für das Dreifache an Angola. Calvi erhielt von der Sofremi eine Provision von fünfzig Prozent, macht bei einem Gewinn von zweihundert Millionen … Das können wir uns gerade noch ausrechnen. Und jetzt wissen wir auch, was sein Interesse an Alain Lacoste als Präsident der Sofremi war. Wenn Sotto Calvi an Lacoste ein wenig aus diesem Geschäft abtrat, eine oder zwei Millionen, dann spürte er das noch nicht einmal. Und hinter Lacoste steht ein politischer Pate, der eigentlich nur Charles Cortone heißen kann. Innenminister seines Zeichens.«

Jacques sah von seinem Papier auf. Die beiden anderen schwiegen, also las er weiter.

»Calvi hat für die große Waffenlieferung aus dem Osten der angolanischen Regierung nicht nur rund fünf Milliarden in Rechnung gestellt, sondern mit dem Präsidenten von Angola auch noch ein weiteres Geschäft abgeschlossen: die ständige Betreuung der angolanischen Armee. In der Hauptstadt Luanda hat Calvi die Firma Angol-Arm gegründet, an deren Spitze der ehemalige französische Agent Paul Mohrt steht. Angol-Arm spielt die Rolle der Marketenderin für die angolanischen Truppen. Nicht nur der Nachschub und die technische Betreuung der Waffensysteme werden von Angol-Arm übernommen, sondern alles bis hin zur Lieferung der Uniformen. Und statt die Uniformen in Angola schneidern zu lassen und damit für Arbeit zu sorgen, bezieht Sotto Calvi sie aus der Volksrepublik

China – weil's billiger ist. Sogar die Kantinen betreibt Angol-Arm. Wir können also davon ausgehen, dass der angolanische Präsident von den Zahlungen an Angol-Arm seinen Teil abbekommt. Was aber noch zu belegen wäre.«

Kommissar Jean Mahon hob die Hand wie ein Erstklässler in der Schule und sagte: »Ich weiß nicht, ob euch bekannt ist, dass der angolanische Präsident an der Côte-d'Azur, nicht weit entfernt von Fréjus, ein riesiges Anwesen besitzt, in dem er jeden Sommer mindestens drei oder vier Monate verbringt.«

»Der ist als ausländisches Staatsoberhaupt tabu, da kommen wir nicht ran«, Françoise Barda schüttelte den Kopf.

Jacques stieß ein trockenes Lachen aus. »Was heißt, ein ausländisches Staatsoberhaupt ist tabu. Du kommst ja selbst an unser Staatsoberhaupt nicht ran. Doch zurück zu Sotto Calvi. Erstens, so hatten wir gesagt, Waffengeschäfte mit Angola, zum Teil über die Sofremi. Zweitens: Die angolanische Regierung hat sich während des Bürgerkrieges bei Russland mit über sieben Milliarden Euro verschuldet. Geld, von dem die Russen nicht wussten, ob sie es je wieder sehen würden. Deshalb fiel es Sotto Calvi nicht schwer, ihnen diese Schulden für nur zwei Milliarden abzukaufen. Und im Gegenzug ließ er sich von der angolanischen Regierung die Beteiligung mit zehn Prozent an einem besonders reichhaltigen Förderblock Öl erteilen. Die zwei Milliarden, die er den Russen mit Hilfe einer französischen Bank zahlte, wird er allein durch diese Einkünfte samt Zinsen in drei Jahren abgezahlt haben. Drittens – und darin liegt wohl zusätzlicher Zündstoff für uns: Sotto Calvi hat in den letzten zehn, fünfzehn Jahren den Vermittler für

France-OIL in Angola gespielt und es schließlich geschafft, dass neben den großen amerikanischen Öl-Giganten auch den Franzosen zwei hervorragend gelegene Blocks im Meer vor Angola zugeteilt wurden.«

Er machte eine kurze Pause, so als wollte er dem Folgenden noch mehr Gewicht geben und fuhr dann fort: »Aus diesen drei Punkten ergeben sich drei Aufgaben: Erstens: die Frage der Steuerhinterziehung wegen der Waffenlieferungen aus dem Osten und die steuerliche Überprüfung des über die Sofremi gelaufenen Italien-Geschäfts. Das macht Françoise Barda. Zweitens: die steuerliche Überprüfung des Kaufs der angolanischen Schulden von Russland. Immerhin läuft der Kredit auch über eine Pariser Bank. Das fällt auch in den Bereich von Françoise Barda. Drittens – und darum werde ich mich kümmern: Wo entdecken wir Korruption. Fangen wir also mit dem Bargeld an, das Lacoste von Sotto Calvis Konto in der Schweiz abholte und in Paris verteilte. Etwa für ein Geschäft der Sofremi? Etwa in Sachen Vermittlung der Schürfrechte für France-OIL? Etwa für beide – oder noch mehr?«

Françoise Barda nickte jedes Mal, wenn Jacques ein erstens, zweitens, drittens betonte.

»Jacques und ich haben nun vor, erstens«, sagte sie dann und verfiel in die gleiche Diktion wie ihr Kollege, »unseren Schwerpunkt der Untersuchung auf die Konten zu legen. Darin sehe ich meine Arbeit. Und zweitens – das ist Jacques' Aufgabe: alle Adressen und Kontakte zu überprüfen.«

Kommissar Jean Mahon hatte sich einige Notizen auf dem Blatt, das Jacques ihm gegeben hatte, gemacht. Jetzt sah er auf. »Und was können wir noch tun?«

Jacques holte aus seinem Ordner ein weiteres Blatt

und reichte es über den Tisch. Er stütze sich mit einer Hand ab und zeigte auf das Papier.

»Hier oben stehen alle Namen von Leuten, die abgehört werden sollten, darunter findest du diejenigen, auf die deine Leute vielleicht mal einen Blick werfen, wobei es nichts ausmacht, wenn die Herrschaften es bemerken.«

Als die beiden Richter wenig später durch die langen Gänge zu ihren Büros liefen, sah Jacques Françoise mit freundlichem Lächeln an.

»Na, heute ist doch Mittwoch, gehst du wieder Jazz singen?«

Sie blieb stehen und schaute ihn an.

»Würde dir das was ausmachen?«

»Ich kann auch mal einen frühen Feierabend brauchen.«

Wieder im Büro, rief er Lyse an.

In dieser Nacht

Marco legte seinen rechten Zeigefinger vor den Mund und bedeutete Alain Lacoste zu schweigen. Mit seinem Mund näherte er sich Lacostes Ohr.

»Ich habe die Nachricht erhalten. Wir sollen heute Nacht voll gekleidet und in Schuhen schlafen. Wenn du etwas mitnehmen willst, steck es in deine Hosentasche. Versuch, wach zu bleiben.«

»Das ist doch verrückt! Ich kann doch nicht abhauen.«

»Die tun so, als holten sie jemand anderen, dich fliegen wir sofort aus. Du bekommst einen neuen Pass, einen ›echten‹. Der Große Korse findet das sicherer. Die haben nämlich jetzt Sotto Calvi am Wickel.«

»Festgenommen? Kommt Calvi zu uns in die Zelle?«

»Nein, der konnte abhauen. Aber nur knapp: er ist hinten raus, als die Polizei vorne rein kam. Der Große konnte ihn warnen. Aber Paris, Saint-Cloud und Capo Pertusato wurden durchsucht. Jetzt fürchten Sotto und der Große um das ganz große Projekt. Das Geld dafür haben sie. Aber noch nicht die politische Konstellation. Und der droht durch deinen Untersuchungsrichter Jacques Ricou – und damit auch durch dich – Gefahr.«

Um eins sah Alain Lacoste auf die Leuchtzeiger seiner Uhr, dann zehn Minuten später, fünf Minuten später, dann erst um zwölf nach zwei. Er war wohl eingeschlafen. Wieder lag er einige Minuten wach, träumte ein bisschen vor sich hin, schlief wieder ein.

Ihre Zelle lag in der dritten Etage an der Ecke des Gefängnistrakts. Nur zwanzig Meter trennten sie von der Außenmauer, die an dieser Stelle mit einem Wachturm verstärkt war.

Plötzlich erwachte Alain Lacoste von gleißendem Licht, Marco stand schon am Gitter. Drei Uhr siebenundvierzig.

»Was ist los, Marco?«

»Ich weiß nicht.« Marco drehte sich um und legte wieder den Finger auf die Lippen.

Sie sahen, wie die Wachen von schwer bewaffneten, schwarz gekleideten Männern der Sondertruppe CRS verstärkt wurden.

Am nächsten Tag erfuhren sie, was geschehen war: Gefangene in der untersten Etage waren durch laute Kratzgeräusche geweckt worden und hatten sich bei den

Wärtern beschwert. Der innerhalb von Sekunden informierte Gefängnisleiter gab Alarm bei den Sicherheitsbehörden in Paris, woraufhin Sondereinheiten das Gefängnis La Santé umstellten und in die Kanalisation rund um das Gelände hinabstiegen. Die Zellen in der unteren Etage wurden evakuiert, die Gefangenen durften nur ihre Matratzen mitnehmen und in der Kantine ein Massenlager aufschlagen.

Neben den kilometerlangen Abwasserkanälen unter den Straßen von Paris gibt es seit Hunderten von Jahren auch so genannte Katakomben, die in den Kalksandstein gehauen wurden. Schon die Römer hatten den Stein für den Bau von Mauern benutzt. Zwar wurde nie ein Plan dieser unterirdischen Gänge gezeichnet, doch unter den Jugendlichen von Paris gehört es zur aufregenden Nachtpartie, mit Laternen und Gettoblastern, Kerzen und Alkohol versehen, in den Katakomben herumzukriechen und zu feiern.

Einige Dutzend dieser Katakomben führten einmal bis unter das Gefängnis La Santé, doch die Durchgänge waren mit dicken Mauern verschlossen worden. Als die Sondereinheiten jetzt in diese Gänge eindrangen, fanden sie vier der Mauern aufgebrochen. Die Minenarbeiter schienen in aller Hast aufgebrochen zu sein. Sie hatten Hacken, Vorschlaghämmer, Schaufeln und Unmengen Sprengstoff, Semtex, zurückgelassen.

»Den Namen Semtex erhielt dieser Sprengstoff übrigens von seinem Erfinder Stanislav Brebera, der in dem ostböhmischen Ort Semtin lebte«, erklärte der Gefängnisdirektor, als er am Ort des Geschehens eintraf. »Semtex hält sich nach Ansicht des FBI ewig und rutscht durch Flughafenkontrollen wie ein Paar Nylonstrümpfe. Da aber die tschechoslowakische Regierung

1989 neunhundert Tonnen Semtex an Muammar Gadhafi und weitere tausend Tonnen an so unsichere und unruhige Länder wie Syrien, Nordkorea, Irak und Iran geliefert hat, kommen Banden und Terroristen leicht an diesen Sprengstoff. Wie hier, das waren keine ›Kataphilen‹, wie wir die Teilnehmer an unterirdischen Feiern nennen, sondern Leute, die jemanden aus dem Gefängnis herausbomben wollten.«

Vier Stollen waren vorangetrieben worden, bis sie unter drei Wachtürmen und dem Eingangstor der Santé ankamen. Gleichzeitig gezündete Explosionen hätten es allen Gefangenen aus dem Trakt von Alain Lacoste ermöglicht, zu fliehen.

Die Bombe

Donnerstag

Jacques war bester Laune, als er an diesem Morgen aus der Wohnung von Lyse kam. Sie hatte den Namen von Sotto Calvis Freundin und deren Escort-Service immer wieder erwähnt, sodass er nicht hatte nachfragen müssen. Kommissar Jean Mahon würde seinen Leuten heute früh zur Abwechslung also einen wirklich sexy Auftrag geben können.

Seinen Dienstwagen hatte Jacques an der Place des Ternes abgestellt, weil er wusste, dass er vor acht Uhr wieder ins Büro fahren, und so einem Strafmandat entgehen würde.

Er griff in die Hosentasche und suchte mit dem Daumen den Funkknopf für die Türentriegelung. An guten Tagen, wenn die Luft besonders trocken war, funktionierte sie aus dreißig Meter Entfernung. Er drückte, aber noch reagierte sein Wagen nicht. Also zog er die Hand aus der Tasche, hielt sie über seinen Kopf und drückte noch einmal – lange.

Das Auto explodierte.

Feuer quoll wie schwerflüssiger Likör aus den Fenstern, die wie Eierschalen aufplatzten. Die Tür an der Fahrerseite flog waagerecht in das Schaufenster eines Reisebüros, Glas regnete in kleinen Bröseln auf das Trottoir.

Ein dumpfer Knall.

Im Wagen züngelten nur noch wenige Flammen. Jacques sah sich um. Niemand schien verletzt worden zu sein. Aus dem hundert Meter entfernten Bistro rannten Männer zu der Unfallstelle. Auf der Straße hielten die Autos an.

Jacques übernahm sofort das Kommando.

»Rufen Sie die Polizei und die Feuerwehr.«

Gleichzeitig wählte er die Nummer von Françoise Bardas Mobiltelefon.

»Ja, hallo?«

»Jacques. Geh nicht in die Nähe deines Autos. Meines ist eben explodiert.«

»Ich fahre bereits ganz gemütlich zum Büro.«

»Halt sofort an! Spring raus und renn weg!«

»Spinn doch nicht. Bist du durchgedreht?«

»Françoise – als ich eben einsteigen wollte, ist mein Wagen explodiert. Wahrscheinlich ist deiner auch mit Sprengstoff präpariert.«

»Ich bin schon eingestiegen. Ich fahre schon ganz lange. Und ich habe keine Probleme. Pass auf dich auf.«

Gerichtspräsidentin Marie Gastaud ordnete sofort an, dass der ihr unterstellte Untersuchungsrichter Jacques Ricou vierundzwanzig Stunden am Tag von vier Polizisten bewacht würde. Selbst im Justizgebäude sollten zwei Beamte auf dem Gang vor seinem Büro Aufstellung nehmen. Ihrem Kollegen im Palais de Justice auf der Ile de la Cité empfahl sie, das Gleiche für die Untersuchungsrichterin Françoise Barda zu veranlassen.

Die Spurensicherung fand Reste von Semtex in dem Wagen. Und der Sprengstoff war mit äußerster Präzision positioniert worden: Die an der Fahrerseite weggesprengte Tür sollte Jacques erschlagen, sobald er von außen das Schloss per Funk öffnete.

Das ganze Ausmaß dieses Anschlags auf sein Leben wurde Jacques erst drei Stunden später bewusst. Er hatte sich sofort mit Françoise Barda und Jean Mahon getroffen, und sie beschlossen, die polizeiliche Ermittlung der Präfektur zu überlassen, ohne aber die Hintergründe ihrer strafrechtlichen Untersuchungen offen zu legen.

Kommissar Jean Mahon sah den blassen Untersuchungsrichter Jacques Ricou an.

»Vielleicht ausnahmsweise einen Schluck Medizin?«

Jacques nickte und der Kommissar holte ein Glas und die Flasche Whisky hervor.

»Bitte, einen Schluck, ohne Eis.«

Als Jean die Medizin über seinen Schreibtisch reichte, und Jacques sie in einem Schluck runterkippte, hustete, sich schüttelte und danke sagte, hob Françoise Barda die Hand.

»Ich auch?«

»Dann ich auch!« Und alle drei lachten.

»Warum ein Attentat nur auf mich und nicht auch auf die Untersuchungsrichterin?«

Der Zaubertrank schien bei Françoise sofort zu wirken. »Du hast Alain Lacoste eingesperrt. Du bist denen auf der Spur, die Geld – höchstwahrscheinlich – in eine politische Partei oder ein politisches Projekt gesteckt haben. Ich bin nur hinter einem Steuersünder her, also für wen auch immer völlig belanglos. Deswegen müssen wir auch davon ausgehen, dass die versuchte Befreiung durch die Katakomben Lacoste galt.«

»Aber diese Gefängniswärter gehören wirklich erschlagen.« Der Kommissar hieb mit der Hand auf sein

Telefon. »Statt in den Katakomben einen Hinterhalt zu legen, haben sie die Kerle nicht nur vertrieben, sondern die Schaufeln und Pickel auch noch eingesammelt und in ihren eigenen Geräteraum als Trophäen untergestellt. So spielen Kinder Räuber und Gendarm.«

Jacques wartete, bis Françoise Barda von sich aus ging, um dann Jean Mahon einen Zettel mit den Daten von Sotto Calvis Freundin und deren Escort-Service über den Tisch zu schieben.

»Schaut euch die mal an. Vielleicht findet ihr dort noch was.«

Der Kommissar blickte auf das Papier, schmunzelte und steckte es in seine Jackentasche. »Diesen Einsatz führe ich persönlich und auch noch heute Abend aus. Ich danke dir für das Vertrauen.«

Martine gab Jacques eine lange Telefonliste durch.

Lyse. Die hatte überhaupt nichts mitbekommen. Als Jacques sie anrief, schnatterte sie fröhlich auf ihn ein. Sie saß, seit sie gemeinsam Kaffee in ihrer Küche getrunken hatten, in ihrer Wohnung am Schreibtisch, hatte keinen Knall gehört, kein Radio angestellt, und ihre Gesprächspartner aus der Kunstwelt in Madrid – wohin sie morgen für ein paar Tage fliegen würde – und in Paris kümmerten sich nicht um so triviale Informationen wie die Explosion des Dienstwagens eines Untersuchungsrichters. Solche Ereignisse druckten Zeitungen, die sie nicht las.

Ganz anders Margaux, die hatte sich als Erste gemeldet, als die Nachricht vom Anschlag auf ihn über die Ticker lief, und sie stellte sofort einen Zusammenhang zu den nächtlichen Unruhen in La Santé und den Katakomben her, wo auch Semtex gefunden worden war. Aber sie fing das Gespräch ganz privat an.

»Mein lieber Jacques, du bist vor einer Woche mit einer eleganten und sehr feinen Farbigen in der Brasserie Lorraine beim Sauerkrautmampfen beobachtet worden. Ist Amadée zu Besuch?«

»Nein, ich nehme an, die hat noch nie Sauerkraut gegessen. Sei nicht so neugierig!«

»Oder ist es die Schöne, mit der ich dich bei der Vernissage bei Michel Faublée erwischt habe?«

»Von wegen erwischt. Die habe ich damals doch erst kennen gelernt.«

»Und, wer ist sie?«

»Kommt aus dem Kunstgeschäft. Aber du willst doch was anderes. Das indessen kann ich dir nicht geben.«

»Gebt ihr heute noch eine Pressekonferenz?«

»Nein, nur die Polizei. Wir wissen noch nicht genug, und das, was wir wissen, müssen wir erst einmal genau analysieren. Vor nächster Woche kommt sicher nichts von uns.«

»Ich muss aber ein Stück für die morgige Ausgabe schreiben. Können wir nicht heute Mittag das Sandwich in der Taverne Henri Quatre essen?«

Margaux legte ihre ganze Verführungskunst in die Stimme, aber Jacques' Abwehrkraft hieß Lyse und war für ihn selbst verblüffend stabil.

»Stimmt wenigstens der Zusammenhang zwischen deiner Bombe und dem Semtex in den Katakomben unter La Santé? Oder liege ich ganz falsch, wenn ich das schreibe.«

»Du kannst mich nicht zitieren, aber wahrscheinlich liegst du damit zumindest auf der Linie unserer Überlegungen.«

Margaux hielt sich daran. So weit es ihre Geschichte erlaubte.

Am späten Nachmittag kam Françoise Barda in Jacques' Büro.
»Stör ich?«
»Überhaupt nicht. Gibt's was Besonderes?«
»Ja. Aber sag mal, stören dich die beiden Kerle im Gang nicht? Und was mache ich heute Abend, wenn ich nach Hause fahre, mit den Leibwächtern? Ich kann die doch nicht mit in die Wohnung nehmen, die ist viel zu klein.«
»Meine auch. Lass sie im Auto vor deinem Haus, oder sie sollen schlafen gehen. Aber was gibt's denn?«
»Philippe Tessier hat mich eben angerufen. Der Anwalt von Sotto Calvi. Er habe jetzt die Dokumente zusammen, um zu beweisen, dass sein Mandant unschuldig ist: Das Konto, über das die Milliarden in dem Waffengeschäft mit Angola gelaufen sind, dürfe seinem Mandanten nämlich gar nicht zugerechnet werden. Ich habe ihm für morgen früh um acht einen Termin gegeben. So früh sind Rechtsanwälte meistens nicht wach. Könntest du bei dem Gespräch dabei sein?«
»Mit Vergnügen!«
Als er noch einmal bei Lyse anrief, schlug sie ihm vor, bei ihr zu übernachten. Bei ihr sei er sehr sicher. Er wisse doch, ihre Wohnungstür und die Fenster seien gepanzert, weil ihr Vorgänger ein israelischer Diplomat gewesen sei. Und sie eigne sich schon allein wegen ihrer Schießkünste als Leibwächterin. Oder ob er lieber mit einem seiner Bodyguards in sein Bett gehen wolle? Jacques lachte laut auf und wunderte sich darü-

ber, dass er so laut lachte, eigentlich hatte er sich das abgewöhnt.

»Lass mal, ich muss nach Hause und meine Klamotten wechseln. Ich packe dann lieber erst, wenn du aus Madrid zurück bist, einen Koffer und komme für ein paar Tage in deine Festung.«

Das Konto des Präsidenten

Freitag

Philippe Tessier trug unter seinem hellen Regenmantel einen maßgeschneiderten Zweireiher aus dunkelgrauem Tuch, der seine leichte Rundung um den Bauch elegant überspielte. Sein hellblau gestreiftes Hemd warf auf der Brust keine einzige Falte, und die Manschetten ragten aus den Ärmeln der Anzugjacke gerade so weit hervor, dass die Knöpfe aus blauem Edelstein sichtbar wurden. Nur seine Krawatte, kritisierten Françoise Barda und Jacques nach dem Gespräch ein wenig hämisch, hätte der Staranwalt in einem originelleren Geschäft kaufen können. Nicht gerade beim Allerweltskiosk Hermès.

Die beiden Untersuchungsrichter hatten sich die Sitzordnung in dem kleinen Besprechungszimmer von Françoise Bardas Abteilung so raffiniert ausgedacht, dass Tessier nie beide gleichzeitig im Blick haben konnte. Sie boten dem Anwalt den Platz am Kopfende des rechteckigen Tisches mit dem roten Leder in der Mitte an und setzten sich an die Seiten rechts und links von ihm.

Ganz bewusst hatten Françoise Barda und Jacques darauf verzichtet, Akten zu dem Gespräch mitzunehmen. Vor jedem lag nur ein Block mit weißem Papier und ein Stift.

Tessier fasste seine schmale Tasche aus hellem Pferdeleder, die vor ihm lag, an beiden Seiten an und fuhr mit den ausgestreckten Fingern an den Kanten auf und ab. Dann öffnete er das goldene Schlösschen und holte eine Klarsichthülle hervor, die er auf seine Tasche legte.

»Madame la juge«, der Anwalt wandte sich nach links zu Françoise Barda, »Monsieur le juge«, jetzt drehte er den Oberkörper nach rechts zu Jacques, »ich habe hier die notariell beglaubigten Abschriften eines Originaldokuments, aus dem hervorgeht, dass die Vorwürfe gegen meinen Mandanten Sotto Calvi, er habe sich der Steuerhinterziehung schuldig gemacht, jeder Grundlage entbehren. Es handelt sich um einen Brief des Präsidenten Angolas, den ich Sie bitte, zur Kenntnis zu nehmen. Dieser Brief ist an den Präsidenten der Republik Frankreich gerichtet und befindet sich jetzt in der Hand des französischen Außenministers. Ich verfüge über ein Dutzend beglaubigter Abschriften. Erlauben Sie mir, dass ich Ihnen je eine überreiche.«

Tessier zog zwei dieser Schriftstücke mit der blauweißroten Kordel hervor, reichte eines mit einer kleinen Verbeugung der Untersuchungsrichterin und das zweite mit verachtendem Blick an Jacques.

»Bitte lesen Sie es, ich nehme mir die Zeit.«

Anwalt Tessier rutschte mit dem Stuhl einen halben Meter vom Tisch zurück, holte aus der Tasche einen BlackBerry und begann damit zu arbeiten.

Jacques sah zu Françoise Barda hinüber, doch die hatte sich schon in die Lektüre des Dokuments vertieft. Er schob seinen Block und den Bleistift beiseite, stützte sich mit beiden Ellenbogen auf die Tischplatte und versenkte sein Gesicht in die Fäuste. In das gelegentliche Rascheln des Papiers beim Umblättern mischte sich das leise Geräusch der Tasten von Tessiers BlackBerry.

Die erste Seite des Briefes quoll über von Höflichkeitsfloskeln des angolanischen Präsidenten für seinen Amtsbruder in Paris. Dann bestätigte der Herrscher von Luanda, dass jenes umstrittene Bankkonto in Paris, das vom französischen Finanzministerium dem Waffenhändler Sotto Calvi zugerechnet werde, zwar unter dessen Namen eröffnet, jedoch tatsächlich für den angolanischen Präsidenten eingerichtet worden sei und als ihm zugehörend betrachtet werden müsse.

Da der angolanische Präsident über internationale Immunität verfüge, fielen die Konten unter Geheimhaltung und dürften vom französischen Staat, also auch von seiner Justiz, nicht angetastet werden. Wenn ein souveräner Staat seine Streitkräfte mit modernen Waffen ausrüste, müsse dies ohne die Kenntnis anderer Staaten möglich sein. Und das betreffe auch die Waffenlieferungen, die Sotto Calvi vermittelt habe.

»Zu keinem Augenblick«, schrieb der angolanische Präsident, »sind die fraglichen Gerätschaften weder juristisch noch materiell über das Territorium der Französischen Republik, oder durch französische Unternehmen oder Einrichtungen geleitet worden ... Die Anschuldigungen wegen Waffenhandels oder Steuerverkürzung erstaunen, da es sich um legal durchgeführte Transaktionen eines souveränen Staates wie Angola mit nicht-französischen Lieferanten handelt.«

Hellwach las Jacques die letzten Passagen, in denen mehr stand, als Anwalt Philippe Tessier vielleicht ahnte:

»Als Präsident Angolas erinnere ich daran, dass der französische Staatsbürger Sotto Calvi mit Zustimmung der französischen Behörden an einem für unser Land wichtigen und äußerst sensiblen Auftrag arbeitet.

Ich sehe in der Haltung Frankreichs eine Geste des Vertrauens und der Freundschaft. Deshalb hat meine

Regierung mehrere Beschlüsse gefasst, die eine spektakuläre Ausweitung der Zusammenarbeit mit Frankreich auf den Gebieten der Ölförderung, der Wirtschaft und der Finanzen erlaubt.

Allerdings ähnelt die Freundschaft einer Pflanze, die vertrocknet, wenn sie nicht regelmäßig begossen und gedüngt wird. Ich glaube, es liegt jetzt an Ihrer Regierung, mit konkreten Gesten mehr für die Freundschaft und die Zusammenarbeit zwischen unseren beiden Völkern zu tun.«

Jacques legte seine Papiere zur Seite und sah an Tessier vorbei. Françoise Barda nickte.

»Wie sind Sie in den Besitz dieses Briefes gekommen, der an den französischen Staatspräsidenten gerichtet ist?«

Philippe Tessier legte seinen BlackBerry auf die Aktentasche und rutschte mit dem Stuhl an den Tisch.

»Er ist mir von einem Vertrauten des angolanischen Präsidenten übergeben worden.«

»Von Sotto Calvi?«

»Nein.«

»Können Sie ausschließen, dass Sotto Calvi diesen Brief in der Hand hatte oder ihn zumindest kennt?«

»Das kann ich nicht ausschließen.«

»Ist er vielleicht auf Bestellung von Sotto Calvi – oder auf Ihren Vorschlag hin – geschrieben worden?«

»Der Präsident Angolas wurde über die Beschuldigung gegen Sotto Calvi unterrichtet und hat von sich aus gehandelt.«

»Der Brief ist jedoch weder an Sie noch an die französische Justiz, sondern an den französischen Staatspräsidenten gerichtet. Weshalb wurde er Ihnen übergeben und nicht der französischen Regierung?«

»Wahrscheinlich sollte ich seinen Inhalt kennen, damit ich mich gegenüber der Justiz bei der Verteidigung meines Mandanten auf die darin festgehaltenen Tatsachen berufen kann.«

Mit dem rechten Zeigefinger, den sie leicht vom Tisch hochhob, gab Françoise Barda Jacques ein Zeichen, dass auch sie eine Frage stellen wollte.

»Maître Tessier, der Brief befindet sich jetzt in der Hand des Außenministers?«

»So ist es, Madame.«

»Und wie ist er dorthin gelangt?«

»Durch einen Mittelsmann, Madame.«

»Georges Mousse?«

Der Anwalt glaubte seinen Ohren nicht zu trauen.

»Wer?«

Indem er vorgab, den Namen nicht verstanden zu haben, verschaffte sich Philippe Tessier Zeit, um den Schrecken zu verdauen.

Jacques dagegen wusste von Françoise Barda, dass Georges Mousse nachweisbar mehr als eine Million von Sotto Calvis Konto erhalten hatte – nicht in bar, sondern per Überweisung, unterzeichnet von dem Kontoinhaber und Waffenhändler persönlich. Zwar hatte auch Jacques zunächst kaum glauben wollen, dass alles so abgelaufen war, immerhin war Georges Mousse der engste Vertraute des verstorbenen Präsidenten François Mitterrand und später Chef der Europäischen Entwicklungsbank in London gewesen, doch die Erfahrung als Untersuchungsrichter hatte ihn gelehrt, sich über nichts und erst recht über niemanden mehr zu wundern.

Weder Françoise Barda noch Jacques wiederholten den Namen Georges Mousse, sondern starrten den Anwalt an, als erwarteten sie seine Antwort.

Durch die dicken Türen des Verhandlungsraumes drang kein Ton. Die Fenster waren geschlossen. Keine Fliege summte, keine Tasse klapperte im Nebenraum, kein Wagen fuhr draußen an.
»Maître Tessier?«
Jacques machte eine fragende Geste mit seinen Armen und schaute den schweigenden Anwalt mit nach oben gezogenen Augenbrauen an.
Der steckte die Klarsichthülle in seine Tasche, als Zeichen, dass er seinen Besuch beenden wollte.
»Madame la juge, Monsieur le juge, nicht ich werde beschuldigt, sondern ich vertrete einen Beschuldigten. Sotto Calvi wird für eine längere Zeit nicht nach Frankreich zurückkommen können, da er – Sie haben es dem Brief des angolanischen Präsidenten entnehmen können – an einem großen, von den französischen Behörden gebilligten Projekt in Luanda arbeitet, das französischen Firmen Milliardenaufträge bescheren dürfte. Sotto Calvi hat mich beauftragt, Ihnen anzubieten, persönlich auf alle Fragen zu antworten, falls Sie sich der Mühe einer Reise nach Luanda unterziehen wollen.«
Der Anwalt erhob sich, ging zum Kleiderständer und nahm seinen Regenmantel vom Haken. Jacques, der sich gleichzeitig erhob, verständigte sich mit Françoise Barda nichts mehr zu fragen; so stand auch sie auf. Schweigend gab Tessier ihnen die Hand.

Sie handelten schnell. Noch am Nachmittag durchsuchten Leute von Kommissar Mahon auf Anordnung von Jacques Ricou die Büroräume des Außenministers am Quai d'Orsay. Der Brief des angolanischen Präsidenten war angeblich nicht angenommen, sondern wieder zurückgegeben worden.

An wen?

Das ging aus den Unterlagen nicht hervor. In der Akte, die der für Afrika zuständige Referent brachte, lag nur eine Fotokopie mit der handschriftlichen Bemerkung des Außenministers »Wenn er anruft, abweisen!«.

Gleichzeitig untersuchte Françoise Barda Büro und Privaträume von Georges Mousse und nahm ihn in Untersuchungshaft.

Am frühen Abend rief Kommissar Jean Mahon an und fragte Jacques, ob er auf einen Schluck vorbeikommen wolle, um das Ergebnis der Durchsuchung bei Sotto Calvis Geliebter und Chefin des Escort-Service abzuholen. Es seien nicht viele Unterlagen.

»Ach nee, ich bin völlig fertig und hab noch 'ne Menge zu tun. Lass das Zeug rüberbringen. Vielleicht schaue ich da heute noch rein.«

»Übrigens solltest du mal einen Blick auf den Schriftzug dieses Escort-Service werfen!«

»Wie meinst du das, Jean?«

»Das SC bei Escort ist groß und hellrot hervorgehoben. Wie die Initialen von Sotto Calvi.«

»Den Brief des Herrn aus Luanda können wir abhaken. Juristisch besagt er gar nichts. Und weil er im Außenministerium nicht angenommen worden ist, hat er auf unsere Arbeit auch keine Auswirkung.« Jacques zeichnete, während er sprach, mit seinem Bleistift auf dem Block herum. Es war schon nach sieben, und er bereute, dass er das Angebot mit dem Sundowner von Jean Mahon abgelehnt hatte.

Auf der Fensterbank stand ein Karton mit einem Computer und einigen CD-Roms. Größer war die Ausbeute bei der Freundin Sotto Calvis und ihrem Escort-

Service nicht gewesen. Die Sitte hatte das Unternehmen gleich nach der Hausdurchsuchung geschlossen. Aus Neugier wollte Jacques sich aber doch heute Abend damit beschäftigen.

Aber noch etwas ließ Jacques nicht los.

Er sah Françoise Barda, die ihm gegenüber an seinem Schreibtisch saß und in die Luft starrte, lange an.

»Ich glaube, ich sollte nach Luanda fliegen.«

Aus den grauen Augen der Untersuchungsrichterin, die jetzt auf ihm ruhten, konnte er keine Regung herauslesen. Vielleicht überlegte sie, ob sie mitfahren sollte. Plötzlich schlug sie mit beiden Handflächen auf ihre Oberschenkel und stand im nächsten Augenblick mit Schwung auf. An der Tür drehte sie sich um.

»Gute Reise.«

Und knallte die Tür zu.

Jacques wählte die Nummer seines Malerfreundes Michel Faublée und war erstaunt, als der sofort abhob.

»Vieux crabe!«

Michel lachte leise.

»Also: Was machst du gerade?«

Schweigen.

»Hör zu: Ich fahre jetzt los, wir trinken bei dir eine coupe de Champagne, und ich lade dich ins Président ein. Gegrillte Hühnerkralle oder Qualle süß-sauer.«

»Spring in deine Kutsche. Ich hoffe, ich habe eine Flasche im Kühlschrank. Und dann will ich endlich wissen, was du mir über meine Bilder sagen wolltest.«

Der Escort-Service

Sonnabend

Nieselregen ließ die Feuchtigkeit durch jede Masche kriechen. Im Bistro l'Auvergnat lachte Gaston, als Jacques um halb acht hereinstürzte, und zwirbelte seinen Schnurrbart.

»Jacques, das richtige Oktoberwetter für einen Café-Calva! Ach, ist ja schon fast November.«

»Gaston! Ich liebe dich. Eine hervorragende Idee, nur muss ich heute noch den ganzen Tag arbeiten. Also: nur ein Café-Croissant.«

Zwei der Leibwächter setzten sich an den Tisch neben der Tür, die anderen beiden waren im Wagen sitzen geblieben – nah bei dem Fenster, an dem sich Jacques mit seinen Zeitungen niedergelassen hatte.

Es war leer heute früh. Den Weg durch das Oktobernass ins Bistro vermied, wer am Küchentisch sitzen bleiben konnte. Deshalb bediente Gaston Jacques persönlich, blickte zur Tür und flüsterte: »Wollen die was von dir?«

»Gaston, red nicht drüber. Seit dem Anschlag werde ich mit Leibwächtern bestraft.«

Der Wirt wischte den Tisch ab und setzte sich für einen Augenblick auf die vordere Kante des Stuhls Jacques gegenüber.

»Hätten die für dich nicht was Weibliches druntermischen können?«

»Das werde ich der Polizei mal vorschlagen.«

»Und ist in deinem Fall wenigstens was Saftiges drin? Hast du jemandem das Weib ausgespannt, weswegen der gehörnte Ehemann dir Dynamit unter den Sitz gelegt hat?«

»Ihr Leute aus der Auvergne seid doch eigentlich bodenständig. Warum musst du denn jetzt den Chauvi spielen?« Jacques legte die Zeitung beiseite und schaute Gaston scheinbar ernst an. An manchem Morgen musste man den kleinen Plausch mit dem Wirt wichtiger nehmen als die Nachrichten aus der großen und der nicht so großen Welt. Gaston erwartete etwas Vertrauliches aus dem Alltag des Richters, nicht um es weiter zu erzählen, sondern um Andeutungen machen zu können und am Tresen als besonders informiert zu gelten. Deswegen kam die Kundschaft schließlich gerade zu ihm.

»Gaston, wehe, du sagst es weiter, besonders nicht Margaux, falls sie auf die Idee kommen sollte, dich auszuhorchen.«

»Monsieur le juge, habe ich je …«

»Nein, Gaston, hast du nie.« Jacques beugte sich über die Kaffeetasse und legte seine Hand auf die des Wirtes. »Ich werde zwar auch dieses Wochenende im Büro verbringen, aber diesmal mit hoffentlich ansehnlichen Betroffenen: Wir haben einen Escort-Service hoppgenommen.«

»Et alors, les filles! Jetzt musst du die Mädchen untersuchen. Du Glückspilz.«

»Als Helen spricht sie Englisch, als Hélène unterhält sie sich auf Französisch, als Helena wird sie auch Ihre spanischen Gäste charmant umgarnen. Diese wohlerzogene Tochter lässt sich gern elegant einkleiden, zeitlos, zum Beispiel mit Cerruti, tanzt den Walzer rechts-, wie linksherum, verwechselt weder Corneille mit Racine, noch Don Quichotte mit Sancho Pansa. Sie weiß die beiden Francis Bacons zu unterscheiden und wird auch beim Pferderennen mit den Stammbäumen der edelsten Traber oder den Galoppern selbst beim Prix de l'Arc de Triomphe in Longchamps keine Schwierigkeiten haben.

Alter: 24.

Maße: 174 Zentimeter.

Haare: echt blond.

Sportarten: Tennis, Reiten, Schwimmen, Snowboard und Ski.

Neuzugang Juni 2004.

Gage: zweitausend Euro pro Tag, bei längeren Verpflichtungen Pauschale möglich.«

Jacques arbeitete sich in das System des Escort-Service ein. Über jedes Mädchen gab es ein Fact-Sheet, das die Vorzüge und Vorlieben der einzelnen aufzählte. Alle aber wurden als elegante, besonders gelungene weibliche Abkömmlinge der französischen Bourgeoisie vorgestellt.

Ein Kunde, der nach der Lektüre eines der Fact-Sheets Interesse zeigte, konnte weitere Informationen bekommen, entweder ging er den sicheren Weg und ließ sich eine CD-Rom per Boten zustellen oder – wenn es eiliger war – das Material per E-Mail senden.

Jede CD-Rom war nur einer Begleiterin gewidmet.

Jacques schob die CD-Rom mit der Aufschrift »Helen« in seinen Computer und klickte die Bilder an. Sportlich, mit Pferdeschwanz, beim Tennisturnier von Roland-Garros in einer Loge, mondän in langer Robe bei einem Ball in einem Pariser Palais, im kleinen Schwarzen mit langen, schlanken Beinen bei einem Empfang.

Die Umstehenden waren stets durch Pixel unkenntlich gemacht.

Nur beim Rennen in Deauville stand Hélène in einer großen Gruppe von eleganten Menschen wenige Meter neben Edmond de Rothschild, der sein Siegerpferd tätschelt.

Am Strand der Malediven-Insel Suneva Gili trug Hélène ihren perfekten weiblichen Körper im Bikini zur Schau, um den sie knochige Modemodels von den Haute-Couture-Schauen beneiden dürften.

Jacques machte in der hinteren Kehle leichte Grunzgeräusche und spitzte den Mund. Eine seiner Marotten, wenn er allein und vergnügt war.

Wer über genügend Geld verfügte, das Bedürfnis nach einer viel versprechenden Begleitung hatte, aber nach diesen Bildern immer noch zögerte, der konnte auch noch weitere Einblicke in die Vorzüge Hélènes erhalten: mit einem äußerst professionell gedrehten und geschnittenen dreiminütigen Filmporträt auf DVD.

Hélène seift vollen Busen, glatten Bauch und Beine ein und duscht ausgiebig. Nackt tritt sie unter dem Wasserstrahl hervor und greift nach einem kleinen Handtuch, das sie wie einen Turban um die Haare wickelt. Es scheint warm zu sein. Denn sie geht mit großen Wassertropfen auf der Haut in die Küche, holt aus dem Kühlschrank eine Flasche Champagner und setzt sich – wieder zurück im Bad – auf den Rand der Wanne.

Ihr Kopf und die Brüste sind schräg von vorne zu sehen, als sie langsam die Champagnerflasche hoch nimmt, den Mund leicht öffnet, während die Augen, sich halb schließend, einen schläfrigen Ausdruck annehmen und die prickelnde Flüssigkeit langsam in ihren Mund rinnt, zwischen den Lippen herausfließt und über eine leichte Gänsehaut den Hals hinab auf die hervorstehenden Brustwarzen perlt.

Zweitausend Euro pro Tag, Pauschale bei längerer Buchung.

Jacques atmete tief durch.

Er hatte die Wohnung erkannt, in der Hélène geduscht und Champagner aus dem Eisschrank geholt hatte. Sie lag an der Place des Ternes und verfügte über eine gepanzerte Eingangstür und schusssicheres Glas in den Fenstern.

Von den zwanzig DVDs waren drei im Appartement von Lyse gedreht worden. Jacques ging Fact-Sheet für Fact-Sheet durch, CD-Rom für CD-Rom, DVD für DVD. Und fügte Lyse endgültig in sein Suchraster ein.

Er würde Jean Mahon bitten, alle Begleiterinnen ausfindig zu machen. Er würde sie vorladen und nach den Kunden befragen. Eine Wahnsinnsarbeit. Drei, vier Tage würden ihn allein die Verhöre kosten.

Um halb neun wollte er sich eine von diesen Tartines holen lassen, die er so mochte, aber die Taverne Henri Quatre hatte schon geschlossen. »Besorgt mir irgendwoher was zu essen«, bat er seine Leibwächter. »Ein hartes Baguette mit Schinken und Käse aus dem Bistro gegenüber. Und Cornichons bitte, ich liebe die Säure dieser süßsauren Gürkchen.«

Jacques begann sich mit dem Computer, der bei der Durchsuchung des Escort-Service beschlagnahmt worden war, zu beschäftigen. Die Passworte für die Programme hatten die Spezialisten von Jean Mahon schnell herausgefunden; sie hatten die Chefin der Vermittlung ein wenig strenger befragt.

Obwohl sämtliche Dateien geschützt waren und sich die Post nach einer bestimmten Frist von selbst zu löschen schien, fand Jacques sieben E-Mails. Sechs sahen aus, als bestellten alte Kunden.

Die siebte stammte offensichtlich von einem neuen Interessenten, der über einen Link auf einer Website an den Escort-Service geraten war. www.eSCort-SC.fr.

Jacques gab die Adresse ein. Als sich die Seite öffnete, erklang sanfte Musik. Marilyn Monroe hauchte »I want to be loved by you«. Dann erschienen Bilder im Stil der rasanten amerikanischen Thrillerserie »24 hours«. Sie sollten konservativen Luxus, Paris, London, Marrakesch, Kultur, Autos, Sport und Frauen suggerieren. Erotik. Nicht Sex. Die aufwändige Herstellung dieser Website musste ein irres Geld gekostet haben.

Bei verschiedenen gesellschaftlichen Ereignissen mit bekannten Persönlichkeiten erschienen eSCort-Mädchen, die er zum Teil von den CD-Roms und den DVDs kannte. Immer wieder klickte er weiter, vom Bal des Roses in Monaco zum Autorennen in Monza, zu den Filmfestspielen in Cannes, zur Opernaufführung in Glyndebourne, zur Vernissage des Guggenheim-Museums in Bilbao.

Und dann sah er sie. Im Guggenheim-Museum von Bilbao stand Lyse mit einer gleichaltrigen Frau, deren Kleid einen bemerkenswert großen Ausschnitt hatte. Auf einem weiteren Bild stand diese Frau neben Sotto Calvi, der einen Arm um den weiten Ausschnitt legte, es dürfte sich also um seine Freundin und die Statthalterin des Escort-Service handeln. Lyse stand neben ihm. Bei einer anderen Gelegenheit sprach Lyse mit Jack Lang, dem ehemaligen französischen Kulturminister und dann mit Georges Mousse, Mitterrands ehemaligem Berater, den sie tags zuvor festgenommen hatten.

Als Jacques die Fotos genauer studierte, erkannte er

auf Bildern vom prestigereichen Jahresball der Ecole Polytechnique in der alten Garnier-Oper in Paris neben Sotto Calvi auch Antoine Lacoste und im Hintergrund, zwischen den jungen Männern und Frauen in ihren grandiosen Uniformen mit der Bicorne, Napoleons Zweispitz, den Innenminister Charles Cortone.

Es würde eine Heidenarbeit für die Beamten aus Kommissar Mahons Einheit sein, alle Personen auf den Bildern zu identifizieren und dann mit der Kundenkartei zu vergleichen.

Danach würde Françoise Barda feststellen, wer von diesen Personen im Zusammenhang mit Bankgeschäften von Sotto Calvi auftaucht. Und dann müssten sie beide untersuchen, welche Zahlungen rechtmäßig waren und welche unter den Straftatbestand der Korruption fielen.

Eine halbe Stunde nach Mitternacht quetschte sich Jacques in das Auto zu den Leibwächtern und ließ sich nach Hause fahren. Gaston hatte längst das Gitter seines Bistros geschlossen.

Amadée? Ach nein, auf liebliches Gesäusel hatte er jetzt gar keine Lust.

Aber Margaux würde ihn verstehen. Und vielleicht auch trösten.

Jacques stieg vor seinem Haus aus dem Wagen.

»Fahrt doch einfach nach Hause. Es wird schon nichts passieren.«

»Monsieur le juge. Wir bleiben.«

Er bot keinem an, sich auf seine Couch zu setzen, sondern goss sich ein halbes Glas Whisky ein, pulte aus einem Plastiksack zwei Eiswürfel heraus und wählte Margaux' Nummer. Als der Anrufbeantworter ansprang, legte er auf, kippte den Whisky runter, hustete und holte sich noch einen.

Paul Mohrt

Sonntag

Der Angreifer hat ihr den kleinen Finger gebrochen, sonst hat sie keine Verletzungen, Monsieur le juge.«

Der Polizeisergeant am anderen Ende schien sich aus Respekt vor dem Untersuchungsrichter Ricou auf das Wesentliche zu beschränken.

Jacques war merkwürdig unbeteiligt.

»Und wo ist sie jetzt?«

»Hier auf dem Revier im 17. Arrondissement. Nachdem der Finger in der Notaufnahme geschient worden ist, hat der Arzt sie entlassen. Wir haben sie zur Aussage mitgenommen. Und als wir uns erkundigten, ob wir einem Angehörigen Bescheid sagen sollten, nannte sie Ihren Namen, Monsieur le juge.«

»Sergeant, ich möchte bitte mit ihr sprechen.«

»Einen Augenblick.«

Auf seinem Bildschirm zeigte die Uhr 16:07 an. Seit zehn Uhr schon suchte er im Computer von eSCortservice nach versteckten Informationen. Wegen ihres sonntäglichen Jazz-Auftritts in Saint-Merri war Françoise Barda mit dem Ausdruck schlechten Gewissens bereits um eins gegangen.

Jemand hob den Hörer am anderen Ende auf.

Er hörte ein fast schüchternes »Jacques?«

»Lyse, was ist passiert? Ich dachte, du bist in Madrid.«

»Ging alles schneller als erwartet. Und ich wollte dich

mit meiner frühen Rückkehr überraschen. Als ich aus dem Taxi stieg und in meinen Hausflur trat, hat mich Paul Mohrt mit zwei Schlägern erwartet. Sie haben mir den Finger gebrochen.«

»Es gibt jetzt ein paar Fragen, die will ich dir nicht am Telefon stellen, Lyse. Ich sage dem Sergeant, er soll dich in deine Wohnung bringen, und ich treffe dich dort.«

»Jacques, pass auf! Es geht um dich.«

»Keine Sorge, Lyse. Mein Leib wird doch jetzt von vier Mann bewacht! Bin gleich da, okay?«

»Entweder lässt sich der Untersuchungsrichter Jacques Ricou erpressen, oder er wird öffentlich diskreditiert, hat er gesagt. Durch ein Sexvideo. Paul Mohrt wollte einige kleine, ferngesteuerte Glasfaserkameras in meinem Schlafzimmer anbringen, und ich sollte für genügend Licht und Handlung sorgen. Weil Fotos von dir schon einmal durch die Presse gingen, nachdem du auf Martinique heimlich fotografiert worden bist, nachdem du die Kreolin Amadée, die Witwe eines Mordverdächtigen, auf den Mund geküsst hast, würde dieses Video deine Glaubwürdigkeit endgültig untergraben: Der Richter im Bett mit der Kustodin jenes Mannes, gegen den er wegen Korruption ermittelt.«

Lyse hatte Paul Mohrt, der nicht einen Moment mit seinem Kopf zurückzuckte, ins Gesicht geschlagen. Er fing ihre rechte Hand, starrte ihr in die Augen und drehte mit großer Kraft den kleinen Finger langsam nach hinten, bis der Knochen hörbar brach. Vom gellenden Schmerzensschrei aufgeschreckt stürzte die Concierge, mit einem eisernen Handfeger bewaffnet, aus ihrer Wohnung und rief: »Banditen! Ich habe die Polizei gerufen. Schweinebande. Haut ab!«

Lyse lächelte ein wenig, als sie diese Szene schilderte. Mit zwei tiefen Glucksern deutete Jacques ein eher verzweifeltes Lachen an.

»Es tut mir leid, Lyse, dass ich dich in solch eine Sache hineinziehe …«

»Schuld bin ich selber! Ich hätte mich ja von dir fern halten können.«

Jacques war unsicher, wie er sich jetzt verhalten sollte. Fast verlegen biss er sich mit den unteren Zähnen auf der Oberlippe herum. Doch dann zog er entschlossen die DVD mit Hélènes Duschvorführung aus seiner Jackentasche. Klarheit siegt.

»Wir müssen viel besprechen. Ich habe hier eine DVD, die offensichtlich in deiner Wohnung aufgenommen worden ist, und das beunruhigt mich. Vielleicht hast du eine Erklärung dafür. Wir haben sie bei der Durchsuchung des Escort-Service deiner beziehungsweise Sotto Calvis Freundin gefunden. Können wir die auf deinem Computer abspielen?«

»Viel besser, Jacques«, sagte sie lachend, »wir können das über meinen Fernseher sehen, im Breitwandformat mit Dolby-Stereo.«

Aber schon nach der ersten Szene war es mit dem Übermut vorbei; Lyse versteckte die Augen in ihren Handballen, wobei der geschiente kleine Finger abstand, sprang auf und lief im Zimmer herum.

»Ich könnte sie umbringen! Zwei- oder dreimal, das letzte Mal ist noch gar nicht so lange her, hat sie mich um meinen Wohnungsschlüssel gebeten. Wir haben zwar nie über den Zweck gesprochen, aber sie hat mir zu verstehen gegeben, dass es sich um ein heimliches Treffen mit ihrem Liebhaber handele. Als ich zurückkam, wirkte das Appartement so, als sei niemand hier gewesen und ich habe mich über nichts gewundert.«

»Dann möchte ich dir noch eine Website zeigen, auf der du zu sehen bist.«

»Jacques! Aber doch hoffentlich nicht so?«

»So nicht, aber in diesem Zusammenhang.«

Die Aufnahmen, die www.eSCort-SC.fr zeigte, waren ohne Ausnahme bei öffentlichen Veranstaltungen von einem bekannten Pressefotografen gemacht worden. Sotto Calvi hatte ihn regelmäßig beschäftigt, wenn er größere Gruppen einlud, zum Beispiel Politiker und Geschäftspartner, Künstler und Damen der Gesellschaft, und natürlich auch Mädchen des Escort-Service. Das gehörte zum Geschäftsgebaren von Sotto Calvi. Und allen großen Unternehmen der Welt.

»Da könntest auch du drauf sein, Jacques, wenn du zufällig bei der Vernissage im Atelier deines Freundes Michel Faublée mit mir und vielleicht auch Sotto Calvi zusammengestanden hättest.«

»Georges Mousse war ja auch da«, sagte Jacques.

»Aber du hast so getan, als würdest du ihn nicht kennen.«

»Ich kenne ihn auch nicht. Du triffst doch Hunderte von Menschen bei solchen Veranstaltungen, da redest du mit vielen, die du gleich wieder vergisst. Erst seit du mir Georges Mousse in der Brasserie Lorraine gezeigt hast, kann ich ihn einordnen.«

»Hattest du mal was mit Sotto Calvi?«

»Nein, der ist doch zu klein für mich.«

»Mit Antoine Lacoste.«

»Nein.«

Sie schweigen.

Die beiden Leibwächter, die Jacques bei Lyse zurückgelassen hatte, kamen gegen neun Uhr abends zurück ins Büro. Lyse habe sie weggeschickt, nachdem zwei Freunde gekommen seien. Kräftige, schwarze Kerle.

Jacques überlegte, ob er sie anrufen sollte.

Er hatte sich verabschiedet, weil er mindestens noch bis Mitternacht arbeiten müsse. Sie könne ihn jederzeit erreichen. Er wählte ihre Nummer. Eine unbekannte Stimme meldete sich und Jacques hängte ein. Falsch gewählt? Er wartete eine Minute, wählte neu. Die gleiche Stimme.

»Kann ich Lyse sprechen?«

»Wer möchte mit ihr sprechen?«

»Jacques.«

Sie freute sich. Alles sei in Ordnung. So weit. Und sie fühle sich sicher.

»Kannst du morgen Abend bei mir essen, Jacques? Wir dürfen all das, was so scheußlich ist, nicht zwischen uns kommen lassen. Ich weiß nicht, ob es dir auch so geht, aber ich fühle mich schrecklich unwohl. Du vielleicht auch. Komm morgen – mit dem Koffer.«

Jacques schnaufte und zögerte eine Sekunde.

»Gut, morgen Abend. So gegen halb neun.«

»Mit dem Koffer!«

»Vielleicht mit dem Koffer.«

Wickelt die Sonne in ein rotes Tuch

Montag

Die angolanische Botschaft, die in einem pompösen Palais in der Avenue Foch residierte, ließ ausrichten, es dauere zehn Tage, um ein Visum auszustellen. Aber während Jacques noch überlegte, ob er das Außenministerium und vielleicht Maître Philippe Tessier einschalten sollte und Martine ihm erklärte, dass er sich ohnehin zehn Tage vorher gegen Gelbfieber impfen lassen müsse, kam der Bote, der den Pass zur angolanischen Botschaft gebracht hatte, zurück. – Mit einem auf vier Wochen beschränkten Visum.

Der Amtsarzt verpasste Jacques die notwendigen Spritzen und gab ihm Malaria-Tabletten. »Die schaden nicht«, sagte er und warf einen fragenden Blick auf die Leibwächter. Die aber hoben nur entsetzt die Arme.

»Wir müssen den Druck so schnell wie möglich erwidern«, sagte Jacques, »sonst geraten wir total ins Hintertreffen. Immerhin gab es einen vorbereiteten Anschlag auf La Santé, um Alain Lacoste rauszuholen, einen Anschlag auf mein Leben durch die Explosion des Dienstwagens und einen Angriff auf seine ehemalige Kustodin, die sich einem Erpressungsversuch verweigert hat. Ich fliege Sonnabend. Dann bin ich montags fit, um Sotto Calvi zu verhören. Bis dahin müssen wir die drei Komplexe aufarbeiten. Erstens: Steuern«, Jacques sah zu

Françoise Barda, die nickte, »zweitens: Bestechung, das betrifft mich, und drittens: eSCort-service, das betrifft dich und deine Leute, Jean«, auch der Kommissar signalisierte mit dem Kopf Zustimmung. »Schaffen wir das?«

Françoise Barda warnte davor, zu hastig vorzugehen. Doch Jean Mahon, der Jacques und dessen zwar selten, aber dann besonders ungestüm ausbrechende Ungeduld kannte, stimmte zu.

Sotto Calvi müsste auch ein Interesse an einer schnellen Lösung haben, denn Françoise Barda hatte auf seinen Konten rund fünfhundert Millionen Euro sperren lassen – die Höhe der umstrittenen Steuerschuld.

Aber selbst wenn an eine schelle Lösung des ganzen Komplexes nicht zu denken war, müsste Jacques schon aus psychologischen Gründen bei dem Beschuldigten die Hoffnung darauf wecken. Damit er einen Fehler macht. Oder gesteht. Aber er ahnte, so einfach würde es nicht gehen, dazu war Sotto Calvi zu ausgebufft.

Als Jacques den Fahrplan für die gemeinsame Arbeit der Woche vortrug, gab sich Françoise Barda geschlagen.

Am Abend, als Lyse ihm in rosagrauem Rollkragenpullover und langen Hosen die gepanzerte Tür öffnete, trug er nur eine kleine, schwarze Ledertasche mit sich. Sie begrüßte ihn mit einer Bise auf jede Wange, so wie sich alle begrüßen, die sich ein wenig besser kennen und schätzen. Diesmal hatte sie in der Küche gedeckt. Er trank nur ein Glas Wein, sie plauderten über Belangloses und erst, als sie schon im Bett lagen und Lyse das Licht gelöscht hatte, rutschte Jacques zu ihr und wickelte die Arme um sie.

Nachts lag er lange wach. Als er aufstand, um in der Küche ein Glas Wasser zu trinken, sah er vor der Terrassentür einen kräftigen Schwarzen liegen, zusammengerollt wie unter einem Baum in der Steppe. Mit geöffneten Augen. Jacques schlich durch die Wohnung und fand vor der Eingangstür einen weiteren Wächter der Wüste.

Als er sie am Morgen nicht mehr entdeckte, fragte er Lyse: »Wohin sind deine Geister der Nacht verschwunden?«

»Sie lösen sich auf, sind aber doch hier. Sie beherrschen die Kunst, sich unsichtbar zu machen. Wir kennen uns seit unserer Jugend aus Angola. Vielleicht erzähle ich dir später mal, was wir erlebt haben. Wenn es ein Später gibt.«

Nach der ersten Tasse Kaffee im Stehen küsste Jacques sie auf den Mund.

»In dieser Woche muss ich Tag und Nacht arbeiten. Und dann bin ich vielleicht eine Weile weg. Gewährst du mir später, vielleicht Donnerstagabend, noch einmal Asyl?«

Donnerstag

Maître Philippe Tessier war schon um halb acht ins Palais de Justice gebeten worden. Jacques hatte noch nicht einmal einen Kaffee getrunken. Er wollte die Bedingungen für die Vernehmung von Sotto Calvi aushandeln. Trotz aller Schwierigkeiten freute er sich auch auf eine – wie er hoffte – abenteuerliche Reise in eine ihm völlig unbekannte Welt.

Die französische Botschaft in der angolanischen Hauptstadt Luanda solle Ort des Treffens sein, erklärte er. Dort wolle er den Waffenhändler im Beisein eines Konsularbeamten befragen. Dies entspreche den Gepflogenheiten, und die Voraussetzungen seien über den Quai d'Orsay, das Außenministerium, mit dem französischen Botschafter in Luanda abgeklärt worden. Calvi könne sich von einem Rechtsbeistand begleiten lassen.

Maître Tessier tippte schweigend eine Nachricht in seinen BlackBerry, wartete einen Moment und las eine ankommende Mail.

Der Anwalt schaute auf. »Aber Sotto Calvi erhält freies Geleit!«

Jacques schmunzelte. »Bisher liegt kein Haftbefehl gegen ihn vor. In der Botschaft könnten wir ihn auch schwerlich festsetzen, selbst wenn es sich rechtlich um französischen Boden handelt. Maître, werden Sie anwesend sein?«

»Nein, Monsieur Ricou. Wer mitkommt, wird sich bis dahin zeigen. Monsieur Calvi schlägt als Termin den kommenden Montag neun Uhr früh in der Kanzlei der französischen Botschaft in Luanda vor. Er wird sich den Vormittag für Sie frei halten.«

Mittags traf sich Jacques mit Françoise Barda und Jean Mahon in der Kantine. Er berichtete von seinem Gespräch und sagte, er sei erstaunt, dass Sotto Calvi so schnell in das Treffen eingewilligt habe. Und ihn wundere, dass die Vorbereitungen der Reise ungehindert stattfänden.

»Was heißt, ungehindert«, Jean Mahon brauste auf.

»Na ja, es läuft alles glatt ab.«

»Nachdem sie dir eine Bombe ins Auto gelegt und

Lyse erst am letzten Sonntag den Finger gebrochen haben.«

»Aber der Innenminister stellt sich tot. Der Geheimdienst versucht nicht, an unsere Akten zu kommen, und abgehört werden wir auch nicht mehr.«

Der Kommissar schlug Personenschutz für Jacques vor, doch der Richter lehnte vehement ab.

»Wer weiß«, Françoise Barda blickte kurz vom Teller auf und gackerte, »vielleicht bringen sie dich in Luanda um.«

Am frühen Abend rief Jacques die Gerichtspräsidentin Marie Gastaud an und informierte sie über die Reise. Zu seiner Überraschung kannte sie seine Pläne schon. Das Büro des Justizministers hatte nachgefragt, ob solche Ausgaben notwendig seien.

»Jacques, die Wege in der Regierung sind kurz. Wenn das Außenministerium wegen der Botschaft in Luanda eingeschaltet wird, dann weiß es auch der Innenminister, und der wird Druck auf den Justizminister gemacht haben. – Gute Reise und seien Sie vorsichtig.«

In der Nacht lag Jacques bei Lyse. Als er ihr in dürren Worten seinen Entschluss, Sotto Calvi in Angola zu vernehmen, berichtet hatte, war sie in Tränen ausgebrochen. Er sei naiv. Sie kenne Angola, das Land, wo man für hundert Dollar einen Killer anheuern könne. Er würde dort ermordet werden. Sotto Calvi locke ihn in die Falle.

»Sei stark, Königin Njinga«, flüsterte Jacques in ihr Ohr.

Lyse legte sich auf den Rücken und starrte im Dunkeln gegen die Decke.

»Ich erzähle dir die Geschichte von Kalunga, einem unserer Götter«, sagte sie mit fast ausdrucksloser Stimme. »Als die Sonne gestorben war, suchten ihre Verwandten den Gott Kalunga auf. Sie wurden von Samuto, dem Pförtner von Kalunga empfangen, der ihnen sagte: ›Wickelt die Sonne in ein rotes Tuch und legt sie in einen Baum.‹ So geschah es. Am nächsten Morgen waren sie froh, die Sonne noch strahlender wieder aufgehen zu sehen. Dann starb der Mond. Diesmal riet Samuto den Verwandten, ihn zusammen mit schwarzem Ton in ein weißes Tuch zu wickeln und in einen Baum zu legen. So geschah es, und in derselben Nacht schien der Mond wieder. Als nun Königin Njinga gestorben war, wollten ihre Anhänger ebenfalls zu Kalunga, allerdings waren sie sehr arrogant und forderten Samuto unter Drohungen auf, sie zu Kalunga zu führen. Doch der Gott war erbost, schickte sie wieder zu Samuto zurück und empfahl ihnen: ›Macht eine Bahre und tragt euer totes Oberhaupt zu einer Grube, die ihr im Busch öffnet, wo es sich ausruhen kann. Dann müsst ihr den Sterbefall fünf Tage lang feiern! Und dann wartet ab, ob Njinga wieder aufersteht!‹ Natürlich warteten sie vergebens.« Lyse schaute Jaques mit Tränen in den Augen an. »So kam der Tod in die Welt.«

Das doppelte Spiel

Sonnabend

Der Flug würde acht Stunden dauern, und da die Air-France-Maschine pünktlich um elf Uhr zehn abends von Roissy gestartet war, würde sie gegen sieben Uhr früh in Luanda aufsetzen. Sie war bis auf den letzten Platz ausgebucht, es befanden sich nur wenige Angolaner an Bord der Boeing 777.

Jacques nahm französische, englische und russische Wortfetzen wahr, auch einige wenige portugiesische, als er sich durch den engen Gang in die hinteren Reihen der Economy-Class zwängte. Wenn er auf Staatskosten reiste, benahm er sich wie ein mustergültiger Beamter, der keinen Centime zu viel ausgab. Schließlich war es das Geld des Bürgers, und damit galt es sorgsam umzugehen. Etliche Kollegen belächelten den Untersuchungsrichter aus Créteil wegen seines peniblen Staatsverständnisses, aber es brachte ihm auch Achtung ein.

Jacques hatte Glück, einen Sitz am hinteren Notausgang erhalten zu haben und damit Platz, seine Beine auszustrecken. Er saß am Fenster, neben ihm kuschelte sich eine sehr kleine, aber energisch wirkende Frau zwischen die Armlehnen. Sie trug ein hoch geschlossenes Kleid aus geblümtem Laura-Ashley-Stoff mit langen Ärmeln und einem Rock bis weit über die Knie. Mit ihren langen, offen über die Schultern fallenden, blonden

Haaren wirkte sie wie eine Figur aus dem ausgehenden neunzehnten Jahrhundert.

Jacques schätzte sie auf Mitte fünfzig, wollte ihr freundlich zunicken, aber sie wich seinem Blick immer wieder aus und vertiefte sich in ein dickes Buch, so, als wollte sie von der Umwelt nicht wahrgenommen werden. Ab und zu unterstrich sie mit einem grünen Bleistift einige Zeilen. Verstohlen versuchte Jacques den Titel des Werkes zu erspähen, das sie so zu faszinieren schien.

Als sie das Buch einmal kurz hoch nahm, las er: François-Xavier Vershave, »Françafrique«.

Dieses Buch hätte er vielleicht zur Einstimmung auf seine Reise auch lesen sollen, sagte er sich, und bedauerte wieder einmal, dass er kaum noch dazu kam, mehr als die Zeitung durchzublättern. Als Student hatte er alles verschlungen, jeden modernen Roman, aber auch Camus und Sartre, Ionesco und Beckett, und William Faulkner, John Steinbeck, und dann fiel ihm Joseph Conrad ein – »Herz der Finsternis«. Der Urwald in der Seele des Menschen. Die Gier nach wertvollem Elfenbein, dem weißen Gold, verdrängt jede Spur von Menschlichkeit. »Das Grauen«, so lauteten die letzten Worte von Kurtz. Die Gier nach dem schwarzen Öl hat das Grauen ins Unvorstellbare vergrößert.

Eine der Stewardessen schnallte sich ihm gegenüber auf dem Notsitz an und lächelte.

»Ça va, Monsieur le juge?«

Und als Jacques sie erstaunt anschaute, lachte sie. »Wir sind schon einmal zusammen geflogen. Nach Martinique. Sie und Ihr Freund, der Kommissar. Ich habe seinen Namen vergessen.«

»Jean Mahon.« Jacques erinnerte sich nicht an die junge Frau. »Ja, das war im Frühjahr.«

»Ich habe später in der Zeitung die ganze Geschichte gelesen«, sagte sie. »Sie sind ganz schön mutig, Monsieur Ricou. Sie haben wohl vor niemandem im Staat Angst. Und was treibt Sie jetzt nach Angola? Wieder irgendein Mörder?«

»Nicht gleich ein Mörder, aber ein neuer Fall«, antwortete Jacques, dem das Geplapper der patent wirkenden jungen Frau unangenehm war, zumal er bemerkte, dass seine Nachbarin die Ohren spitzte, ohne allerdings die Augen von ihrem Buch zu heben. »Wie es ausgeht, weiß ich auch noch nicht. Eine langwierige Untersuchung, die kann noch Jahre dauern.«

Und um von sich abzulenken, deutete er mit der linken Hand in die Kabine: »Sind die Flüge nach Angola immer so voll? Auch an einem Sonnabend?«

»Immer. Hauptsächlich mit Leuten von den Ölfirmen, die ein paar Monate durcharbeiten, dann Urlaub nehmen und jetzt wieder zurückfliegen. In Angola bleibt niemand auch nur eine Stunde länger als nötig.«

»Ist es so schlimm?«

»Grässlich. Ich glaube, nirgendwo auf der Welt wird mehr gestohlen, betrogen, geschlagen, gemordet. Und das überall und am helllichten Tag.« Sie schüttelte sich. »Wir müssen dort immer einen Tag und eine Nacht Pause machen. Wenn wir nicht auf dem Hotelzimmer verschimmeln wollen, dann werden wir in den Miami-Beach-Club gefahren. Da liegen die Frauen und Kinder der wenigen reichen Angolaner auf dicken Liegen und gleich neben ihnen stehen Leibwächter mit Maschinenpistolen. Und sie benehmen sich ekelhaft. Ein Bier kostet zehn Dollar. Also, was soll ich da?«

Zum Abendessen wurde Jacques' Nachbarin ein vegetarisches Gericht serviert. Jacques ließ sich ein Fläschchen Bordeaux zum Bœuf bourguignon geben.

Plötzlich sah ihn seine Nachbarin mit hellen blauen Augen an: »Sind Sie wirklich der Juge Ricou, der den Staatspräsidenten vorgeladen hat?«

»Ich habe es versucht, Madame. Aber er ist nicht gekommen.«

»Das war mutig.« Sie schwieg, als überlegte sie, ob sie ihn weiter in ein Gespräch verwickeln sollte. Dann klopfte sie auf das Buch, das sie neben sich gelegt hatte: »Da sollten Sie weitermachen, wenn Sie wirklich mutig sind.«

Jacques goss sich ein weiteres Glas Rotwein ein und fragte höflich: »Und was steht in dem Buch?«

»In dem Buch steht, wer geholfen hat, Angola zu verderben. Ich könnte Ihnen zuerst einmal erzählen, wie das alles passiert ist, dann verstehen Sie besser, warum die Politiker und Ölfirmen in Wirklichkeit nichts anderes sind als Verbrecher. Das erlebe ich täglich bei meiner Arbeit.«

»Wo arbeiten Sie denn?«

»Seit zwei Jahren bin ich in Luanda, beim Kinderhilfswerk der Vereinten Nationen.«

»UNICEF?«

»Ja. Wir kümmern uns um die Straßenkinder. In den siebenundzwanzig Jahren Bürgerkrieg sind Millionen von Menschen quer durch das Land geflüchtet, dabei haben Zehntausende von Kindern ihre Eltern verloren. Und da sich niemand ihrer annimmt, leben sie allein in der Millionenstadt Luanda auf der Straße. Und zwar Kinder ab sechs, sieben Jahren! Und wissen Sie, wo die hausen?« Sie wartete keine Antwort ab. »In der Kanalisation, die von den Portugiesen vor hundert Jahren angelegt worden ist. Da streiten sie sich mit den Ratten um die Abfälle.«

Jacques fühlte sich unwohl. Ihm fehlten die Informationen, die ihm erlaubt hätten mitzureden. Seine Nachbarin sprach leise und ganz ohne Eifer auf ihn ein, so als unterhalte sie sich mit ihm über das Winterwetter an der Côte d'Azur.

»Sie werden mir wahrscheinlich nicht glauben, zu welcher Brutalität die Menschen durch den langen Bürgerkrieg verkommen sind. Auf der Höhe der Kampfzeit hat die Armee sich nicht gescheut, das Problem der Straßenkinder auf grausamste Art zu lösen. Sie wurden einfach nachts zusammengetrieben, mit Hubschraubern hoch über das Meer geflogen und dann hinunter in den Ozean geworfen.«

Sie blickte Jacques an, der den Mund öffnete, aber doch nichts sagte: »Ja, Sie glauben es mir wahrscheinlich nicht. Das lässt sich aber nachweisen. Heute geht die Polizei immer noch drakonisch gegen die Straßenkinder vor. Sie werden regelmäßig eingesperrt und ›sjamboked‹, so nennen es die Polizisten, wenn sie den Kleinen mit ihren Schlagstöcken auf Füße und Handflächen schlagen. Der ihnen zugefügte Schmerz ist unvorstellbar. Und unvergesslich.«

»Und warum fliehen sie dann nicht aus der Stadt?«

»Weil die Kinder auf dem Land umkämen. Dort würden sie verhungern oder in Minenfeldern von Explosionen zerrissen werden. In keinem Land der Welt haben die Bürgerkriegstruppen so viele Minen verlegt wie in Angola.«

Die Stewardess räumte die Tabletts ab und bot Jacques ein weiteres Fläschchen Bordeaux an, das er gleich öffnete. Er füllte sein Glas und nahm einen Schluck. Dann atmete er tief durch.

»Und was haben diese gespenstischen Zustände mit mir als Richter zu tun?«

»Lesen Sie das Buch! Das zeigt die Verlogenheit der Politik, die Unredlichkeit der französischen Regierungen – ganz gleich, welcher Couleur. Deren Gier hat dazu beigetragen, dass die jetzigen Machthaber in Luanda so prassen können, wie sie es tun.«

»Aber Angola war doch eine portugiesische Kolonie.«

Die kleine Frau zog die Schuhe aus und setzte sich ihm zugewandt auf ihre Füße. Mit beiden Händen ergriff sie die zwischen ihnen liegende Armlehne und beugte sich ein wenig vor und sagte: »Ich gebe Ihnen eine Kurzfassung: Unter General de Gaulle wurden die meisten französischen Kolonien in die Freiheit entlassen, das war in den Sechzigern. Damals wurden die wenigen Prinzipien der französischen Afrikapolitik festgelegt, die heute noch gelten.«

Sie blickte kurz auf, ohne sich zu unterbrechen.

»Erstens: den Rang Frankreichs in der Welt aufrecht und die Kolonien abhängig halten. Zweitens: den Zugang zu strategischen Rohstoffen wie Uran und Öl sichern. Drittens: den Einsatz französischer Unternehmen garantieren.«

»Ja, aber Angola war doch nie französisch.«

»Aber Angola verfügt über eines der größten Ölvorkommen der Welt. Als der Bürgerkrieg nach der Unabhängigkeit Angolas – das war 1975! – ausbrach, unterstützten die Kommunisten die MPLA, also Russland, China, Kuba – aber auch Portugal und Brasilien. Die Amerikaner und die Franzosen dagegen finanzierten und bewaffneten die UNITA von Jonas Sawimbi. Der Bürgerkrieg zog sich – wie gesagt – siebenundzwanzig Jahre hin. Er dauerte so lange, weil die MPLA unter Dos

Santos über das Öl verfügte, die UNITA von Sawimbi über die Diamantengruben. Und weil man ja nie wusste, wer von beiden einmal die Macht übernehmen würde, haben die Franzosen offiziell die UNITA unterstützt. Inoffiziell aber auch die Gegenseite. Über den französischen Geheimdienst und mit Geldern von France-OIL hat Frankreich auch Kontakt zur MPLA gehalten. Die Amerikaner haben es nicht anders gemacht.«

Wieder sah sie ihn an. »Haben Sie genug, oder soll ich weitererzählen?«

Jacques nickte nur mit dem Kopf.

Sie lächelte, schien einen Moment nachzudenken, dann sagte sie: »Als François Mitterrand 1981 in Paris an die Macht kam, verbat er sich diese Doppelzüngigkeit. Er erlaubte nur noch die offene Unterstützung der UNITA von Jonas Sawimbi durch die französische Regierung.«

Jacques schüttelte den Kopf: »Da war er noch der Idealist aus der Opposition, der gegen Unrecht und Korruption kämpfen wollte.«

»Ja, aber daraufhin hat der französische Geheimdienst, der immerhin dem Innenminister in Paris untersteht, einen Mittelsmann mit Millionengeldern von France-OIL ausgestattet. Und dieser Agent hat das Geld über Zaire, Gabun und Südafrika an die MPLA weitergeleitet. Bald darauf aber war alles beim Alten. Mitterrand wurde von den Vorzügen der Realpolitik überzeugt. Er ernannte seinen älteren Sohn Jean-Christophe im Elysée zum ›Monsieur Afrique‹, damit der die herumschwirrenden Gelder einsammeln könnte, übrigens auch ein paar Millionen über die Schweiz. Als schließlich der Kalte Krieg vorbei war, konnte Frankreich sich auch offen zur MPLA bekennen, ohne aber die Beziehungen zu Sawimbis UNITA abzubrechen. Die französische Regierung schickte dem Präsidenten Dos Santos einen korsischen Waffenhändler, der alle Wünsche des Diktators erfüllte, und France-OIL erhielt einige der wertvollsten Schürfrechte. Und wissen Sie warum? Weil France-OIL schon während des Bürgerkriegs auf ihren Tankern und Lastschiffen Waffen für die MPLA transportiert hat.«

»Und haben Sie eine Idee, wie der korsische Waffenhändler hieß?« Jacques unterbrach sie.

»Keine Ahnung.«

»Calvi?«

»Weiß ich wirklich nicht.«

Jacques lehnte sich zurück. »Madame, ich werde versuchen, jetzt noch ein wenig zu schlafen.«

Rafael

Sonntag

Feuchte Hitze wie in einer Waschküche schlug Jacques entgegen, als er morgens kurz nach sieben aus dem Flugzeug trat, die Gangway hinabstolperte und in den Bus stieg.

Im Flughafengebäude empfand er die klimatisierte Luft als angenehm; auf langes Warten gefasst, stellte er sich in die lange Schlange vor der Passkontrolle.

Als er nach vierzig Minuten an der Reihe war, schob er den Pass samt Impfschein einem dicken Angolaner in durchschwitzter Uniform zu. Der stempelte den Pass und die Ein- und Ausreisekarte mit viel Kraft und viel Lärm und schaute Jacques an.

»Ihren Impfpass bitte!«, sagte er auf Englisch.

»Der liegt im Pass.«

Der Beamte hob den Pass mit spitzen Fingern, wedelte ihn hin und her, aber nichts fiel heraus.

»Kein Impfpass!«

Jacques war sich sicher, den Impfschein zusammen mit dem Pass vorgelegt zu haben. Trotzdem schaute er in seinem Aktenkoffer nach. Dann beugte er sich vor, um zu sehen, ob er den Impfschein hinter dem Schalter erspähen könnte.

Sofort schrie der Beamte ihn an: »You stay there! – Ein Impfpass kostet fünfzig Dollar.«

Jacques verstand. Wütend, aber machtlos gab er ihm

das Geld, nahm seinen Pass und holte den Koffer vom Gepäckband.

Am Ausgang der Ankunftshalle suchte er den Fahrer der französischen Botschaft, der ihn abholen sollte. Kleinbusse mit den Aufschriften der verschiedenen Ölfirmen standen für ihre Mitarbeiter bereit.

Ein übervoller, stinkende Dieselwolken ausstoßender Bus wartete auf weitere Fahrgäste, obwohl sich schon eine Menschentraube um die Türen herum bildete.

Jacques sah keinen Wagen, der für ihn bestimmt sein könnte. Und weit und breit war kein Taxi zu sehen.

Es war so früh am Morgen schon heiß. Vielleicht dreißig Grad. Sollte er noch ein paar Minuten warten? Bringt doch nichts. Also ging er zu einer Telefonzelle in der Nähe. Die war aber nur mit einer Telefonkarte zu benutzen. Und die nur zwanzig Meter entfernte Post hatte geschlossen. Ebenso die Wechselstube, in der er Euro in angolanische Kwanza umtauschen wollte. Er wirkte offenbar so hilflos, dass ein Gepäckträger ihm seine Telefonkarte anbot – für zehn Dollar.

Die unfreundliche Männerstimme am Telefon der Botschaft behauptete, der Wagen sei unterwegs. Also stellte Jacques seinen Koffer am Rand der Fahrbahn ab und wartete.

Als ein unscheinbarer blauer Wagen, dessen Herkunft er nicht deuten konnte, direkt vor ihm parkte, fluchte er und trat einen Schritt zurück. Aus dem Sitz hinter dem Steuerrad schälte sich ein muskulöser, grimmig aussehender schwarzer Riese mit kurz geschorenem Haar und rief über das Autodach hinweg in gutturalem Französisch. »Sind Sie Jacques?«

»Jacques Ricou.«

»Ich bin Rafael. Ihr Dolmetscher. Steigen Sie ein.«

Hinter Rafaels Wagen hielt in dem Moment eine schwarze Mercedes-Limousine, heraus kletterten zwei dunkel gekleidete Europäer, von denen der größere Jacques dezent zuwinkte.

»Monsieur le juge? Der französische Botschafter schickt uns, Sie abzuholen.«

Rafael rannte unerwartet schnell um seinen Wagen herum, ergriff den Koffer von Jacques, riss gleichzeitig den hinteren Schlag auf, warf das Gepäck auf den Rücksitz und tauchte mit einer Uzi in der Hand wieder auf.

Dann trat er, die Waffe für alle sichtbar zur Seite haltend, so nah an Jacques heran, dass er ihn fast berührte und flüsterte: »Schau auf meine Hand. Vertrau mir. Die sind nicht von der Botschaft. Hoji ikola, ukamba ukola.«

Ein wenig verwirrt blickte Jacques hinunter und sah das silberne Vogelmedaillon, mit dem Muster des Sona, jener Sandzeichnung, die bei Lyse als Bild in ihrer Wohnung hing. Sie hatte es an einer silbernen Kette aus der Holzkiste hervorgezogen und als ihren Glücksbringer bezeichnet, und als Jacques am Freitagmorgen aus ihrem Bett steigen wollte, hatte sie ihm die Kette mit dem Amulett umgehängt. Das wird dich beschützen, sagte sie. Außerdem habe sie Rafael, ihren treuesten Freund aus früheren Zeiten, als Dolmetscher für ihn in Luanda engagiert. Rafael werde ihm helfen. Und Rafael werde sich durch ein Medaillon mit demselben Muster ausweisen. Davon gebe es nur zwei.

»Hoji ikola, ukamba ukola.« Lyse hatte ihn geküsst. »So lautet Rafaels Losung. Hoji ikola, ukamba ukola. Der Löwe ist stark, so stark wie die Freundschaft.«

Als Jacques sie ansah, hatte sie Tränen in den Augen, und er wusste, dass sie Angst um sein Leben hatte.

An Rafael vorbei, der ihn um einen Kopf überragte und sich wie ein Schutzschild vor ihm aufgestellt hatte, schüttelte Jacques beiden Männern die Hand.

»Danke, nett dass Sie mich abholen wollten. Da scheint mein Büro etwas durcheinander gebracht und gleich zwei Verabredungen getroffen zu haben. Entschuldigen Sie, nun fahre ich mit meinem Dolmetscher. Grüßen Sie den Botschafter, und richten Sie ihm bitte aus, ich käme wie verabredet heute Abend zum Diner.«

Jacques setzte sich auf den Beifahrersitz des blauen Autos und drückte den Knopf an der Tür hinunter. Rafael warf den Motor an und fuhr gemächlich los.

»Sie folgen uns. Wir könnten jetzt zum Hotel Président Méridien fahren, das liegt nur eine Viertelstunde von hier gegenüber vom Hafen. Da wohnst du doch wohl!«

Jacques nickte: »Aber der eine, der geredet hat, sprach doch wie ein Franzose.«

»Aber eine französische Botschaft fährt nur französische Autos, das müsstest du wissen. Deshalb ist es klüger, wir steuern erst einmal die französische Botschaft an. Wenn die Herrschaften von der Botschaft kommen, werden sie dort reinfahren. Tun sie es aber nicht, dann haben sie sich verraten.«

»Rafael! Darf man denn hier ohne weiteres mit Maschinenpistolen rumlaufen?«

»Jeder in Angola ist bewaffnet.« Rafael drehte dem Untersuchungsrichter seinen großen Kopf zu, riss die Augen so weit auf, dass sich die Pupillen in den weißen Augenbällen verloren, und grinste: »Jacques!«

Der Wagen holperte durch Schlaglöcher. Es ging nur langsam voran, immer wieder wurden sie durch Staus aufgehalten. Jacques öffnete sein Fenster und sah sich neugierig um. Ehemals prächtige Kolonialbauten waren schäbig verfallen, eine Blechhütte drängte sich an die nächste, es stank nach Autoabgasen und Müll. An den Ampeln sprangen Kinder und junge Leute mit Waren, die man kaufen sollte, zwischen die Wagen: Autoradios, CD-Player, Wäscheleinen oder Bohrhammer. Einmal lachte Jacques laut auf, als er ein Auto mit zwei Lenkrädern neben sich anhalten sah.

»Fahrschule«, erklärte Rafael.

Der Untersuchungsrichter aus Paris fühlte sich wie ein interessierter Reisender auf einem fernen Planeten. Etwa jeder zehnte Mann trug ein modernes Gewehr, eine Pistole, eine Kalaschnikow mit sich herum. Er lachte wieder, als er einen vielleicht siebenjährigen Knirps mit einer Panzerfaust auf der Schulter zwischen den Wagen hindurchhuschen sah. Rafael zuckte mit der Schulter und deutete auf einen großen gepflegten Palast.

»Da drüben herrscht ›Futungo‹, so nennen wir den Präsidenten. So verrückt ist das Leben in Angola. Hinter hohen Mauern leben ein paar Raubritter in Saus und Braus, und hier draußen liegen die Bettler auf dem Bürgersteig. Siehst du die Kinder? Jedem Dritten fehlt ein Glied, ein Bein, ein Arm. Warum? – Weil sie beim Spielen, Essensammeln oder Holz- und Wasserholen auf Minen getreten sind. Oder als Soldaten im Krieg waren. Und Prothesen tragen sie keine, weil sie sonst als Privilegierte angesehen werden und beim Betteln weniger abbekommen. Eine Prothese als Privileg! Also bettelt man mit Krücken, die Prothese legt man nur sonntags an. So arm sind sie. Und dann – da drüben.«

Jacques folgte dem Finger von Rafael. Ein Maybach

hielt vor einem Geschäft ohne Namen. Vier mit Kalaschnikows bewaffnete Leibwächter hielten das Trottoir frei, um einer Angolanerin im Gucci-Kleid, gefolgt von zwei Teenie-Töchtern, den Weg vom Wagen bis in den Laden freizuhalten.

»Was für ein Geschäft ist das?«

»Cartier. Das braucht hier aber gar nicht dranzustehen, denn rein kommt nur, wer den Eintrittscode kennt. Da einzukaufen können sich nur einige wenige Menschen erlauben, die mit Öl oder Diamanten zu tun haben und Schmiergelder absahnen. Das billigste Produkt da drinnen kostet wahrscheinlich mehr als ein durchschnittliches Jahreseinkommen. Und wenn das Auto von so jemandem zur Reparatur muss, dann wird es per Luftfracht nach Stuttgart geflogen. Und nicht nur Maybachs. Auch Landrover, die großen BMWs oder Mercedes, alle werden in den Frachter gefahren und nach England, Frankreich oder Deutschland zur Reparatur geflogen.«

Jacques schaute seinen Dolmetscher ungläubig an. »Du übertreibst!«

»Nein. Manche Frauen nehmen sogar zweimal im Monat das Flugzeug nach Lissabon, um dort im Supermarkt einzukaufen, während die Bevölkerung in Luanda verhungert. Angola ist das ärmste Land der Welt. Siehst du da drüben den Bäcker?«

»Ja. Die Leute stehen Schlange.«

»Eine lange Schlange und eine kurze Schlange. Im Laden hat eine Frau eine Art Zweigstelle eingerichtet. Sie erhält einen Teil der Backware zum Weiterverkauf. Und wer nicht so lang warten will, zahlt ein bisschen mehr. So verdient man sich hier sein Geld.«

Als sie am Parlament vorbeifuhren, lachte Rafael bös auf. »Wir nennen es das Auditorium.«

»Warum?«

»Weil Futungo für jeden Abgeordneten einen Audi bestellt hat. So werden die Politiker vom Staat bedient – und korrumpiert.«

Rafael drehte sich kurz um, schaute nach hinten und klopfte mit den Händen auf das Lenkrad, als wollte er sich selbst bestätigen.

»Unsere Freunde hinter uns drehen ab. Da vorne liegt die französische Botschaft. Ich vermute, die zwei Kerle hat dein Freund Sotto Calvi oder dessen Handlanger Paul Mohrt geschickt. Das wäre für dich nicht gut ausgegangen.«

Rafael parkte hundert Meter vom Hotel entfernt auf der Avenida 4 de Fevereiro, holte den Koffer vom Rücksitz und griff mit der anderen Hand nach der Uzi. Dann richtete er sich auf und schaute kurz in die Richtung von vier jugendlichen Bettlern, zwischen zehn und zwölf, die sich zu Rap-Musik aus einem Kofferradio bewegten und auf Almosen hofften.

Am Hoteleingang standen zwei schwer bewaffnete Wachen, denen Rafael zunickte. Jacques erhielt ein Zimmer im sechsten Stock, mit Meeresblick, wie ihm die Angestellte am Empfang stolz erklärte. Im Président Méridien haben alle Zimmer Meerblick, grunzte Rafael, als sie im Aufzug nach oben fuhren. Doch als sie aus dem Fahrstuhl im sechsten Stock gestiegen waren, eilte Rafael auf die Treppentür zu, legte einen Finger auf die Lippen und winkte Jacques, er möge sich beeilen. Dann stiegen sie ein Stockwerk höher. Am letzten Zimmer ganz hinten im Gang schob er die Codekarte durch den dafür vorgesehenen Schlitz und das grüne Lämpchen leuchtete auf. Rafael stieß die Türe auf, ging hinein.

»Du wohnst hier oben. Ich habe gestern schon diese beiden nebeneinander liegenden Zimmer gemietet. Hier bist du vor ungebetenem Besuch sicher.«

»Rafael, ist das nicht ein bisschen paranoid? Ich bin doch kein Drogenboss oder Mafiazeuge auf der Flucht, der um sein Leben fürchten muss. Ich reise mit der offiziellen Genehmigung der angolanischen und der französischen Regierung als Untersuchungsrichter an, der einen Termin in der Botschaft mit einem französischen Staatsangehörigen wahrzunehmen hat. Ich hatte bei Lyse schon den Eindruck, sie drehe durch, aber ihr zuliebe habe ich mich auf alles eingelassen. Was passiert zum Beispiel, wenn mich jemand anrufen will?«

»Du holst regelmäßig die Nachrichten, die für dich abgegeben werden, unten am Empfang ab. Aber bitte nimm uns ernst. Lyse hat nicht übertrieben. Schon das Empfangskomitee am Flughafen war wahrscheinlich beauftragt, dich sang- und klanglos verschwinden zu lassen. So erledigt man in Angola auch kleine Probleme. Lyse hat mir am Telefon ein Bild der Lage gegeben und von ihrer letzten Begegnung mit Paul Mohrt erzählt, von dem gebrochenen Finger – und von dem Bombenanschlag auf deinen Wagen. Das ist Mohrts Handschrift. Der zählt die Toten nicht. Und in Luanda kannst du für eine Handvoll Dollar gleich mehrere Killer kaufen, was Mohrt aber gar nicht braucht. Der befehligt die Sicherheitstruppe von Sotto Calvi, und die besteht aus einem Dutzend gut bezahlter weißer Söldner. Zwei hast du heute schon kennen gelernt. Deshalb noch eine weitere Vorsichtsmaßnahme: Du legst deine Sachen in diesem Raum ab, ich meine nebenan. Aber ich schlafe hier, um eventuelle Besucher zu überraschen. Ich bin es gewöhnt, zu kämpfen.«

Jacques fügte sich.

Nachdem er geduscht und sich frisch angezogen hatte, trat er ans Fenster und schaute über die Stadt und das Meer. Menschenmassen drängten sich durch Straßen, die mit Autos, Bussen und Lastwagen verstopft waren.

In der Ferne glaubte er einen riesigen Markt aus Blechhütten zu erkennen. Die Glasscheiben dämpften alle Geräusche zu einem monotonen Summen. Aus Neugier hätte er gern den Touristen gespielt, doch Rafael hatte es ihm ausgeredet – mit dem, wie es Jacques schien, zynisch gemeinten Zusatz: »aus Liebe zu Lyse«.

Er zog die Kette von Lyse aus der Tasche und hängte sie sich um den Hals. Das Medaillon steckte er unter das Hemd: Er glaubte zu spüren, wie ihre Hand ihn berührte. Für einen Moment empfand er nichts als Glück.

Jacques öffnete seine Aktentasche, holte die Unterlagen für das Treffen mit Sotto Calvi am Montag heraus und versank in Details, bis ihn gegen halb zwei sein knurrender Magen störte. Er klopfte an die Zwischentür, Rafael stand sofort mit seiner Maschinenpistole im Anschlag bereit.

»Können wir etwas essen gehen?«

»Am besten Zimmerservice.«

»Im Hotel wird es doch ein sicheres Restaurant geben! Kommen Sie mit, seien Sie mein Gast.« Jacques hatte vergessen, dass Rafael ihn duzte.

»Ein Steak kostet da so viel wie ein halber Monatslohn.«

Die Dachterrasse im achten Stock bot einen weiten Panoramablick, der allerdings vom Smog verschleiert wurde. Zwischen Palmen standen weiß gedeckte Tische, die fast alle von Angolanern besetzt waren. Nur an der luftigen Bar saßen einige junge Europäer. Jacques' Blick fiel auf eine sportliche junge Frau in einem luftigen Kleid. Sie setzte ihr Glas ab, stieg vom Barhocker und kam auf ihn zu.

»Monsieur le juge, wie schön.« Sie ergriff seinen Arm, drückte ihn zwischen ihre Brüste und lächelte ihn an. »Haben Sie heute Nachmittag schon etwas vor?«

Jacques wusste für einen kurzen Moment nicht, wie er reagieren sollte. Unattraktiv war sie nicht, aber dann lachte er: »Jetzt hätte ich Sie fast schon wieder nicht erkannt! Weil Sie keine Uniform anhaben. Sie sehen, ich bin hier in Begleitung und habe Dienstliches zu besprechen. Es tut mir leid.«

»Das ist sehr schade«, sagte sie und zögerte, ihn loszulassen. »Sie finden mich jederzeit entweder hier oder in Zimmer 612. Sie wissen ja, wie langweilig es für uns ist.«

Sie gab ihm spontan einen Kuss auf die Lippen und lief leicht beschwingt zur Bar zurück. Jacques schaute Rafael mit hochgezogenen Augenbrauen an: »Stewardess. Hat mich auf dem Herflug bedient und mich, als ich sie nicht erkannte, daran erinnert, dass wir schon einmal zusammen geflogen sind.«

Rafael verzog keine Miene.

Der Mörder

Der französische Botschafter hatte Jacques für sechs Uhr zu sich gebeten, zu einem Drink und einem kleinen Abendessen, am Wochenende hatte das Personal Ausgang. Rafael bestand darauf, Jacques zu fahren. Als sie zum Auto gingen, sahen sie die vier Rapper immer noch auf der Straße stehen. Rafael drückte dem Ältesten einen Schein in die Hand.

Der Verkehr hatte nicht nachgelassen. Nach ein paar Kilometern murmelte Rafael vor sich hin: »Scheint keiner hinter uns her zu sein.« Vor der Residenz des französischen Botschafters wurden sie von französischem Wachpersonal überprüft, dann durfte der blaue Wagen in den Innenhof fahren. Rafael blieb hinter dem Lenkrad sitzen: »Ich warte hier.«

Botschafter Xavier Hess, mittelgroß und schlank, war ein angenehmer Mann. Er hatte unter dem sozialistischen Ministerpräsidenten Lionel Jospin schnell Karriere gemacht und war zu dessen diplomatischem Berater im Hôtel Matignon, dem Amtssitz des Regierungschefs in der rue Varennes, aufgestiegen, wofür ihn die nachfolgende konservative Regierung entsprechend bestraft hatte. Er durfte wählen, ob er Vertreter Frankreichs in Monaco oder in Angola werden wollte. Er habe sich falsch entschieden, sagte er zu Jacques, als er ihm ein Glas eiskalten Champagners reichte. »In Angola bekommt man als Diplomat zwar ein enorm hohes Auslandsgehalt, aber alles ist auch mordsteuer. Und weil es nur wenige Möglichkeiten gibt, sich hier zu vergnügen, geht auch noch viel Geld für Flüge nach Südafrika drauf«, sagte er. »Oder man macht es wie meine Frau und geht wieder nach Paris zurück.«

Der Botschafter bat Jacques in einem eleganten, aber unpersönlichen Esszimmer zu Tisch. »Für zwei ist es hier fast zu groß«, sagte er und goss gekühlten Montrachet ein, während ein französischer Butler mit weißen Handschuhen einen Salat brachte. »Das Personal besteht zu hundert Prozent aus Gendarmerie. Sie können hier keine Ortskräfte beschäftigen. Aber Sie werden ja schon einiges über die hiesigen Zustände wissen. Und ich bin gespannt auf Ihr morgiges Gespräch mit Sotto Calvi. Können Sie mir hinterher Auskunft geben?«

»Eigentlich nicht. Aber Ihr Konsularbeamter wird ja wohl als Ersatz für einen Gerichtsdiener Protokoll führen.«

Jacques atmete tief durch, nahm einen Schluck Weißwein und, während er den kühlen Saft im Mund schmeckte, nickte mit schräg gehaltenem Kopf mehrmals anerkennend.

»Mir ist heute früh eine merkwürdige Geschichte passiert, die würde ich Ihnen gern erzählen und Sie um Ihre Einschätzung bitten. Am Flughafen wollten mich zwei Franzosen mit einer großen Mercedes-Limousine abholen. Sie gaben sich als Mitglieder Ihrer Botschaft aus und …«

»Wir fahren keinen Mercedes«, unterbrach ihn der Botschafter gleich, »dazu reicht das Geld nicht. Renault, Monsieur le juge. Renault, gehört ja schließlich der Republik. Und sind Sie mitgefahren? Es ist schrecklich, am Flughafen stehen nie Taxis.«

»Ich habe mir von Paris aus einen Dolmetscher bestellt und der hat mich abgeholt. Er packte meinen Koffer in seinen Wagen und als er wieder auftauchte, hielt er eine Uzi in der Hand. Er war überzeugt davon, dass es Leute von Paul Mohrt gewesen seien. Sagt Ihnen der Name was?«

»Ja. Schwierig. In diesen afrikanischen Gefilden treffen Sie auf die sonderbarsten Gestalten. Ich weiß nicht, wo ich anfangen soll. Mohrt ist ein vom französischen Staat ausgebildeter und häufig eingesetzter Mörder.«

»Das klingt aber dramatisch, Herr Botschafter. Staatlich eingesetzter Killer? Ein Mordagent?«

»Das klingt nicht nur, das ist ziemlich dramatisch, und ich sag Ihnen das ohne Hemmungen. Ich weiß ja, wie Sie denken, Monsieur le juge. Aber lassen Sie mich ausholen – und haben Sie Verständnis, wenn ich das Thema wechsele, sobald das Personal serviert.« Er nahm noch einen Schluck Wein, setzte das Glas langsam ab und sah Jacques an.

»Paul Mohrt wird fünfundfünfzig Jahre alt sein. Er wirkt jünger, bestimmt zehn Jahre, weil er seinen Körper ständig trainiert. Mohrt ist der illegale Sohn einer Algerierin und des, unter Eingeweihten berüchtigten, französischen Offiziers, Colonel Roger Trinquier.«

»Diesen Namen habe ich noch nie gehört.«

»Trinquier ist in der breiten Öffentlichkeit kaum bekannt, obwohl er ein Buch geschrieben hat, das die Folter in die Armeen der modernen Welt getragen hat. Das Werk hat den banalen Titel: ›La guerre moderne – der moderne Krieg‹. Darin erklärt Trinquier, dass man einen revolutionären Krieg wie in Indochina oder in Algerien nur mit besonderen Mitteln hinter der Front gewinnen kann: mit Folter.«

»Was meint er mit ›revolutionärem Krieg‹?«

»Guerillakrieg würden wir das heute nennen. Es geht also um einen Krieg, in dem sich nicht zwei reguläre Armeen gegenüberstehen. Befreiungskriege sind damit gemeint, in denen die Freiheitskämpfer sich in der Bevölkerung verstecken. Colonel Trinquier war im Algerienkrieg eingesetzt, hat dort die Wirkungen von Folter erlebt und ständig neue Methoden erfunden.«

»Aber die französische Armee hat diesen Krieg trotz dieser Foltermethoden nicht gewonnen.«

»Weil die Folter zu spät eingesetzt wurde, meint zumindest Colonel Trinquier in seinem Buch. Und er erklärt seine Methoden nicht nur theoretisch, er untermauert sie mit Erfahrungsberichten und praktischen Beispielen. Deshalb wurde sein Werk als Lehrstoff an der Ecole militaire in Paris eingeführt. An den ersten Kursen haben auch portugiesische und israelische Offiziere teilgenommen.«

»Foltern wurde also ganz offiziell als Mittel der Kriegsführung gelehrt? Das kann ich kaum glauben.«

»Doch. Es fehlte damals jegliches Unrechtsbewusstsein. Sie dürfen nicht vergessen, dass die Konvention gegen Folter bei den Vereinten Nationen erst 1984 beschlossen worden ist, und sie trat erst zwei Jahre später in Kraft!«

Die Tür öffnete sich und ein junger Mann trug eine Suppenterrine herein, bot Jacques die Kelle an, und ließ ihn von der hellen Vichissoise zwei Löffel in seinen Teller schöpfen. Jacques liebte diese Kartoffel-Lauchsuppe, und kalt, wie sie hier angeboten wurde, passte sie gut zum Klima. Hess probierte und machte jenes melodische Geräusch, mit dem Gourmets ihre Zufriedenheit andeuten. Der junge Mann verließ den Raum wieder.

»Wann hat Trinquier denn seine Folteranleitung verfasst?«, fragte Jacques sofort.

»Anfang der sechziger Jahre. Der Ruhm dieses Handbuchs verbreitete sich rasch innerhalb der Armeen der ganzen Welt. So fand schon damals in Argentinien ein Treffen von Militärs aus vierzehn amerikanischen Ländern statt, bei dem die französischen Folterspezialisten ihre Kenntnisse vortrugen.«

»Waren auch die Vereinigten Staaten dabei?«

»Ja, die US-Armee hatte Beobachter geschickt.«

»Und was genau wurde bei diesem Treffen vorgetragen?«

»Also: wie man Folter anwendet mit Wasser, mit Elektrizität, oder mit psychischem Druck; wie man einen Gefangenen in Gegenwart eines anderen foltert. Spätestens der zweite wird aussagen. Und schließlich: dass die Gefolterten, ob sie ausgesagt haben oder nicht, verschwinden müssen. Zum Beispiel mit dem Hubschrauber ins Meer geworfen werden. Es dürfen keine Zeugen übrig bleiben.«

»Und war Paul Mohrt dabei?«

»Trinquier hatte eine ganze Mannschaft von Folterexperten in der französischen Armee um sich herum aufgebaut. Dorthin holte er schließlich auch seinen Sohn Paul Mohrt.«

»Und woher wissen Sie das so genau?«

»Die Botschafter bekommen so etwas immer mit. Schließlich werden solche Einsätze meist von den Militärattachés an den Vertretungen geplant, also spricht es sich unter den Diplomaten herum.«

Jacques schüttelte den Kopf. »Frankreich, das sich als

Land der Menschenrechte rühmt, vertreibt gleichzeitig die Kenntnis von Foltermethoden zur Unterdrückung von Freiheitsbewegungen. Ekelhafte Doppelzüngigkeit.«

Die Tür ging auf und die beiden Männer verfielen in Schweigen. Der junge Mann räumte die Suppenteller ab und legte filetierten Fisch vor.

Um die Pause zu überbrücken, fragte Jacques: »Haben Sie an Ihrer Botschaft auch einen Militärattaché?«

»Ja, das ist in fast allen Botschaften dieser Größenordnung üblich. Und da Frankreich mit Angola auch auf militärischem Gebiet zusammenarbeitet, nicht nur was Waffenlieferungen betrifft, sondern auch in Fragen von taktischer und strategischer Schulung, hat der auch viel zu tun.«

Die Tür fiel mit einem leisen Geräusch zu.

»Schulung auch im Sinn von Trinquier?«

»Nein. Das war nicht mehr nötig. Die Kenntnis hat sich inzwischen in allen Armeen der Welt verbreitet. Sehen Sie, was amerikanische Soldaten im Irak taten, das kennen sie aus den französischen Schulungen in den sechziger Jahren.«

»Aus dem Treffen in Argentinien?«

»Oh, nein. Es gab damals in den USA eine spezielle Ausbildung. Als die Amerikaner in Vietnam nicht weiterkamen, schickte Frankreich auf Bitten der US-Armee den französischen General Paul Aussaresses, bekannt als der Folterer von Algier, nach Fort Bragg, wo er amerikanisches Militär für die Operation Phoenix in Vietnam ausbildete. Ein Folterkommando: zwanzigtausend Tote. Den Krieg haben die Amerikaner trotzdem verloren. Französische Offiziere wie Paul Mohrt bildeten unter Anleitung von General Aussaresses aber auch Argentinier im Foltern aus. Dreißigtausend politisch unbequeme Menschen ließen sie verschwinden. Im Meer. Von Hubschraubern abgeworfen. Die Diktatur hat trotzdem nicht überlebt. In Manaus dann hat Aussaresses, auch hier mit Hilfe des jungen Paul Mohrt, die chilenische Armee von Diktator Pinochet auf die Operation Condor vorbereitet. Ein Folterkommando: zigtausend Tote.«

Der Fisch schmeckte Jacques nicht mehr. Er legte die Gabel etwas zu laut am Rand des Tellers ab und trank sein Glas mit einem großen Schluck leer.

»Wird Paul Mohrt denn von der französischen Armee immer noch zur Schulung fremder Armeen ausgeliehen?«

»Ich nehme es an. Und wahrscheinlich ist es noch schlimmer, als Sie denken, Monsieur le juge. Wahrscheinlich wird Paul Mohrt nicht nur zum Lehren eingesetzt.«

»Sie meinen, er foltert selbst?«

»So hört man.«

Und wahrscheinlich macht es ihm Vergnügen. Jacques dachte an den kleinen Finger von Lyse.

»Gehört er heute noch zur französischen Armee?«

»Nein, ich glaube nicht. Aber solche Dinge erfahre selbst ich nicht. Ich glaube, er wurde schon während seiner Offiziersausbildung vom Auslandsgeheimdienst angeheuert. Jedenfalls wurde er bereits in den achtziger Jahren in Angola als Geheimagent eingesetzt, um inoffiziell Verbindung zur MPLA und dem jetzigen Staatspräsidenten aufrecht zu erhalten.«

»In den achtziger Jahren unterstützte die französische Regierung aber doch ganz offiziell die UNITA, als Gegner der MPLA, wenn ich das richtig sehe.«

»Sie sehen das richtig. Die französische Regierung

stand auf der Seite der amerikanischen Politik, und Jonas Sawimbi von der UNITA wurde von uns als Freiheitskämpfer gefeiert und vom Präsidenten im Weißen Haus empfangen. Die MPLA hingegen wurde von den Sowjets unterstützt.«

»Weshalb aber trieb Frankreich dieses Doppelspiel?«

»Weil Angola über enorme Ölreserven verfügt und die Schürfrechte noch nicht verteilt waren. Deshalb machten die Chefs von France-OIL enormen Druck auf die Regierung. Ein verlogenes Spiel, ich gebe es zu.«

»Und bei wem steht Paul Mohrt jetzt auf der Gehaltsliste? Bei Sotto Calvi?«

»Davon gehe ich aus, weil er mit seinen Kontakten heute viel wert ist. Vielleicht ist er auch eine Art freier Mitarbeiter und wird von Sotto Calvi und von France-OIL bezahlt.«

Das Dessert kam auf den Tisch. Jacques Glas war wieder voll.

»Monsieur l'ambassadeur, können Sie mir erklären, wie eine Person wie Paul Mohrt solchen Einfluss erlangen kann?«

Botschafter Hess schaute einen Moment auf seinen Teller, schob einen Löffel Zitronenmousse in den Mund, spülte mit Wasser aus seinem Glas nach und schüttelte den Kopf.

»In der ganzen Welt gibt es eine zweite Ebene von Politik. Und die liegt in den Händen von Mittelsmännern. Häufig sind es ehemalige Agenten, die inzwischen persönliche Kontakte zu Waffenhändlern oder Geldwäschern haben. Das gilt auch für Paul Mohrt. Als er noch für Frankreich arbeitete, lieferte er Sawimbi und seiner UNITA Waffen und half mit taktischen Ratschlägen. Dadurch hat die UNITA eine Zeitlang die

MPLA in große Schwierigkeiten gebracht. Doch dann lernte er Sotto Calvi kennen. Ich vermute, er wurde von Calvi und über ihn von France-OIL mit viel Geld dazu gebracht, seine Kenntnisse über Sawimbi an die MPLA zu verkaufen. Damit wiederum konnten Calvi und France-OIL sich bei der Regierung beliebt machen. Paul Mohrt hat dann wohl auch eine Reihe von Einsätzen gegen Sawimbi und die UNITA organisiert. Und zwar mit Hubschraubern von France-OIL. Sawimbis Leute gingen davon aus, dass Hubschrauber einer Ölgesellschaft nicht gefährlich sein könnten und verbargen sich nicht. Doch Mohrt hat mit diesen Maschinen Soldaten der MPLA zu ihrem Einsatz transportiert, und sie dann auch noch aus der Luft unterstützt. Ganze Dörfer, die von der UNITA gehalten wurden, hat Mohrt mit Brandbomben ausgelöscht. France-OIL bestreitet natürlich den Einsatz ihrer Hubschrauber, und wer will das heute nachweisen.«

»Und wie schätzen Sie Calvi ein?«

»Ein hochintelligenter Charmeur, der für Geld mordet. Nein, morden lässt.«

»Sie sagen das so, als würde er falsch parken.«

»In Angola gelten leider andere Maßstäbe. Wer so wichtig ist wie Calvi, der kommt mit allem davon. Er ist nicht nur mehrfacher Milliardär, sondern vielleicht sogar der zweitwichtigste Mann in Angola. Er berät nicht nur den Staatspräsidenten und hat die angolanische Armee bewaffnet, er hat auch eine Firma gegründet, die für den gesamten Nachschub, die Ausstattung und die Versorgung der Armee zuständig ist. Damit verdient er Millionen, aber, so wird vermutet, ein Teil davon geht an den Präsidenten, an Minister und Generäle. Schließlich hat Calvi den Präsidenten zum Milliardär gemacht, indem er ihm gezeigt hat, wie er sein eigenes Land ausplündern kann: durch den Verkauf von Konzessionen für die Ölvorkommen – und jetzt, nachdem Sawimbi tot ist, auch für die Diamantengruben. Angeblich stecken Calvi und Mohrt auch hinter dem Sieg über Sawimbi.«

»Mit Geld und Waffen – oder wie?«

»Mit Know-how. Calvi unterhält gute Beziehungen zu den USA, wo er eine Ranch besitzt. Und mit Hilfe von Satellitenaufnahmen der CIA konnte er Sawimbi aufspüren. Sawimbi wurde brutal umgebracht. Und hier geht das Gerücht, Paul Mohrt mit seiner Truppe habe es getan. Um Sawimbi, verzeihen Sie, wenn ich das so sage, ist es nicht schade, denn der war auch ein Verrückter, der jeden, der in seinen Reihen zu mächtig wurde, kaltblütig erschoss.«

Sotto Calvis Aussage

Montag

Sotto Calvi kam perfekt vorbereitet und, so schoss es Jacques durch den Kopf, gekleidet wie ein Italiener. Das war Eleganz mit besonderem Pfiff, und nicht wie bei den Franzosen nur geschmackvoll und vornehm. Er trug zu seinem dunkelblauen Anzug ein modisch gestreiftes Hemd und eine hellblau gemusterte Krawatte. Den Waffenhändler begleiteten zwei junge Männer, die wirkten, als hätten sie gerade die Eliteschule ENA abgeschlossen und wären von ihrem Chef in Paris ausstaffiert worden.

Für so viele Leute war das kahle Büro des Konsularbeamten Jean Machin, der als Protokollführer eingeteilt war, zu eng. So zogen sie hastig um in den nicht weniger kahlen Besprechungsraum der Botschaft. Die Fenster, von dünnen Vorhängen umrahmt, waren vergittert. Das schon leicht verblasste offizielle Foto des Staatspräsidenten hing als einziger Schmuck an der Stirnwand. In der Mitte standen aneinander geschobene helle Holztische und Stühle.

Jacques hielt sich zurück, beobachtete Sotto Calvi, der sich höflich, ja zuvorkommend gab und auf ihn zukam. »Monsieur le juge, ich bedauere, Ihnen die Last dieser Reise auferlegt zu haben. Aber meine Geschäfte halten mich in Luanda fest.« Nein, kein Lächeln. »Ich hoffe, wir können das Missverständnis zu aller Zufriedenheit aufklären.« Auch in diesem Satz schwang nicht die geringste Ironie mit. »Ich bin bereit, Ihnen alle Fragen zu beantworten und meine Aussagen zu belegen.« Er stellte seine Mitarbeiter vor, einer war der persönliche Assistent, der andere Mitarbeiter seiner Rechtsabteilung. »Erlauben Sie deren Anwesenheit?«

Jacques nahm mit dem Konsularbeamten an der Fensterseite Platz. Sotto Calvi setzte sich ihm genau gegenüber.

Jacques breitete seine Akten vor sich aus.

Calvi legte nur eine kleine Mappe aus glattem rotem Leder auf den Tisch. Sein Rechtsberater packte einige Papiere, Block und Kuli aus, sein Assistent schaltete ein kleines elektronisches Gerät ein.

Jacques hatte die Bereiche Bargeld, Diamanten, Steuern wohl geordnet und begann ohne weitere Einleitungen mit seinen Fragen.

»Monsieur Calvi, weshalb hatte der Präsident der Sofremi, Alain Lacoste, Zugang zu einem unter Ihrem Namen geführten Konto in der Schweiz?«

»Monsieur Lacoste ist der Geschäftsführer eines kulturellen Vereins, der sich der Freundschaft Frankreichs mit dem afrikanischen Kontinent widmet: Amitié France-Afrique. Diesen Verein unterstütze ich, denn – und das will ich Ihnen ganz offen sagen – mir liegt daran, dass zwischen Frankreich und Afrika Freundschaft herrscht. Auf dieser Grundlage beruhen meine afrikanischen Unternehmungen.«

»Was ist die Aufgabe dieses Vereins?«

»Man würde es heute mit Lobbying übersetzen. Kommen politische Würdenträger aus Afrika nach Paris, werden ihnen Gesprächspartner aus der französischen Politik oder – wenn es sich anbietet, aus Wirtschaft und Finanzen – vermittelt und umgekehrt. Reist ein französischer Politiker nach Afrika, kann er sich an diesen Verein wenden. Ich habe hier eine Aufstellung darüber, wie viel Geld der Verein von mir erhalten hat und welche Aktionen er für mich durchgeführt hat. Sie werden sehen, Monsieur le juge, es waren gut angelegte Spenden. Der Präsident ist übrigens Monsieur Cortone.«

»Der Innenminister?«

»Charles Cortone, der Innenminister.«

Calvi reichte Jacques eine Mappe mit der Aufschrift »Amitié France-Afrique«. Jacques nahm sie und legte sie ungeöffnet neben sich.

»Gut, ich werde den Inhalt der Mappe zu gegebener Zeit ansehen. Daraus könnten sich dann neue Fragen ergeben.«

Jacques schlug seine zweite Akte auf.

»Monsieur Calvi, bei der Sofremi befand sich ein Kistchen mit Diamanten, die, nach Prüfung von Fachleuten, aus Angola stammen. Diese Edelsteine kamen von Ihnen?«

»Wie kommen Sie auf diese Idee?«

»Weil sich in der Kiste eine Karte mit Ihrer Handschrift befand.«

»Das lässt sich erklären. Es ist ja kein Geheimnis, dass ich auf Bitten souveräner Staaten helfe, ihre Streitkräfte zu modernisieren oder aufzubauen. Dabei spiele ich meist nur den Vermittler. So hat die Sofremi, also die von der französischen Regierung eingerichtete Behörde zum Verkauf gebrauchter Waffensysteme, an Angola ein Kommunikationssystem verkauft, das die italienische Armee ausgesondert hatte. Bei diesem Geschäft habe ich vermittelt. Nun gehört Angola zu den ärmsten Ländern der Welt, weshalb es seine Schulden gern mit Rohstoffen bezahlt. Die Kiste mit Diamanten gehört dazu. Ihr Wert ist im Kaufvertrag mit, wenn ich mich richtig erinnere, zehn Millionen Dollar angegeben.«

Calvi sah zu seinem Rechtsberater, der nickte.

»Zehn Millionen. Richtig.«

»Weshalb lag unter den Diamanten dann eine Karte mit dem Hinweis, sie seien für Frau Lacoste bestimmt?«

»Das kann ich mir nicht vorstellen.«

Jacques zog aus seinen Unterlagen ein Blatt hervor und reichte es Sotto Calvi.

»Das ist doch wohl Ihre Handschrift: ›Eine kleine Aufmerksamkeit, die Paul für die Schöne in Victor Hugos Nest mitgebracht hat‹.«

Calvi sah sich die Fotokopie an, sehr lang, wie es Jacques schien. Dann lachte er leise und reichte das Papier seinem Nachbarn.

»Es sieht aus wie meine Handschrift. Das lag bei den Diamanten?«

»Ja.«

»Das verstehe ich nicht. Vielleicht sind hier zwei Dinge, die ursprünglich nicht zusammengehörten, zusammengekommen. Ich habe nämlich ab und zu kleine Aufmerksamkeiten an die Frau des Präsidenten der Sofremi geschickt, schließlich kannte ich sie schon aus den Zeiten, als sie noch sein Büro leitete. Damit jedoch keinerlei Missverständnisse über meine Beziehung zu ihr aufkamen, habe ich diese Kleinigkeiten immer über ihren Mann geleitet.«

»Wer ist der dort zitierte ›Paul‹?«

»Damit werde ich Paul Mohrt gemeint haben. Er leitet unsere Sicherheitsabteilung. Wahrscheinlich hat er für den sicheren Transport der Diamanten gesorgt, und möglicherweise habe ich mit dieser Lieferung auch einen Blumenstrauß an Madame Lacoste geschickt. So könnte die Karte dann zu den Diamanten gelangt sein.«

»Nun lag die Karte aber unter den Diamanten, nicht darauf, nicht daneben. Waren vielleicht die Diamanten für Madame Lacoste bestimmt?«

»Im Vertrag selbst sind diese Diamanten als Teil der Kaufsumme aufgeführt. Also gehören sie dem französischen Staat und befanden sich auch dort, wo sie hingehörten. Was bedeutet da meine alberne Karte?«

»Es würde mir helfen, wenn ich in den Vertrag einsehen könnte.«

Sotto Calvi überlegte einen Moment.

»Darauf bin ich nicht vorbereitet. Wir müssen mal sehen, wo der liegt ...«

Der Assistent hielt seinen BlackBerry zu Sotto Calvi hinüber.

Der las einen kurzen Moment und sagte dann: »Ich vermute, dass dieser Vertrag, wie alle wichtigen Dokumente, in meinem Hauptquartier archiviert ist. Möglicherweise unterliegt er aber auf Wunsch der Vertragspartner Frankreich und Angola der Geheimhaltung.«

»Mir würde ja der Passus über die Art der Bezahlung reichen.«

Sotto Calvi nickte. »Wir werden das nachprüfen.«

»Die Finanzinspektion wirft Ihnen vor, etwa eine halbe Milliarde Euro Steuern hinterzogen zu haben. Diese Rechnung ergibt sich aus den Summen, die auf dem Konto einer Pariser Bank lagen. Das Konto ist auf Ihren Namen eingerichtet.«

»Aber der Staatspräsident von Angola hat in einem persönlichen Schreiben an den französischen Präsidenten bestätigt, dass es sich hier um ein Anderkonto in seinem Namen handelt.«

»Dieses Schreiben des angolanischen Präsidenten hat die französische Regierung zurückgewiesen, insofern spielt dieser Einwand in der rechtlichen Auseinandersetzung zunächst keine Rolle. Denn der Bezug auf ein Anderkonto im Namen eines anderen geht aus keinem Beleg hervor, den Sie bei der Einrichtung des Kontos bei der Bank vor sieben Jahren unterzeichnet haben. Das war zu einem Zeitpunkt, als Ihr Waffengeschäft mit Angola noch nicht in Sicht war.«

»Meine Firma hat nicht nur ein Waffengeschäft mit Angola vermittelt. Wir arbeiten schon sehr viel länger im zivilen Sektor mit Luanda zusammen.«

»Etwa …?«

»Rohstoffe.«

Wieder hielt der Assistent den kleinen Bildschirm vor Sotto Calvi. Der schwieg und las. Dann sah er zu Jacques auf.

»Monsieur le juge. Auch meine Aussage mit dem Konto lässt sich beweisen, denn dieser Wunsch des angolanischen Präsidenten erscheint in einem Annex zu einem der Verträge. Hören Sie, ich bin angesichts der fruchtbaren Zusammenarbeit mit der französischen Justiz bereit, Ihnen alle notwendigen Unterlagen vorzulegen. Geben Sie mir den Dienstag Zeit, um alles zusammenzustellen und nehmen Sie meine Einladung an, in mein Hauptquartier zu kommen. Dort haben wir alle Papiere, und wenn Sie noch weitere sehen wollen, sind sie sofort zur Hand. Gleichzeitig können Sie einen wunderbaren Ausflug machen. Als Zentrale dient mir nämlich mein Landsitz, der etwas mehr als eine Flugstunde entfernt südlich von Luanda in einem traumhaften Gebiet liegt.«

Jetzt strahlte er fast, so als wollte er Jacques von seiner Idee begeistern. »Ganz in der Nähe befinden sich die Steinnekropolen von Quibala, die vor dem 17. Jahrhundert entstanden sind. Sie werden schon in dem Werk des Kapuzinermönches António Carvazzi beschrieben, der diese Gegend um 1650 bereist hat. Monsieur Machin kann Ihnen bestätigen, dass sie eine Reise wert sind.«

Der Konsularbeamte Jean Machin nahm zum ersten Mal an dem Gespräch teil und nickte, für seine Verhältnisse enthusiastisch, mit dem Kopf: »Ich habe sie mehrmals gemalt, das ist mein Hobby. Eigentlich muss man sie besichtigen, wenn die Sonne tief am Horizont steht. Dann glüht der Stein rot und fügt sich perfekt in das Ocker des Sandes ein.«

Mit einer ungeduldigen Handbewegung brachte Sotto Calvi ihn zum Schweigen. »Es wäre uns eine Ehre, Sie mit dem Hubschrauber abzuholen.«

Dienstag

Maître Lafontaine stellte beim Berufungsgericht die Anträge, den Präsidenten der Sofremi, Alain Lacoste, und den ehemaligen Mitarbeiter von François Mitterrand, Georges Mousse, aus der Untersuchungshaft zu entlassen, da keine Fluchtgefahr bestehe.

Innenminister Charles Cortone hielt zwei Wochen vor den Wahlen zum Europaparlament eine flammende Rede für die Selbstständigkeit von Regionen wie Korsika, die Bretagne, das Baskenland, Nordirland, Bayern, Südtirol und Katalonien, für eine Selbstständigkeit innerhalb einer losen Europäischen Union.

Untersuchungsrichterin Françoise Barda ging zu Kommissar Jean Mahon, nachdem sie eine E-Mail von Jacques Ricou erhalten hatte, in der er ihr über die Ergebnisse des Verhörs und seinen Plan berichtete, am nächsten Tag in Sotto Calvis Zentrale zu fahren.

Kommissar Jean Mahon sah sie ein wenig spöttisch an und tippte auf seine Uhr, die kurz nach sechs zeigte: »Jacques Ricou würde um diese Zeit nach einem Whisky fragen.«

Françoise Barda verzog keine Miene. »Wie sagt er immer: zwei Finger hoch und zwei Eiswürfel.«

»Eiswürfel habe ich heute keine. Aber zwei Finger hoch.« Er nahm Gläser und goss ein. »Klingt doch gut, was Jacques aus Luanda meldet. Der ist schneller vorangekommen, als wir gedacht haben.«

»Mal abwarten, ob die Verträge echt sind. Außerdem kann es schon noch Schwierigkeiten geben, zum Beispiel, wenn das Innenministerium die Geheimhaltung nicht aufheben will. Dann können wir nichts davon vor Gericht verwenden.«

»Aber vielleicht werdet ihr dann gar keine Anklage empfehlen.«

»Auf jeden Fall kriegen wir Lacoste dran. Der hat schließlich von einem Teil des Geldes aus der Schweiz gelebt. Wenn es tatsächlich Spenden für den Verein waren, dann hat er Geld unterschlagen. Da bleibt genug übrig. Und interessant, was er über den Verein Amitié France-Afrique schreibt. Kommissar, kannst du dir den mal vornehmen und vorsichtig recherchieren? Cortone als Präsident hat vielleicht auch von dem Bargeld aus der Schweiz profitiert. Wir sollten die Jahresabrechnungen des Vereins vom Finanzministerium besorgen. Es dürfte sich ja wohl um einen eingeschriebenen Verein handeln, der als gemeinnützig anerkannt wurde. Nur dann lassen sich ja Spenden von der Steuer absetzen. Im Gegenzug muss der Verein penibel Buchhaltung führen und sie jedes Jahr beim Amt vorlegen.«

»Darum kümmere ich mich gleich morgen. Wenn du mit Jacques telefonierst, sag ihm ›Glückwunsch‹.«

»Telefonieren geht nicht. Ich maile ihm. Aber für Glückwünsche ist es, glaube ich, noch zu früh.«

Sie trank das Glas aus, verließ das Zimmer ohne Gruß und ließ die Tür hinter sich offen stehen.

Kommissar Jean Mahon goss sich noch einen Schluck ein, rutschte ein wenig tiefer in seinen Stuhl und schüttelte den Kopf. Armer Jacques, dachte er, muss mit so einer Gewitterziege zusammenarbeiten. Das hält doch kein Mensch aus.

Das Medaillon

Mittwoch

Er saß mit dem Rücken zu Jacques. Zwischen dem Fliegerhelm und dem Kragen seines schwarzen Polohemdes war sein Hals mit dunklen kurzen Borsten gesprenkelt. Hätte der Friseur die schwarzen Haare nicht vor kurzem erst abrasiert, so brummte es in Jacques' Kopf, wäre der lebende Beweis erbracht, dass der Mensch vom Wildschwein abstammt. Ihn konnte nur noch Galgenhumor bei Laune halten. Seit vierzig Minuten dröhnte der Lärm der Rotoren, gegen den die Ohrschützer sinnlos waren.

Der Hubschrauber war wie verabredet um acht Uhr früh am Flughafen für Jacques und seine beiden Begleiter bereit gewesen. Rafael, der die Augen verdreht hatte, als er von der Einladung hörte, hatte mit allen Mitteln versucht, Jacques davon abzuhalten, Luanda zu verlassen.

Als letztes Druckmittel hatte er seine Kette aus dem Hemd gezogen, das Medaillon wie ein Kruzifix vor Jacques' Gesicht gehalten und ihn beschworen, »aus Liebe zu Lyse« wenigstens ihn – Rafael – als Leibwächter mitzunehmen. »Ich habe Lyse versprochen, dich heil nach Hause zu schicken.« Der Schweiß stand in großen Tropfen auf Rafaels hoher Stirn. »Du unterschätzt ihn!«

Schließlich hatte Jacques Rafael nachgegeben. Dabei

hatte selbst der Botschafter keine Bedenken gegen den Ausflug geäußert; der stets schweigsame Konsularbeamte Jean Machin würde ja den Richter aus Paris begleiten.

Jacques glaubte Sotto Calvi kein Wort.

Wenn es ihm aber gelänge, die wahrscheinlich gefälschten Verträge mitzunehmen, hätten er und Françoise Barda keine allzu große Mühe mehr, die versuchte Täuschung in ihre Anklage einzufügen und damit die Anschuldigungen gegen den Waffenhändler zu untermauern.

Auf dem Flugfeld herrschte kaum Verkehr. Ein portugiesisches Linienflugzeug beschleunigte und hob mit lautem Getöse ab. Am Hangar standen einige kleine Propellermaschinen, eine Citation, vielleicht die von Sotto Calvi, und ein Hubschrauber mit der Aufschrift France-OIL an der Schiebetür. Ein russischer Mi-17.

Ein englischer Pilot empfing Jacques und seine Begleiter, begann mit den Worten: »we are out for a great flight«, und hörte nicht auf zu reden. Dazu erklärte er auch noch pantomimisch, wie sie sich festschnallen sollten, einmal Hosenträger – beide Fäuste mit ausgestrecktem Daumen vor die Brustwarzen – und dann – die Hände gleichzeitig nach vorn und zurück –, einmal Gürtel – und enger schnallen, sodass der Bauch eingequetscht wird, hoho.

Jacques und Rafael wirkten nicht, als würden sie zusammengehören. Der Richter aus Paris hatte sich in einen hellen Sommeranzug mit blauem Hemd und Krawatte gekleidet, als gehe er in sein Büro im Palais de Justice in Paris, während Rafael kräftige Schuhe, ein Hemd aus Jeansstoff und eine ausgebeulte Hose mit vielen Taschen trug.

Sie setzten sich hinter den Piloten. Jean Machin, der Konsularbeamte in hellgrauem Anzug, quetschte sich auf den etwas engeren Platz neben einige Kisten Ladung.

Der Engländer quatschte weiter, als er ihnen die Kopfhörer auf die Ohren schob und wieder pantomimisch erklärte, dass die auch vor den lauten Motorgeräuschen schützten, er redete, als er die Seitentür zuschob, und schwieg erst, als er sich auf seinen Platz setzte und nun auch selber anschnallte. Einmal Hosenträger, dachte Jacques, einmal Gürtel, hoho.

Der Pilot legte schon eine Reihe von Schaltern um, woraufhin die großen Rotoren langsam anfingen, sich zu drehen, als aus dem Hangar ein zweiter Pilot angerannt kam, sich unter den Rotoren duckte und auf den zweiten Pilotensitz sprang. Er drehte sich halb nach hinten, nickte, zeigte mit dem Daumen nach oben und begann mit dem Tower unverständliche Kommandos auszutauschen.

Erschrocken riss Rafael die Augen auf, griff mit seiner rechten Hand nach Jacques' Oberarm und drückte so fest zu, dass der sich unwillig losriss und sich zu ihm drehte. Er sah, wie sein Dolmetscher mit den Lippen den Namen ›Paul Mohrt‹ formte und entsetzt mit seinem Kinn nach vorn wies.

Jacques erschrak. Wenn wir jetzt Kurs aufs Meer nähmen, dann wüsste ich warum, dachte er. Aber er sah von dort, wo sie saßen, durch das Cockpit hindurch nur Hügel und der Hubschrauber stieg immer noch, sicher auf zweitausend Meter über dem Erdboden. Straßen verkamen zu Pisten, dann gab es nur noch ockerfarbene Flächen und Gebirge.

Er lehnte sich zurück und versuchte zu entspannen.

Doch seine Gedanken ließen sich nicht abschalten. Was für ein unvorstellbar zynisches Spiel hatten die verschiedenen Regierungen in Paris seit Jahrzehnten gespielt, nur weil sie für die staatliche Ölfirma wichtige Schürfrechte ergattern wollten, um in der großen Weltpolitik mitmischen zu können. Es war ihnen ganz gleich, wie viele Menschen dadurch getötet wurden, getreu dem Motto des früheren sozialistischen Premierministers Georges Clémenceau, im Ersten Weltkrieg genannt »le Tigre«:

»Une goutte de pétrole vaut une goutte de sang. – Ein Tropfen Öl ist einen Tropfen Blut wert.«

Die Rotoren schlugen weiter den Takt.

Paul Mohrt und der englische Pilot begannen über ihre am Helmrand eingebauten Mikrophone miteinander zu reden. Mohrt schaute auf die Landkarte, die er auf seinem Schoß ausgebreitet hatte, und der Engländer senkte die Maschine. Bald konnte Jacques eine vertrocknete Hochebene erkennen, hier und da Bäume, meist ohne Blätter, kein Flussbett, keine Menschen, kein Dorf, keinen Verkehr. In der Ferne steile Bergrücken.

Als er einen Blick hinter sich warf, sah er, dass Jean Machin eingedöst war. Sie waren schon mehr als eine Stunde unterwegs. Jacques stieß Rafael an, deutete auf seine Armbanduhr und hob die Hände, mit den Handflächen nach oben. Wie lang wohl noch?, sollte das heißen. Rafael schätzte, es würde noch dreißig Minuten dauern.

Paul Mohrt bedeutete dem Piloten mit der Linken, er solle weiter runtergehen. Und bald erkannte Jacques eine Piste, die zwischen eng zusammenstehenden hohen Bäumen hindurchführte. Jetzt flog der Mi-17 nur noch wenige hundert Meter über dem Boden, senkte sich weiter, sie überquerten eine Lehmstraße, die aus zwei Fahrrinnen bestand, und hielten auf einen kleinen Hügel zu, auf dem neben zwei vertrockneten Baumstümpfen das Wrack eines Hubschraubers von France-OIL lag.

Ihr Hubschrauber wirbelte Sand auf beim Landen. Die Rotoren waren noch nicht zum Stillstand gekommen, da sprang Paul Mohrt schon von seinem Sitz herunter, riss die Ladetür auf und richtete eine Stalker-Maschinenpistole auf die drei Passagiere.

»Aussteigen!«

Als Jacques seinen Aktenkoffer und Rafael seinen Rucksack nehmen wollten, machte er nur eine abwehrende Bewegung mit der Waffe.

»Kein Gepäck, Messieurs!«

»Sie sind doch Monsieur Mohrt, der Sicherheitsverantwortliche unseres Gastgebers«, Jacques kletterte bewusst bedächtig von der Laderampe herunter, »Ihr bedrohliches Verhalten verwirrt mich. Oder ist etwas mit der Maschine nicht in Ordnung? Dennoch wäre selbst das kein Grund, eine Waffe auf uns zu richten.«

»Sie werden gleich größere Sorgen haben als meine Waffe, Monsieur Ricou.«

Mohrts Stimme war kläffend laut.

Aus Reflex sah Jacques auf seine Uhr. Es war bald zehn, doch obwohl die Sonne schien, war es hier noch sehr kühl. Wahrscheinlich befanden sie sich auf mehr als tausend Metern Höhe.

»Zu dem abgestürzten Hubschrauber dort drüben. Los!«

Jacques ging voran, die beiden anderen folgten ihm schweigend. Während Rafael gespannt wirkte, wie eine zum Sprung bereite Großkatze, begann Jean Machin plötzlich zu zittern, blieb stehen und rief Paul Mohrt zu: »Fais pas le con, Paul! Spiel nicht den Verrückten!«

Der Konsularbeamte nennt Calvis Sicherheitschef mit Vornamen, registrierte Jacques.

Mohrt schoss eine Salve in den Boden, woraufhin Jean Machin weiterlief.

Der englische Pilot blieb im Hubschrauber sitzen, so als kümmere es ihn nicht, was mit den Passagieren passierte.

Paul Mohrt folgte den dreien, die Waffe stets auf sie gerichtet. Der abgestürzte Hubschrauber war auch ein Mi-17 und glich äußerlich dem, mit dem sie geflogen waren.

»Klettern Sie in das Wrack!« Paul Mohrt wartete, bis die drei Männer im Laderaum des schräg auf der Erde liegenden Mi-17 standen. »Ihre Geschichte endet hier. Sie sind leider auf dem Weg von der Steinnekropole von Calulo zu den Nekropolen in Quibala notgelandet. Vielleicht wollte der Pilot Ihnen noch auf einem kleinen Umweg die Felsen von Pedras Negras zeigen. Die beiden Männer, die Sie hierher geflogen haben, sind leider beim Versuch, Hilfe zu holen, in dem Minenfeld getötet worden. Wenn Sie sich umdrehen, können Sie die beiden dort liegen sehen. Sie sind heute früh gestorben. Also nicht lange vor Ihnen.« Paul Mohrt lachte, als sei ihm ein guter Witz gelungen. »Ich werde Ihnen nichts antun, keine Sorge. Rings herum liegen etwa hunderttausend Minen. Das bedeutet in Angola mit seinen dreißig Millionen Minen überhaupt nichts. Sie werden hier verenden – oder beim Versuch, zur Straße durchzukommen. Also bleibt Ihnen eine Chance wie beim Jackpot im Lotto: eins zu hundertsiebzig Millionen.«

»Irrtum«, platzte es aus Jacques heraus. »Eins zu dreißigtausend. Bei hunderttausend Minen kommen dreißig, genauer: dreiunddreißigtausend, auf je einen von uns.« Er ärgerte sich sofort, dass er überhaupt auf Mohrt eingegangen war. Und dann noch mit so einer blöden Rechnung.

Paul Mohrts Gesicht versteinerte. Er knöpfte mit der linken Hand den Knopf der rechten Brusttasche seines Hemdes auf und zog ein kurzes Glas hervor, dessen Korken mit rotem Lack versiegelt war.

»Ich habe für Sie eine Überraschung aufbewahrt, Monsieur Ricou. In dem Gläschen hier liegt die Lösung eines Rätsels verborgen. Dieses Minenfeld, vor dem wir stehen, hat vor vielen Jahren eine Truppe der UNITA angelegt, die eine Ihnen bekannte Person angeführt hat. Sie hat mit der Auflösung des Rätsels zu tun.« Er stellte das Glas auf den Boden. »Warten Sie, bis ich wieder im Hubschrauber bin. Ich schieße sonst. Danach sind Sie frei.«

Paul Mohrt rannte mit ausgreifenden Schritten zurück zum Mi-17, dessen Rotoren sich schon wieder zu drehen begannen. Doch ehe Jacques und Rafael das alles begreifen konnten, spurtete Jean Machin geschwind wie ein kleines Wiesel hinterher. Auf der Innenseite seiner Hosenbeine zog sich ein dunkler Fleck bis unter die Knie. Der Mi-17 hob ab, noch bevor Paul Mohrt seine Tür geschlossen hatte, und flog wenige Meter über dem Boden in Richtung der wohl drei Kilometer entfernten Piste.

»Paul, du bist verrückt! Das kannst du mir doch nicht antun!« Jean Machin rannte schnell, so als wollte er den Hubschrauber noch erwischen, doch plötzlich warf ihn eine Explosion drei Meter hoch und riss ihm ein Bein ab. Der Verletzte stieß einen entsetzlichen, das lärmende Rotorengeräusch durchschneidenden Schrei aus und fiel wieder auf den Boden. Eine zweite Explosion zerriss seinen Körper in der Mitte.

Jacques wandte sich ab.

Paul Mohrt steckte seinen Kopf aus dem Fenster und winkte fröhlich.

Jacques und Rafael standen wie erstarrt. Sie waren zu keinem Wort, zu keinem Laut, zu keinem Gedanken fähig.

Merde. Nur dieses eine Wort fiel Jacques ein. Merde. Und er erinnerte sich, wie die Lehrerin, ja, Madame, wie hieß sie noch, Madame Fourcade, eine sehr geachtete Lehrerin, klein mit dunklem Lockenhaar, in der Quatrième den Schülern in seiner Klasse erklärt hatte, gewisse Worte benutze man nicht: »Klo-Worte«. Dazu gehörte: »merde«. Und alle hatten genickt und seitdem dieses Wort wenigstens im Unterricht gemieden. Merde. Scheiße.

Er schaute in die Richtung, in die Paul Mohrt gedeutet hatte, als er von den toten Piloten sprach. Weil er nichts sehen konnte, kletterte er auf den Hubschrauber. Knapp dreißig Meter entfernt lagen zwei weitere von Minen zerfetzte Leichen in Uniform.

Rafael hatte sich noch nicht gerührt. Keinen Millimeter. Selbst seine Augen bewegten sich nicht.

Er hatte Recht gehabt.

Jacques indessen war von einer Unruhe gepackt, die ihn nicht still stehen ließ. Er sah das Glas mit dem Siegellack, sprang von dem Wrack herunter auf den sandigen Boden, lief zu der Stelle, an der Paul Mohrt es abgestellt hatte, hob es auf. Das war nicht irgendein Glas, nein es handelte sich um schön geschliffenes Kristall!

Jacques hielt es zwischen Daumen und Zeigefinger in die Höhe seiner Augen. Zunächst erkannte er nur einen kleinen schwarzen Haufen. Doch je mehr er sich konzentrierte, desto deutlicher wurde das Bild vor ihm. Ein Fußnagel, ein Stück Knochen, zusammengehalten von zu Leder getrockneter dunkler Haut.

Das mumifizierte Glied eines Zehs.

Das Stück, das am kleinen Zeh von Lyse fehlte. Das Stück, das er glücklich frotzelnd immer wieder gesucht hatte.

Seine Knie wackelten, die Beine hielten ihn nicht mehr. Er plumpste mehr auf den Boden, als sich freiwillig zu setzen. Dann wurde ihm schwarz vor den Augen.

Zuerst spürte er, dass seine Füße über den Sand schleiften, dann das schwere Gewicht seines Körpers, das von zwei Händen unter seinen Achselhöhlen hochgehoben und am Boden entlang gezerrt wurde. Es tat ihm weh. Jacques gab einen verzweifelten Stöhnlaut von sich. Die Hände lehnten ihn an einen Baumstamm. Rafael hatte ihm den Schlips abgenommen und das Hemd geöffnet, damit er Luft bekäme. Er setzte sich neben ihn.

Sie schwiegen.

»Merde!« Jacques schrie es sich aus dem Leib. »Merde!«

Rafael reagierte nicht.

»Entschuldige, Rafael …«

»Sei ruhig! Ich rechne.«

Nur an den sich lautlos bewegenden Lippen merkte Jacques, dass in dem großen kräftigen Mann, der die Augen starr auf das Minenfeld gerichtet hielt, etwas vorging. »Wir müssen nur den Anfang finden«, flüsterte er einmal, als rede er mit sich und rechnete weiter.

Die Auflösung des Rätsels befände sich in der Flasche, hatte Paul Mohrt gesagt. Der kleine Zeh von Lyse. Was verband sie mit einer Truppe, die ein Minenfeld verlegt hatte? Ihr Vater, so hatte sie Jacques erzählt, habe die UNITA von Sawimbi unterstützt. Aber er war kein Soldat, sondern Rechtsanwalt in Portugal gewesen. Wenn dies wirklich der kleine Zeh von Lyse war, woran Jacques nicht zweifelte, weshalb trug Paul Mohrt ihn mit sich herum? Wenn er ihn in diesem versiegelten Kristallglas bei sich hatte, musste er damit einen besonderen Wert verbinden.

Rafael stand auf, ging zu dem Hubschrauberwrack, kletterte hinauf, suchte offensichtlich etwas und tauchte strahlend mit einer Blechkiste wieder auf. Er ballte die Faust und machte eine kurze Schlagbewegung von unten nach oben, so als habe er eine Runde nach Punkten gewonnen.

»Wir müssen ein oder zwei Rotorblätter abmontieren. Komm rauf.«

Er reichte Jacques die Hand, um ihn nach oben zu ziehen und nach einer halben Stunde Fluchen, Schrauben, Klopfen und Drehen fiel das erste, und eine weitere halbe Stunde später das zweite von fünf Rotorblättern in den Sand.

»Gott sei Dank haben die einen russischen Hubschrauber benutzt. Der Mi besitzt nämlich die längsten Rotorblätter der Welt, mindestens zwanzig Meter. Deswegen kann er besonders hoch fliegen, wie man es für den Kaukasus braucht. Pack mit an, wir schleppen die beiden Dinger da vorn zwischen die Bäume. Die werden uns helfen, aus diesem ungemütlichen Ort zu verschwinden.«

»Und wie soll das gehen?«

Sie packten das erste Rotorblatt an, Rafael vorn, Jacques hinten. Bis zu den Bäumen waren es nur es nur einige Dutzend Meter, aber die Last war schwer, und Jacques brach der Schweiß aus.

»Jacques, ich weiß, wer das Minenfeld verlegt hat. Paul Mohrt hat leichtsinnigerweise etwas verraten, was er sicher nicht wollte. Lyse hat dieses Minenfeld angelegt. Und wenn das so ist, kenne ich das Muster, nach dem die Minen ausgerichtet worden sind. Erklären werde ich dir das alles, wenn wir hier erst einmal raus sind.«

Jacques fiel sein Ende des Rotorblattes fast aus der Hand.

»Wieso Lyse, war sie Soldatin? Das hätte sie mir doch erzählt!«

»Ach, Jacques, du kommst aus einer merkwürdigen Welt. Lyse wird dir vieles nicht erzählt haben. Sie wurde als neunjähriges Kind in Sawimbis Armee gezwungen. Wie Tausende anderer Kinder. Wie ich. Seitdem kennen wir uns. Sie hat sieben, acht Jahre Krieg geführt. Menschen getötet. Wir haben uns mehrmals gegenseitig das Leben gerettet. Wir sind Geschwister. Und wer solch ein Glück wie Lyse hat, sich ein zweites Leben in einer neuen Welt aufzubauen, der hat meist auch einen anderen Lebenslauf erfunden. Pack an!«

»Aber sie hat …«

»Jacques, später. Ein neuer Lebenslauf befreit die Seele von dem Erleben im ersten. Jetzt sei mal ruhig. Es ist fast halb elf. Das gibt uns zwar einige Zeit, bis es Nacht wird, aber allzu viel ist das auch nicht. Wir müssen das Minenfeld durchquert haben, bevor es dunkel wird.«

Sie saßen neben den Rotorblättern zwischen den beiden kräftigen Stämmen, an deren Ästen kaum Blätter hingen. In der linken Hand hielt Rafael das Medaillon, mit dem rechten Zeigefinger übertrug er das Muster schnell und geschickt in den Sand. An das obere Ende zog er einen großen Strich.

»Hier liegt die Piste.« Dann streckte er seinen langen Arm, das Hemd hatte er hochgekrempelt, nach rechts aus. »Wenn wir davon ausgehen, dass das Minenfeld bis zu dem kleinen Wald dort hinten reicht, etwa drei Kilometer von hier, dann wird Lyse die Minen nach ihrem Muster längs der Straße verlegt haben, also halte ich das Medaillon im Längsformat. Während in der unteren Hälfte alle Rechtecke ein weißes Innenfeld haben – außer einem – liegen in der oberen Hälfte zwei Rechtecke mit je einem schwarzen Karo. Wir haben damit immer die Bäume gemeint. Also wird es auch hier so sein. Zwar trennt ein voller Balken beide Karos, aber zwischen die Bäume wird sie keine Minen gelegt haben. Das wäre militärisch sinnlos.«

Rafael drehte sich zu Jacques und zeigte auf das Medaillon. »Wir haben die Minen immer nach dem Muster dieser alten Sandzeichnung verlegt, denn es konnte ja passieren, dass wir selbst durch solch ein Feld fliehen mussten. Und da half uns die Zeichnung bei der Orientierung. Für jeden Gegner ist es fast unmöglich, zu erahnen, wo die nächste Mine liegt. Aber ich weiß, wo – oder besser: wie ich durchkommen kann.«

»Wenn ich mir das Medaillon anschaue, dann grenzen die schwarzen Linien überall aneinander.«

»Ja, aber ich weiß, wo wir die eine oder andere Mine hochgehen lassen, um einen Durchgang zu schaffen. Dazu nutzen wir die Rotorblätter. So erreichen wir wieder einen minenfreien Korridor.«

Mit Kabeln aus dem Hubschrauber banden sie die beiden zwanzig Meter langen Propeller zusammen. Dann suchte Rafael ein großes Gewicht.

»Eine Mine geht erst hoch, wenn mindestens zwanzig, fünfundzwanzig Kilo den Zünder belasten. Sonst würde jede Ratte, jeder Hase sie zur Explosion bringen. Köpergewicht wäre am besten«, sagte er, stand auf und lief in Richtung Hubschrauber.

»Rafael! Nein!« Jacques rannte hinter dem Koloss her, der bisher noch kein Wort für ihn übersetzt hatte, obwohl er als Dolmetscher eingestellt war. Vielleicht hatte Lyse ihm eher ein angolanisches Kindermädchen zur Seite stellen wollen. »Nein«, rief Jacques noch einmal, weil er befürchtete, Rafael wollte entweder den toten Konsularbeamten oder einen der Piloten als Gewicht verwenden.

Rafael ließ Jacques herankommen und betrachtete seine eleganten Stadtschuhe.

»Was für eine Größe hast du?«

»Dreiundvierzig.«

»Zieh mal einen aus!«

Jacques schlüpfte aus dem Halbschuh und gab ihn Rafael, der sich vorsichtig der Leiche des am nächsten liegenden Piloten näherte. Er nahm mit dem Schuh von Jacques Maß, nickte zufrieden, ging in die Hocke und schnürte den Stiefel auf.

»Sei nicht kleinlich und zieh die an. Mit deinen Schuhen kommst du keine drei Meter weit.«

Jacques unterdrückte seinen Ekel und gehorchte.

Dann lösten sie einen der klobigen Sitze aus der Pilotenkanzel. Sie trugen ihn zu dem Schlitten aus Rotorblättern, Rafael band den schweren Stuhl auf das vordere Ende und versuchte, seine Konstruktion über den Boden zu schieben.

»Das geht erstaunlich leicht«, Rafael riss eine schmutzige Decke, die er im Hubschrauber gefunden hatte, in zwei Teile und band sich den Stoff um die Knie. »Auf dem feinen Sand rutscht es gut. Wir machen das jetzt so: Du ruhst dich ein wenig im Schatten der beiden Bäumen aus und sammelst deine Kräfte.«

»Kann ich dir nicht helfen?« Jacques hatte ein schlechtes Gewissen, schließlich hatte seine Leichtgläubigkeit sie in diese lebensgefährliche Lage gebracht.

»Nein. Es reicht, wenn einer sich in Gefahr begibt. Und ich habe hier ein bisschen mehr Erfahrung als du. Ich werde diesen komischen Schlitten vor mir herschieben. Einen Meter vor, dann ziehe ich ihn zurück. Die Mine geht erst los, wenn der Druck wieder nachlässt. Die Mine platzt nach oben und zur Seite, aber sie wird mich nicht treffen. Zwanzig Meter sind eine ziemlich sichere Entfernung. Und erschrick nicht, die eine oder andere wird mit einem wahnsinnigen Lärm hochgehen.«

Jacques unterbrach ihn: »Soll ich die ganze Zeit allein hier bleiben?«

»Nein. Wenn ich den Rhythmus des Musters finde, dann schaffe ich es in drei bis vier Stunden bis zur Straße. Vielleicht dauert es auch fünf. Ich nehme an, das sind drei Kilometer. Jetzt ist es halb zwölf. Also spätestens um halb fünf müsste ich das Minenfeld durchquert haben. Damit wir keine Zeit verlieren, solltest du in einer Stunde genau meiner Spur folgen. Du wirst mich bald einholen, denn dort wo ich entlanggekrochen bin, liegen keine Minen. Tritt nicht aus der Spur heraus. Sonst: paff! und du fliegst in die Luft. Je früher wir es schaffen, desto besser. Bis wir endgültig in Sicherheit sind, haben wir noch viel vor uns. Falls wir es überhaupt schaffen.«

Rafael stand auf, trat auf Jacques zu und streckte seine Hand aus. Sein Gesichtsausdruck war hart, fast unfreundlich. Auch Jacques erhob sich, ergriff die Hand, drückte kräftig zu und sah den Freund von Lyse mit ernster Miene an. Im gleichen Moment umarmten sie sich kurz.

»Merde«, sagte Jacques und Rafael lächelte, beugte sich vor und antwortete über Jacques' Schulter hinweg, »merde«. Künstler, das wusste Jacques, wünschen sich mit diesem Wort vor jedem Bühnenauftritt Glück.

Der Pilotensitz rutschte auf langen Kufen über den Sand, geschoben von einem klein wirkenden Menschen, der seine Arme auf das Ende des Schlittens stützte und ihn auf den Knien rutschend nach vorn trieb.

Jacques glaubte sich immer noch in einem Albtraum. Er konnte sich nicht vorstellen, dass der vornehme Mann, der ihm am Montag in freundlichem Ton Rede und Antwort gestanden und für jeden Fragenkomplex eine glaubhaft scheinende Erklärung abgegeben hatte, ihn kaltblütig umbringen lassen wollte. Und zwar so kaltblütig, dass Unbeteiligte, die scheinbar verunglückten Piloten und ein Konsularbeamter zusätzlich dran glauben mussten. Obwohl Jean Machin vielleicht ohnehin verschwinden sollte, weil er zu viel über Paul Mohrt wusste. Hatte er den Sicherheitschef nicht bei seinem Vornamen genannt? Außerdem müsste Sotto Calvi doch wissen, dass die französische Justiz sich durch den Mord an einem Untersuchungsrichter nicht aufhalten ließe. Selbst wenn Jacques Ricous Verschwinden nie aufgeklärt würde.

Eine Explosion riss ihn aus seinen Gedanken. Er sprang auf und hörte Rafael laut fluchen. Die Mine hatte den Sitz aus seiner Stellung gerissen und weit in das Minenfeld hinein geschleudert, wo er eine zweite Explosion auslöste. Rafael stand auf und kam zurückgetrabt.

»Wir brauchen den anderen Sitz. Aber«, und er strahlte fast ein wenig, »ich glaube, wir sind auf dem richtigen Weg. Die Mine lag, wo ich sie vermutet habe. Wenn es mir jetzt gelingt, drei Minen, die nach meiner Berechnung hintereinander liegen, mit einem Schlag zu zünden, dann haben wir einen etwa anderthalb Meter breiten freien Streifen von gut zwei Kilometern vor uns. Danach wird es nur noch einmal ein bisschen kompliziert.«

Es dauerte mindestens eine halbe Stunde, bis sie das seltsame Minensuchgerät mit dem zweiten Pilotensitz bestückt hatten, und Rafael schob es zwanzig Meter weiter. Plötzlich ließ er es liegen und rief Jacques zu: »Hol mal fünfzehn, zwanzig Meter Kabel aus dem Hubschrauber und bring es her. Nimm so viel du findest.«

Jacques ging noch einmal zu dem Wrack. Mit einem dicken Schraubenzieher löste er die Verkleidung an der Decke des Frachtraums und legte dicke Kabelstränge offen, die er mit einer Zange abtrennte, Stück für Stück zusammendrehte und Rafael brachte. Der befestigte sie dann am Ende der Rotoren.

»Jetzt musst du mir helfen, Jacques«, sagte er. »Ich habe versucht, das Gewicht über die drei Minen zu schieben. Das heißt aber, die nächste zu uns liegt nur acht oder zehn Meter entfernt. Sie wird zwar als Letzte explodieren, aber trotzdem ist es gefährlich. Deshalb laufen wir ein Stück zurück, damit sind wir schon über zwanzig Meter weiter entfernt. Das reicht. Mit den Kabeln ziehen wir das Ganze zu uns heran in Richtung Bäume. Nur eins: lieber langsamer und sicher, als zu schnell. Du darfst meine Spur nicht um einen Zentimeter verlassen. Das könnte für dich tödlich enden.«

Drei Explosionen in kurzer Reihenfolge und ein Jubelschrei von Rafael. »Der Sitz steht noch!« Jacques spürte einen kräftigen Schlag auf seiner Schulter. »Das müssen wir uns merken: Schnell zurückziehen rettet unsere Konstruktion! Aber jetzt wird es spannend. Mal sehen, ob ich das Muster richtig gelesen habe.«

Rafael hatte das System, nach dem Lyse mit ihrer Truppe die Minen verlegt hatten, einwandfrei erkannt. Jacques folgte ihm in gebührendem Abstand. In den Pilotenstiefeln ging es sich gut. Ein leichter Wind blies den feinen Sand in den Mund, in die Nase, in die Ohren.

Jacques' Mund war wie ausgetrocknet. Er konnte nicht mehr schlucken. Weshalb bloß hatte er im Hubschrauber nicht nach Wasser gesucht. Sollte er zurückgehen? Er würde Rafael schnell wieder einholen. Wie weit lagen die Bäume zurück? Sie wirkten klein in der Ferne. Die Strecke zurück sah doppelt so weit aus, wie die Entfernung zur Piste. Ehe er einen Fehler machen konnte, erhob sich Rafael und kam auf ihn zu.

»Ich muss mich mal strecken. Meiner Berechnung nach kommen wir jetzt noch einmal an einen Gürtel mit vier Minen hintereinander. Vier auf einmal schaffen wir nicht. Lass uns nach der bewährten Methode zwei und zwei versuchen. Bist du okay?«

Jacques nickte. Rafael schob die Rotorblätter langsam voran, sie liefen, die Kabel in der Hand, zurück. Ruhe. Rafael schüttelte den Kopf. Jacques fing an zu schwitzen. Er hatte Angst. Dasselbe noch einmal – Stille. Nicht einmal Vögel zwitschern hier. Kein Laut von irgendwelchen Lebewesen. Rafael schüttelte den Kopf. Jacques schwitzte noch mehr. Rafael ging wieder in die Knie, legte seine Unterarme auf das Ende der Rotorblätter und schob sie um weitere zwanzig Meter voran. Plötzlich rief er: »Bleib stehen! Bleib stehen!« Er richtete seinen Oberkörper auf, ohne sich von den Knien zu erheben, führte seine rechte Hand an den rechten Unterschenkel, schob die Hose hoch und zog aus einem Halfter ein langes Messer. Mit dessen Schaft stocherte er vorsichtig im Sand zwischen Jacques und den Rotorblättern herum. Nach langen zwei Minuten drehte er sich um, steckte das Messer zurück. »Entwarnung. Ich glaubte, ich hätte eine Mine direkt vor mir. Also, noch einmal los.«

Zwei Minen gingen hoch. Der Sitz stand immer noch.

Plötzlich fühlte sich Jacques leicht und frei: Ein Untersuchungsrichter aus Paris als Minensuchkommando in Angola. Er lächelte. Weiter so!

Rafael kauerte schon wieder auf den Knien, rutschte zwanzig Meter weiter. Und dann noch einmal mit den Kabeln in der Hand zurücklaufen. Zwei Explosionen. Der Sitz bekam etwas ab und rutschte zur Seite. Rafael kletterte auf den Rotoren nach vorn und richtete ihn wieder auf. Dreihundert Meter lag die Straße entfernt. Jacques verstand die Handzeichen von Rafael.

Jetzt ruhig bleiben. Ganz ruhig.

Zweieinhalb Kilometer hatten sie schon geschafft. Dagegen sind die Pariser Minenfelder nichts, dachte Jacques. Mir wird kein Gerichtspräsident mehr Angst einjagen, auch kein Justizminister. Wenn ich das hier überstehe. Rafael schob vor, zog zurück, schob vor, zog zurück. Noch zweihundert Meter. Noch hundertfünfzig Meter. Noch fünfzig Meter. Es war erst drei Uhr am Nachmittag. Noch vierzig Meter. Jacques schaute auf die Straße, wenn man das hier eine Straße nennen wollte. Ein Trampelpfad aus Lehm, ungeteert, mit zwei Fahrrinnen. Zwanzig Meter.

Rafael stand auf, drückte die Brust heraus, streckte beide Arme nach hinten und seufzte. »Jetzt wird es noch einmal gefährlich. Nah am Straßenrand liegen immer besonders gefährliche Dinger. Damit Fahrzeuge, die nur ein paar Meter vom Weg abkommen, sofort auf eine Mine treffen. Und zwar stark genug, um einen Lastwagen zu zerstören. Hier gilt unser Muster nicht mehr. Hier galt es nie. Er schaute Jacques in die Augen.

»Kannst du gut balancieren?«

»Warum?«

»Traust du dir zu, bis nach vorne zu gehen, ohne einmal zur Seite zu treten?«

»Ja. Das dürfte nicht allzu schwer sein.«

Rafael schob die Rotorblätter so weit, bis das vordere Ende die erste Fahrrinne erreichte.

»Du gehst jetzt bis auf die Straße, trittst dort aber nur in die Fahrrinne. Selbst zwischen den beiden Rinnen auf der Piste kann eine Mine liegen. Also, bleib wirklich in der Rinne. Daneben lauert der Tod.«

Jacques erreichte die Piste und lief aus Vorsicht ein bisschen weiter, mehr als hundert Meter. Er sah zurück zu Rafael und verstand nicht, was der tat. Der schwere Mann war fast am Ende der Rotoren angelangt, als er stehen blieb und Jacques mit beiden Händen Zeichen machte, sich hinzulegen. Jacques zeigte mit seinen

Händen auf seine Brust, als wollte er fragen, meinst du mich, und Rafael gestikulierte, ja wen denn sonst? Jacques wollte gerade weitergehen, als er sah, wie Rafael plötzlich von den Rotoren sprang und sich nach drei Schritten auf den Boden warf.

Eine ungewöhnlich laute Explosion mit einem warmen Luftzug erreichte Jacques. Der Sitz und die Rotorblätter flogen durch die Luft und schlugen zwischen ihm und Rafael auf. Er erhob sich gleichzeitig mit Rafael, der auf ihn zukam, ihn ernst anblickte und ihm wieder die Hand reichte.

Die Geschichte des kleinen Zehs

Wo Bäume stehen, finden wir Wasser«, Rafael lockerte mit seinem großen Dolch die harte Erde. »Nur eine kurze Verschnaufpause«, sagte er, »es bleibt noch anderthalb Stunden hell und das Licht müssen wir nutzen. Wenn die Nacht anbricht, müssen wir so weit wie möglich vom Minenfeld entfernt sein.« Er grub einen halben Meter tief, bis sich in dem Loch Wasser ansammelte.

Jacques überlegte, wie viel Zeit ihnen bliebe. Und Rafael meinte zu wissen, dass Sotto Calvi den Botschafter am Abend anrufen und den Hubschrauber als vermisst melden würde. Die Suche würde am nächsten Morgen beginnen. Das würde Calvi der Armee überlassen, weil deren Auftritt überzeugender wirkt. Wenn die angolanischen Soldaten morgen Nachmittag den verunglückten Hubschrauber fänden, würden die Leichen von Jacques und Rafael fehlen. Dann würde die Jagd nach ihnen beginnen. Gefährliche Zeugen dürfen nicht überleben.

»Kann man das Wasser auch trinken?« Jacques schaute skeptisch in das Loch, in das inzwischen zwei, drei Liter einer hellgrauen Flüssigkeit gesickert waren.

»Wenn sich der Sand nach einer Viertelstunde gesetzt hat, wird es ziemlich klar sein. Aber selbst trüb ist es sauberes Wasser aus der Erde.«

Jacques fiel plötzlich ein, dass seine Aktentasche mit den Untersuchungsakten im Hubschrauber geblieben und damit Sotto Calvi in die Hände gefallen war. Aber das war nicht mehr wichtig. In der Ferne sah er durch die Bäume die bläuliche Silhouette einer hohen Bergkette. Noch nie hatte er solch eine Stille erlebt. Kein Rauschen, wie es der Mensch verursacht. Kein Zwitschern eines Vogels. Kein Rascheln einer Eidechse. Nicht einmal den Ästen der trockenen Bäume konnte der Wind ein Knacken entlocken. Jacques sah Rafael konzentriert in den Sand starren, ab und zu malte er mit den Fingern einen Strich.

»Rafael, weißt du, wo wir sind?«

»Wenn Paul Mohrt glauben machen will, der Hubschrauber wäre auf dem Flug von der Nekropole Calulo nach Quibata notgelandet, dann befinden wir uns auf der Hochebene von Kwanza. Das passt auch zu unserer Flugdauer heute früh. Und sollte er einen Abstecher zu den Pedras Negras in seine ...«

»Was sind die Pedras Negras?«

»Schwarze Felsen, ein Dutzend Granitberge, die achthundert oder gar tausend Meter hoch völlig unvermittelt in der Landschaft stehen. Fast ein Naturwunder und so faszinierend, dass sie früher auf der Rückseite des alten portugiesischen Fünfhundert-Escudo-Geldscheines abgebildet waren.«

So entstehen wohl Sandzeichnungen, dachte Jacques, als er Rafael weiter beobachtete. Gedankenverloren hatte der ein Muster in die trockenen Erdbrösel gezeichnet, auch dieses wirkte wie ein mathematisches System, ganz anders aber als das Muster des Medaillons. Rafael wischte mit der Hand darüber und sah Jacques in die Augen.

»Wenn wir Mohrts Lügengeschichte als Anhaltspunkt nehmen, dann befinden wir uns wahrscheinlich fünfzig Kilometer vom nächsten Ort entfernt, dreißig Kilometer von der nächsten, befahrenen Straße. Diese Gegend hier gehört zu den gefährlichsten. Hier trafen die Machtbereiche von MPLA, also der Regierung, und der UNITA von Sawimbi aufeinander. Lyse und ich haben in der UNITA gedient. Wenn wir nach Westen gehen, kommen wir innerhalb eines Tages in stark besiedeltes Gebiet.«

»Das sollten wir schaffen. Von dort können wir die Botschaft anrufen.«

»Im Gegenteil, wir sollten vermeiden, mit denen Kontakt aufzunehmen. Die staatlichen Sicherheitsbehörden könnten lebensgefährlich sein. Die wird Sotto Calvi durch seine Beziehungen zur Armee für seine Zwecke mobilisieren können.«

»Und was wäre der bessere Fluchtweg?«

»Der kleine Ort Pungo Adongo im Norden liegt zwar weiter weg, ist aber noch weitgehend von ehemaligen UNITA-Leuten besetzt. Und denen geht die reguläre Armee lieber aus dem Weg.«

»Ich dachte, es herrscht Frieden seit dem Tod Sawimbis.«

»Frieden ja, aber auch eine harte Konkurrenz. Und da oben kenne ich mich gut aus. Zwischen den Bergen der Pedras Negras haben wir die ganze Gegend vermint. Selbst wenn der karge Boden dort wie verdorrte Steppe wirkt, darfst du keinen Schritt auf ihm wagen.«

»Aber wir können uns doch nicht noch einmal durch ein Minenfeld arbeiten, wie vorhin.«

»Das werden wir auch nicht müssen. Ich nehme an, dass die Piste befahren wird und damit auch minenfrei ist. In Pungo Adongo könnte ich Freunde finden, und wenn wir Glück haben, hat das World Food Programm eine Lebensmittelstation eingerichtet. Die Häuser der internationalen Hilfsorganisationen in Angola sind für die reguläre Armee Heiligtümer.«

»Und wie weit ist es bis dorthin?«

»Diese Piste hier führt vermutlich bis zum Fluss Kwanza, dahinter liegt eine Ebene mit den Pedras Negras und noch ein bisschen weiter Pungo Andongo. Insgesamt fünfzig oder sechzig Kilometer. Wie gut bist du drauf?«

»Sportlicher Stadtmensch würde ich sagen.« Früher, als Jacques noch in Nizza als Richter arbeitete, hatte er regelmäßig Tennis gespielt und später mit Margaux in Paris sogar Squash. Aber gegen sie hatte er trotz aller Anstrengungen immer verloren. Fünfzig Kilometer aber dürften ihm nichts ausmachen. Ein Marathon geht über zweiundvierzig Kilometer, und den schaffen viele Stadtmenschen in gerade mal vier Stunden.

Jacques legte sich vor das Wasserloch und schöpfte mit beiden Händen Wasser. Es schmeckte erstaunlich kühl und frisch.

»Trink, so viel du kannst«, sagte Rafael und mahnte, nachdem er selbst getrunken hatte, zum Aufbruch.

Es war sehr warm und Jacques wollte seine Jacke liegen lassen. »Ist doch merkwürdig, im Anzug durch die Wildnis zu laufen.«

»Lass nur, nimm sie lieber mit. Du wirst heute Nacht über jeden Fetzen Stoff froh sein. Es wird sehr kalt in diesen Höhen.«

»Kalt in Angola?« Mit Afrika hatte er immer nur Wärme verbunden.

Jacques lief genau in der gefahrenen Spur. Wo das

Gewicht eines Rades den Boden belastet hat, liegt sicher keine Miene mehr, sagte er sich. Er band sich die Anzugjacke mit den Ärmeln um den Bauch und versuchte, das Tempo von Rafael mitzuhalten, der in der linken Spur immer ein paar Schritte vor ihm ging. Jetzt war er richtig dankbar für die Stiefel des toten Piloten.

»Erzähl mir von Lyse. Du sagst, sie sei Soldatin gewesen. Wie kam sie dazu?«

Rafael ließ sich ein wenig zurückfallen und blieb auf gleicher Höhe wie Jacques.

»Als ich sie kennen lernte, trug sie schon eine Uniform und ihre Aufgabe war es, die Maschinenpistole eines Offiziers der UNITA zu tragen. Ich war damals elf, zwölf, sie ungefähr neun. Wir wissen alle nicht, wann wir geboren wurden. Unsere Einheit bestand aus dreihundert Soldaten und ebenso vielen Kindern. Wir Kleinen waren verantwortlich für das Gepäck der Soldaten. Und wenn wir zu einem Lagerplatz kamen, mussten wir Holz für das Feuer sammeln. Jedes Kind diente einem Soldaten. Und zwischendrin wurden wir gedrillt. Marschieren, Waffen pflegen, schießen.«

»Konntet ihr nicht abhauen?«

»Wer erwischt wurde, der wurde erschossen und im Lager liegen gelassen. Als Warnung für alle anderen. Selbst mit neun konnten wir schon die Waffen blind auseinander nehmen, putzen und wieder zusammensetzen. Und jeder, der eine Waffe besaß, musste mit in den Kampf. Mit zehn haben wir Krieg geführt wie Erwachsene.«

»Und was war mit deinen Eltern, oder denen von Lyse?«

»Ich wurde aus dem Haus meiner Eltern geraubt.

Wir waren fünf Kinder, davon waren zwei schon alt genug, nach Ansicht der Soldaten. Mein Bruder entwickelte sich zu einem hervorragenden Scharfschützen, wir lebten lange Zeit gemeinsam in einer Truppe. Mit fünfzehn traf ihn die Kugel eines Scharfschützen der MPLA mitten in die Stirn.«

»Und Lyse?«

»Sie hat nie über ihre Eltern gesprochen. Angeblich wuchs sie mit acht Ziegen bei einer gehassten Großmutter auf, die sie am liebsten umgebracht hätte. Lyse war mit neun weiter als alle Gleichaltrigen. Vielleicht weil sie sich schon immer durchschlagen musste. Sie verfügte über einen erstaunlichen Sinn für Ordnung, und das nicht nur was Sachen, sondern auch was zwischenmenschliche Beziehungen betrifft. Sie hat schon mit neun die älteren Kindersoldaten runtergeputzt, wenn die spielten, statt ordentlich Holz zu sammeln. Und sie befahl ihnen zu tun, was sie für richtig hielt. Deshalb wurde sie mit elf unter großem Gelächter der Offiziere zum Feldwebel ernannt. Von da an durfte sie eine eigene Waffe tragen. Und die war fast so groß wie sie selber. Eine AK 47.«

»Eine Kalaschnikow?

»Genau. Lyse und ich haben die verrücktesten Geschichten zusammen erlebt.«

»Erzähl! Dann vergeht die Zeit schneller.«

»Sie war mit dreizehn schon ziemlich groß und hatte die Haare kurz geschnitten wie ein Mann. Ich werde damals wohl sechzehn gewesen sein und wir gingen aus lauter Übermut in eine Kneipe. Natürlich in Uniform und mit Kalaschnikow. Wir fühlten uns richtig stark. In der Kneipe gaben uns die Frauen dann Bier aus. Und natürlich waren wir nach dem zweiten Glas schon ziemlich betrunken. Die Frauen glaubten, zwei scharfe Soldaten vor sich zu haben, und versuchten uns anzumachen. Eine Matrone hatte es besonders auf Lyse abgesehen. Nach dem dritten Bier, als sie ihr zwischen die Beine fasste, ergriff Lyse spontan ihre Waffe, schoss ins Laubdach, und wir rannten weg, so schnell wir konnten. Im Lager konnten wir uns vor Lachen kaum noch halten. Damals wollte Lyse am liebsten als Mann gelten.« Rafael schwieg, sein Blick ging zu Jacques. »Wie ist sie heute?«

Jacques blickte an ihm vorbei in die Ferne ehe er sagte: »Das scheint sie alles abgelegt zu haben. Sie ist eine beeindruckende, erfolgreiche Frau. Mit Betonung auf Frau.«

Nach einer Stunde schlug Rafael eine Pause von fünf Minuten vor. Nicht länger, damit sie nicht träge würden. Jacques setzte sich in den ausgefahrenen Streifen auf seiner Straßenseite. Er schwieg und spürte die Anstrengung. Langsam ließ er sich nach hinten gleiten, was soll's wenn der Anzug sandig wird, und die Augendeckel fielen ihm langsam zu. Sofort wurde er durch Händeklatschen und lautes Lachen geweckt. Rafael stand auf seiner Seite der Piste und bedeutete ihm mit schnellen Bewegungen der rechten Hand, die er nach oben geöffnet hielt, er solle sich sputen. Auf, auf! Und weiter.

»Und wie lange war Lyse dabei?«

»Bis sie etwa achtzehn war. 1994 wurde zwischen UNITA und Regierung der Friedensvertrag von Lusaka geschlossen. Der sah vor, dass beide Parteien abrüsten sollten. Doch zur Entwaffnung schickte Sawimbi nur Kindersoldaten und alte Männer mit kaputten Waffen.

Er traute Präsident Dos Santos nicht. Zu Recht! Lyse hatte Glück, weil sie durch eine portugiesische Hilfsorganisation nach Lissabon kam.«

»Und du?«

»Ich wurde nach Belgien geschickt, bin aber vor fünf Jahren wieder nach Luanda zurückgekommen.«

»Warum? Hat es dir in Belgien nicht gefallen?«

»Weil ich hier zu Hause bin. Und weil ich immer noch meine Familie suche, meine Eltern, wie Hunderttausende andere Angolaner. Wir sind ein Land von Flüchtlingen. Es kommen immer noch Menschen aus Zaire, dem Kongo, Sambia oder Südafrika zurück, weil hier ihre Heimat ist. Und sie kommen in Orte, in denen die Mauern zerschossen und die Menschen zerstört sind.«

Die Sonne sank im Westen hinter ein Wolkenband und färbte den Himmel plötzlich in strahlendes dunkles Rot. Rafael beschleunigte seinen Schritt. Und Jacques verstand, dass es bald Nacht werden würde und sie ein bisschen schneller gehen müssten. Er blieb einen Moment stehen und blickte zurück. Die Stelle, von der sie losgelaufen waren, konnte er nicht mehr erkennen.

»Kannst du nicht mehr oder warum bleibst du zurück?« Jacques eilte Rafael nach.

Es wurde schnell kalt und sehr dunkel.

So sehr er sich auch bemühte, er konnte Rafael auf der anderen Seite der Piste nicht mehr sehen. Die Nacht war wirklich pechschwarz. Sie würden weitergehen, wenn der Mond scheint.

Jacques zog seine Jacke an. Zu der »Überlebensstrategie«, die Rafael ausgegeben hatte, gehörte auch die Anweisung, sich in das von den Reifen gefahrene Bett zu legen und zu versuchen, ein wenig zu schlafen.

Der Boden fühlte sich hart an, aber nachdem Jacques sich einige Mal hin und her gewälzt und sich eine Kuhle zurechtgeformt hatte, spürte er nichts mehr.

Bilder jagten ihn, Bilder von Menschen: Lyse. Françoise Barda, Jean Mahon. Und immer wieder Lyse. Der Mi-17 auf dem Flughafen von Luanda. Lyse in ihrem großen Bett. Nackt, sie beide schweißgebadet. Er küsste ihren Fuß. Paul Mohrt. Das Glas. Mit dem Zeh von Lyse. Es war in seiner rechten Hosentasche. Jacques tastete danach. Ja, es war noch da. Er fror. Und war plötzlich ganz wach. »Rafael?«

Es war heller geworden. Über ihm standen Sterne so nah, wie er sie noch nie am Himmel gesehen hatte, höchstens im Planetarium von Paris. Als seine Klasse eine Schulreise in die Hauptstadt gemacht hatte, gehörte der Besuch im Grand Palais mit Besichtigung des Sternenhimmels zum Programm. Er hatte sich mit einigen Klassenkameraden auf den Teppichboden gelegt und nach oben geschaut. Aber im Planetarium war der Boden weniger hart gewesen. Und er hatte nicht so gefroren.

Jacques setzte sich schaudernd auf, schlug sich mit den Armen auf die Brust und rief noch einmal: »Rafael?«

»Bleibt, wo du bist. Ich hole dich ab.«

Rafael tauchte etwa zehn Meter von der Straße entfernt neben einem Busch auf und kam langsam einen Fuß vor den anderen setzend zu ihm.

»Komm, ich habe Wasser gesammelt. Spring auf meine Seite und nimm meine Hand. Komm ganz nah an mich heran. So, und tritt jetzt immer genau hinter meinen Fuß.«

Neben dem Wasserloch lag eine Mine.

Jacques erschrak, aber Rafael lachte nur. »Die habe ich entschärft.«

Jacques trank. Er hatte Hunger, sagte aber nichts. Fünf Minuten später waren sie wieder unterwegs. Rafael gab ein schnelles Tempo vor, sodass Jacques nach zehn Minuten die Jacke auszog, weil ihm heiß wurde. Hinter dem Gebirgszug im Osten stieg der Mond auf, zunehmend, fast voll.

Jacques konnte mit Rafael bald nicht mehr mithalten. Er war schon zweihundert Meter hinter ihm, als Rafael sich umschaute und stehen blieb.

»Geht's nicht schneller?«

Jacques holte auf. »Mein Schrittrhythmus ist ein wenig langsamer.«

»Aber sonst alles okay?«

»Jaja. Sonst bin ich gut eingelaufen.« Sie gingen weiter. In seiner Hosentasche berührte Jacques den kleinen Kristallflakon. »Weshalb hat Paul Mohrt den kleinen Zeh von Lyse in diesem Glas aufgehoben?«

Rafael schwieg so lange, dass Jacques glaubte, er hätte die Frage vielleicht gar nicht gehört oder wollte sie nicht wahrnehmen.

»Weißt du, an welchem Fuß das Glied fehlt?«

»Ja, rechts.«

»Du kennst sie sehr gut. Und sie dich. Weil du ihr sehr viel wert bist, hat sie mich gebeten, dir zu helfen. Und weil du naiv bist ...«

»Was heißt naiv?«

»... wie du hier eingeflogen bist, als seiest du der Unantastbare aus Paris, das nenne ich äußerst naiv. Und Lyse auch.«

»Und der Zeh?«

»Ich mach's kurz und schmerzhaft. Eine Frau ist für einen afrikanischen Krieger ein Gebrauchsgegenstand. Als einfacher Soldat kann sie töten wie Männer. Aber wenn die Männer eine Frau brauchen, gilt sie nicht mehr als Soldat. Ob es die Jungs unter den Kindersoldaten waren oder die Offiziere, jeder nahm sich unter den jungen Mädchen, was ihm gefiel. Manchmal kamen drei oder vier Jungs in einer Nacht. Und die Mädchen wussten meist nichts über das Geheimnis der Sexualität. Keiner klärt hier irgendjemanden auf. Und wenn ihnen mit zwölf oder dreizehn zum ersten Mal Blut an den Beinen hinunterläuft, rennen sie schreiend zum Sanitäter, der seine Witze vor allen macht. Kein Wunder, dass viele Kindersoldatinnen Kinder gebären.«

»Lyse auch?«

»Nein, Lyse nicht. Sie hatte ein wenig Glück. Sie und ich, wir hatten ein enges, ein sehr vertrautes Verhältnis. Eines Tages kam sie zu mir, ich war Unteroffizier, und schlug einen Handel vor. Ich solle sie vor den anderen Männern beschützen, dafür würde sie mit mir zusammen wohnen.«

»Sie war deine Braut.«

»Nein. Ich habe mich schon danach gesehnt. Aber ich hatte versprochen, sie zu beschützen. Und dann baute sie einen Mythos um sich auf, der einen noch größeren Schutz bedeutete. In Pungo Adongo regierte vor mehreren hundert Jahren die Königin Njinga, Herrscherin im Reich Ngol. Diese Königin ergab sich nicht der portugiesischen Kolonialmacht, deren Soldaten daraufhin Pungo Adongo einkesselten, belagerten und eroberten. Viele Ngol wurden getötet, andere in die Sklaverei verkauft. Nur Königin Njinga konnte mit einer Truppe von Amazonen und mehreren ihrer Ehemänner in die Pedras Negras flüchten. In einem der Felsen hat sie ihren Fuß wie einen Stempel hinterlassen. Und dieser Abdruck ist heute noch zu sehen. Er wird ehrfürchtig konserviert und die Frau, deren Fuß ganz genau in die Spur hineinpasst, in der – so will es die Legende – wird die Königin Njinga wieder erstehen. Als unsere Einheit dort lagerte und der Hauptmann uns alle zu der heiligen Stelle im Fels führte, trat plötzlich die kleine Lyse ruhig und aufrecht vor und stellte ihren nackten Fuß in die Felsspalte. Er passte, als handelte es sich um einen Abguss.«

Jacques war mit gesenktem Kopf gelaufen, den Blick auf den Boden einige Meter vor sich gerichtet.

»War's der rechte?«

»Der rechte Fuß. Ja.«

»Und der Zeh?«

»Der war damals noch dran. Wegen ihrer Verkörperung als Njinga galt Lyse von nun an als unantastbar. Nach dem Mythos darf sich die Königin ihre Ehemänner selbst aussuchen. Deshalb beanspruchte auch Lyse dieses Recht für sich, beziehungsweise – sie begründete damit ihren bewussten Verzicht. Sie wollte keinen Mann mehr spüren. Sie beanspruchte selbst Mann zu sein und Macht zu haben. Auch gegenüber eigenen Leuten, die nicht spurten. Da handelte sie gnadenlos. Aber mit sechzehn ließ sich selbst mit der unförmigen Militärkluft nicht verbergen, dass eine schöne Frau darunter steckte. Zu der Zeit erschien Paul Mohrt im Auftrag der französischen Regierung mit Waffen für Sawimbi. Hubschrauber, Mörser, Munition, sogar Laster. Der Franzose half mit seinem militärischen Wissen, und wir siegten und marschierten bis kurz vor Luanda. Für diesen Erfolg erbat sich Paul Mohrt dann eine Belohnung: Lyse. Doch selbst Sawimbi fühlte sich durch den Mythos der Königin Njinga gebunden und war nicht bereit, sie dem Söldner, als den wir Mohrt sahen, zu geben. Paul Mohrt aber ist ein gewissenloser Mensch. Und gehört einer gewissenlosen Nation an. Zuerst hat er uns kräftig unterstützt im Auftrag und mit dem Geld der französischen Regierung. Doch ein Jahr später hat er die Seiten gewechselt. Plötzlich half er der MPLA und der Regierungsseite, diesmal im Auftrag des französischen Geheimdienstes, also auch der französischen Regierung. So sah das doppelte Spiel Frankreichs aus.«

In seiner Spurrille lag ein Fels, den Jacques übersah. Er stolperte, fiel aber nicht. Rafael hielt kurz an, nahm aber das schnelle Lauftempo gleich wieder auf. Um ihn kurz zurückzuhalten, sagte Jacques: »Und was war mit Lyse und Paul Mohrt?«

»Du wirst gleich mehr wissen als dir lieb ist. Also: Mohrt hat uns mit unfairen Mitteln ausgetrickst, und zwar so: Die zivile Bevölkerung in dem von uns besetzten Gebiet erhielt regelmäßig Lebensmittel von internationalen Hilfsorganisationen, die unter anderem mit Hubschraubern von France-OIL eingeflogen wurden. Eines Morgens landeten wieder drei France-OIL-Maschinen und wir eilten fröhlich und unbewaffnet auf die Hubschrauber zu. Doch kaum hatten wir uns auf hundert Meter genähert, da stürmte Paul Mohrt und seine zusammengewürfelte Bande aus Söldnern und Regierungssoldaten heraus und schoss wie wild auf unsere Leute. Fünfzig Mann haben sie erwischt. Sie verjagten die Einheit in die Büsche und hielten nur Lyse zurück. Kurz vor Abend hoben die Hubschrauber wieder ab. Die zurückkehrenden Soldaten fanden Lyse in einem Zelt. Halbtot, nackt, missbraucht, gefoltert. In ihrem linken Auge steckte das Messer von Paul Mohrt. Und es fehlte das letzte Glied von ihrem kleinen Zeh.«

Jacques rührte sich nicht. Ihm war eiskalt. Er hatte das Gefühl, als zittere sein Herz.

»Rafael, war das Auge zerstört?«

»Ja. Sie trug eine Augenklappe, bis sie in Lissabon ein Glasauge bekam.«

Das fahrende Ungetüm

Donnerstag

Die Sonne stieg schnell hoch. Sie schien so hell, als hätte Kalunga sie wiedererweckt. Und sie wärmte und glänzte, so als hätte man sie gestern Abend in ein rotes Tuch gehüllt und in einen Baum gelegt. Jacques dachte aber auch an die Geschichte, die Lyse ihm über das Entstehen des Todes erzählt hatte, weil sie befürchtete, er könnte aus Angola nicht mehr wiederkehren.

Automatisch setzte er einen Fuß vor den anderen. Und dachte an Lyse. Die Kindersoldatin war eine andere Frau als die, die er kannte. Aber vielleicht könnte er auch diese andere lieben, die mit der Geschichte um das letzte Glied ihres kleinen Zehs vom rechten Fuß, den er in dem Kristallflakon in seiner rechten Hosentasche trug. Jacques tastete danach. Ja, er war noch da. Er könnte sich vorstellen, eine Zeit seines Lebens mit ihr zu teilen. Eine Zeit. Wie lange, würde sich zeigen.

In der Kühle der Nacht waren sie gut vorangekommen und hatten sich von dem Minenfeld etwa zwanzig Kilometer entfernt.

»Als Soldaten sind wir gut marschiert, wenn wir das Tempo ab und zu gewechselt haben: mal schneller gehen, mal laufen, mal langsamer. Und jede Stunde die berühmten fünf Minuten Pause, ob man sich müde fühlt oder nicht.«

»Laufen kann ich mit den klobigen Schuhen nicht«, Jacques ging es sowieso schon zu schnell. »Aber mal langsamer finde ich nicht schlecht.«
Rafael lachte.
Als sie nach der nächsten Pause aufstanden, zeigte er nach Norden. »Siehst du die großen schwarzen Berge dort hinten? Das sind die Pedras Negras.«
Die Gegend hatte sich langsam verändert. Zuerst waren nur ein paar kleine Büsche neben der Straße zu sehen, dann größere und hier und da ein Halm. Jetzt bedeckten dicke, grüngelbe Grashalme den Boden und weit verstreut standen hier ein dunkelgrüner Busch, dort sogar ein kleiner Baum. Aus dem Grün in weiter Ferne erhoben sich fünfzehn oder gar zwanzig riesig erscheinende Felsberge. Als die aufgehende Sonne ihr Licht schräg von Osten auf die Flanken der Granitklötze warf, wirkten sie gewaltig und fremd.
Die rotgelbe Piste zog sich als satter Farbstreifen dahin, ein wenig bergab, ein wenig bergauf, und verschwand schließlich hinter einer Kuppe.
Jacques blieb stehen und bewunderte das Bild.
»Die Hälfte des Wegs haben wir. Heute Abend könnten wir dort sein. Wenn nichts passiert. Komm, laufen wir los!«
Rafael hatte so viel Schwung, dass Jacques ein paar Schritte rennen musste, um ihn einzuholen.
»Wenn nichts passiert. Werden sie uns denn auf dieser Piste suchen?«
»Sie werden glauben, wir wären nach Süden gegangen, weil es dort sehr viel näher zum nächsten Dorf ist. Aber wenn sie uns dort nicht finden, werden sie in den Norden gehen.«
Plötzlich blieb Rafael stehen und horchte. »Ich höre

einen Motor. Aber das ist weder ein Hubschrauber noch ein Flugzeug.« Er legte die rechte Hand wie eine Muschel hinter sein großes Ohr und nickte. »Klingt wie ein Lastwagen.« Und während er die rechte Hand weiter an die Ohrmuschel hielt, hob er die linke mit ausgestrecktem Zeigefinger. »Wollen wir wetten, was für ein Fahrzeug es ist?«

»Ich habe keine Ahnung.«

»Ich wette, es ist ein Unimog.«

»Ich weiß weder, was ein Unimog ist, noch wie er klingt. Du gewinnst.«

»Unimogs sind phantastisch im Gelände. Die besten Laster, die du dir vorstellen kannst. Made in Germany! Wir hatten auch welche, aber frag mich nicht, wie die zur UNITA gekommen sind. Die Deutschen haben sich ja in unseren Bürgerkrieg nie eingemischt. Die haben ja auch keine eigenen Ölinteressen.«

Plötzlich streckte Rafael seine Rechte Jacques entgegen. »Hast du Geld dabei?«

Jacques zog seine Brieftasche aus seiner Hose. »Ja. Ein paar hundert Dollar. Und ein paar hundert Euro.«

»Nimm das Geld aus der Brieftasche und gib es mir. Aber lass zwei oder drei kleine Dollarscheine stecken. Mich wird keiner fragen, aber einen Weißen wie dich, der sich im Anzug in die Wildnis verlaufen hat, den hält jeder für so merkwürdig, dass er wie Freiwild behandelt werden darf. Das nur, damit du vorgewarnt bist. Je nach Lage werde ich gleich ein bisschen Abstand von dir nehmen. Vielleicht gehst du schon einmal langsam weiter. Ich bleibe und erforsche die Lage.«

Jacques ging ein paar Meter, doch dann drehte er um und kam zurück. »Ach lass mal, ich fühle mich besser bei dir.«

Eine ungeheuere Maschine bog mit lautem Lärm und hinter sich eine lange Staubwolke hoch aufwirbelnd um eine Biegung. Als sich das Ungetüm näherte, sah Jacques, dass der Motor frei über zwei Rädern lag, die wie Storchenbeine aus dem Gefährt hervorstachen. Durch eine zerborstene Windschutzscheibe sah ein schwarzer Fahrer mit einem Jimi-Hendrix-Wuschelkopf über das Lenkrad. Über Türen oder ein Dach verfügte der kleine Laster nicht mehr. Nur oberhalb der hinteren Räder war eine kleine Plattform, auf der vier kräftige Männer, drei schwarze und ein blonder Weißer, in wild zusammengewürfelten Kleidern saßen. Ein bisschen Tarnanzug, ein wenig Blaumann, ein bisschen karierter Stoff.

Das Skelett des Unimogs musste halten, weil Jacques und Rafael auf den beiden Reifenspuren der Piste standen. Der Fahrer wedelte zwar wild und laut schreiend mit einem Arm, sie mögen zur Seite gehen, aber Rafael schrie genauso laut zurück.

Kaum waren die Räder des Wagens zum Stillstand gekommen, sprang der Wuschelkopf bewaffnet mit einem langen, starken Stück Holz hinter dem Lenkrad hervor und spießte es mitten in den Motor. Im Leerlauf jault die Maschine laut auf, aber so geht sie wenigstens nicht aus, erklärte er später. Der Wagen sprang nur schwer an.

Das Palaver dauerte nicht lang, dann rief der Fahrer den Männern auf der Ladefläche etwas zu und Rafael gab Jacques einen Wink, mit aufzusteigen. Der Unimog fuhr wieder an.

Jacques stellte sich hinter das Fahrerhaus, band seine schmutzige Jacke mit beiden Ärmeln um einen Metallpfosten und hielt sich an einer Strebe fest. Neben dem Fahrer sah er drei große Batterien, die mit einem Wirrwarr von nackten Kupferdrähten miteinander verbunden schienen. Durch alle Ritzen konnte er die Piste sehen.

Plötzlich spürte Jacques eine Hand auf seiner Schulter. Der Blonde stand schwankend vor ihm und fragte ihn etwas auf Portugiesisch. Er schaute zu Rafael, der sich jedoch abgewandt hatte, als gehe ihn dies nichts an.

Jacques deutete mit beiden Händen gleichzeitig auf seine Ohren, zog die Mundwinkel nach unten und schüttelte den Kopf. Pantomimisch wollte er ausdrücken, dass er nichts verstand.

»Dollar? Escudos?« Einer der Schwarzen kam näher und streckte provozierend seine Hand aus.

Jacques zuckte mit der Schulter. Er hatte die Aufforderung, Wegezoll zu zahlen, verstanden und holte die Brieftasche hervor. Ohne sie zu öffnen, reichte er sie dem Wortführer, der sich wortlos umdrehte und wieder hinsetzte.

Die vier Männer lachten, als sie in der Brieftasche drei Scheine im Wert von je zwanzig Dollar fanden. Allerdings brach bald Streit aus: Drei Scheine waren schwer auf vier Leute zu verteilen.

Der Blonde stand auf, in der Hand die Brieftasche mit Jacques' Papieren und Kreditkarten, und kam wütend auf ihn zu. Wieder zuckte Jacques mit den Schultern. Dann krempelte er alle Taschen nach außen. Es war nichts mehr zu holen. Der Mann griff nach Jacques' Jacke, wühlte darin herum, ohne auch nur eine Münze zu finden. Dann sah er die Uhr, eine alte Girard Perregaux, viereckig mit römischen Ziffern. Jacqueline, mit ihrem Sinn für alte, wertvolle Objekte, hatte sie ihm in einem glücklichen Moment am Abend vor ihrer Hochzeit geschenkt. Der Blonde wollte sie Jacques vom Arm reißen, doch das Lederband hielt. Einen Moment, gestikulierte Jacques, dann schnallte er das Band auf und reichte die Uhr dem wütenden Mann. Der band sie sich mühselig um den rechten Arm, zog die Jacke an und steckte die Brieftasche ein. Dann setzte er sich zufrieden zu seinen Kumpanen, die ihm auf die Schultern schlugen, laut krakeelten und ihm zu erklären schienen, er wirke jetzt wie der große weiße Boss. Der drückte seine Brust heraus und führte die Hand vom Mund weg, als schmauche er eine dicke Zigarre.

Um ein wenig vom Fahrtwind zu profitieren, der den Staub nach hinten blies, stellte sich Jacques hinter den Fahrer. Er wollte wissen, wie schnell der Wagen fuhr, sah aber weder einen Kilometerzähler noch sonst Instrumente. Schnell ging es nicht voran, vielleicht fünfzehn oder zwanzig Stundenkilometer, aber das war vier- oder fünfmal so schnell wie zu Fuß. Und bequemer.

Nach einer halben Stunde versuchte er sich auf eine der aufgeladenen Kisten zu setzen, aber die Stöße der Schlaglöcher in der Piste taten ihm weh.

Seine vier Mitfahrer zeigten sich abgehärteter. Sie legten sich auf das schwankende Blech der Ladefläche, wurden hin und her geruckelt und schliefen.

Jacques sah zu Rafael, der seine Beine vom hinteren Rand der Ladefläche baumeln ließ, sich mit durchgedrückten Armen abstützte und in die Gegend blickte, aus der die Piste kam.

Wie würde er wohl diesen Schlamassel überstehen. Jacques glaubte immer noch, er würde bald aus einem Albtraum aufwachen. Er hatte als Richter schon in viele menschliche Abgründe geblickt, doch das, was er hier erlebte, erschien ihm fern jeder Wirklichkeit. Und niemand aus seiner zivilisierten Welt würde ihm glauben, wenn er darüber berichtete.

Rafael war sein einziger Zeuge.

Vielleicht würde ihn Sotto Calvi in der Öffentlichkeit als einen wahnsinnigen Richter verleumden, der vor keiner Lüge zurückschreckte, um einen ehrenhaften Bürger zu beschuldigen, den er auf anderem Wege nicht zu Fall bringen könnte.

Françoise Barda würde nur mit dem Kopf schütteln.

Selbst Kommissar Jean Mahon würde seinen Freund Jacques freundschaftlich zur Mäßigung auffordern.

Ganz zu schweigen von seiner Präsidentin Marie Gastaud.

Aber Lyse wurde ihm glauben.

Und wahrscheinlich Margaux.

Vielleicht könnte er mit Hilfe der Medien weiterkommen. Obwohl sich die Presse seiner meist kritisch annahm. Aber in diesem Fall war er das arme Schwein, mit dem sich die Journalisten solidarisieren könnten.

Die Pedras Negras näherten sich, wurden langsam größer, die Büsche standen immer enger beieinander, bald wuchsen links und rechts der Piste hohe Sträucher und vier oder fünf Meter hohe dürre Bäume, fast ein Wald, aus dem eine Brise angenehme Kühle herauswehte. Das war der Moment, in dem Touristen die Kamera zücken.

Ein leiser Pfiff weckte Jacques aus seinen Träumen. Er drehte sich um und sah, wie Rafael ihn vorsichtig mit der Hand zu sich winkte, und gleichzeitig mit dem Zeigefinger auf den Lippen andeutete, er solle die vier Kerle nicht wecken.

Jacques stieg über sie hinweg, während Rafael sich langsam von der Ladefläche auf die Piste herabließ und ihn drängte sich zu beeilen.

Der Unimog fuhr so langsam, dass Jacques das Absteigen nicht schwer fiel.

Sofort stand Rafael neben ihm. »Achtung. Da hinten kommt mindestens ein Hubschrauber.«
»Bist du sicher? Ich hör nichts.«
Doch ein Blick auf Rafaels zorniges Gesicht ließ Jacques verstummen. »Wir müssen uns sofort verstecken. Unter einen Busch. Bleib drei Meter hinter mir und tritt nur in meine Fußstapfen!«
»Und die Minen?«
»Ist jetzt scheißegal. Der Hubschrauber ist noch tödlicher!«
Als sie unter einem dichten Strauch auf dem Bauch lagen, schmeckte Jacques Blut. Er fuhr sich mit der Hand über das Gesicht und stellte fest, dass die Dornen auch an seinen Armen und Händen kleine blutende Ritzen hinterlassen hatten. Aber er spürte nichts. Und hörte nichts außer dem Lärm des sich langsam entfernenden Unimog.
Doch bald mischte sich das schlagende Tuckern eines Hubschraubers hinein. Zwei Hubschrauber zeigte Rafael mit seinen Fingern an. Und – bleib flach liegen! Jacques hätte laut reden können ohne gehört zu werden, so dröhnten die Rotoren, doch die Angst ließ ihn erstarren. Rafael nickte ihm mit einem freundlichen Lächeln zu und griff nach seinem Handgelenk, als wollte er ihm Mut einflößen. Der große Mann wirkte entspannt, als erlebte er solche Situationen täglich.
Zuerst konnte Jacques das laute Zischen nicht deuten, dann sah er eine Rakete die Piste entlang fliegen, die Ladefläche des Unimogs hochheben und mit einem dumpfen Geräusch explodieren. Die vier Männer hatten sich aufgesetzt, als sie den Lärm der Hubschrauber hörten. Der Blonde, der Jacques' Jacke trug, wirkte lä-

cherlich, wie eine Witzfigur. Wir fahren im Anzug durch die Wüste.

Das Feuer, das die Explosion auslöste, verschluckte alle vier.

Einer der beiden Hubschrauber trug die Zeichen der angolanischen Armee, auf dem anderen prangte der Schriftzug France-OIL auf der Tür. Als die Mi-17 landeten, wirbelte Staub auf wie bei einem Sandsturm. Mit Maschinenpistolen bewaffnete Soldaten sprangen heraus, begleitet von Paul Mohrt, der Anweisung gab, das Feuer zu löschen.

Die Körper der verbrannten Leichen auf der Ladefläche waren aufgedunsen, die Beine und Arme hatten sie, wie auf dem Rücken liegende tote Käfer, von sich gestreckt. Paul Mohrt deutete auf zwei der Leichen und ließ sie vom Wagen herunterwerfen. An einem waren noch die Reste von Jacques' Anzugjacke zu erkennen. Paul Mohrt bückte sich und zog die fast intakte Brieftasche heraus.

Auf seinen Befehl hin holte ein Soldat zwei Plastik-Leichensäcke aus dem Hubschrauber der Armee, und die beiden Leichen wurden eingepackt. Jacques glaubte das Geräusch zu hören, als die dicken Reißverschlüsse zugezogen wurden.

Paul Mohrt zündete sich eine Zigarette an, klopfte einem Offizier auf die Schulter und rief mehrere Soldaten zu sich. Sie schienen sich zu beraten, dann wurden die Leichensäcke in den Hubschrauber von France-OIL geladen, und Paul Mohrt hob mit seiner Last ab.

Sofort brachten Soldaten einige Kisten aus ihrer Kabine und machten sich an der rechten Seite des ausgebrannten Unimogs zu schaffen.

Jacques fragte leise: »Was machen die jetzt?«

»Die räumen die Piste, indem sie den Wagen nach links wegsprengen. Dann wirkt es so, als wäre er auf eine Panzermine gefahren. Und das verwundert hier keinen. Weshalb auch niemand Fragen stellen wird. Das gehört einfach zum Alltag.«

Der heiße Luftstoß drang bis zu Jacques unter den Strauch. Der Unimog flog rumpelnd zur Seite zwischen das Buschwerk und die Piste lag wieder frei da. Einige Minuten später hob auch der Hubschrauber der Armee ab. Und kaum war sein Rotorengeräusch verklungen, hörte Jacques die Natur zurückkehren. Zuerst in Form von Mücken, dann von Vögeln, und endlich von Wind.

»Und was machen wir jetzt?«

»Wir bleiben hier in unserem Bunker, bis es dunkel wird. Du weißt nie, ob die nicht noch einmal vorbeikommen. Und nochmal werden wir nicht solch ein Glück haben.«

»Ob die glauben, unsere Leichen mitgenommen zu haben?«

»Deine sicherlich. Schließlich war der eine weiß und trug deine Jacke und deine Papiere. Paul Mohrt hat jetzt, was er braucht. Zwei Opfer eines Hubschrauberabsturzes, die bei dem Unglück leider verbrannt sind. Wahrscheinlich fliegt er noch einmal zurück zu der Stelle, an der er uns abgesetzt hat und zündet das Wrack des Hubschraubers an, damit er erklären kann, weshalb seine beiden Leichen verbrannt sind.«

»Ist damit die Gefahr für uns vorbei?«

»Ein bisschen. Aber wirklich nur ein bisschen. Denn wir müssen erst einmal irgendwohin kommen, wo Freunde sind. Mit dem Unimog haben wir gute Strecke gemacht. Aber es sind immer noch fünf oder sechs Kilometer bis zum Kwanza-Fluss. Den müssen wir irgendwie überqueren, und dann bleiben noch einmal zehn Kilometer durch die Pedras Negras bis Pungo Andongo. Vielleicht schaffen wir es heute Nacht bis zum Kwanza und vielleicht auch noch rüber. Versuch jetzt einfach zu schlafen. Ich grabe so lange nach Wasser.«

Frisch geduscht, frisch rasiert, ein Steak mit kross gebratenen, gut gesalzenen Pommes frites, ein kühles Bier. Dann plötzlich der unerträgliche Schmerz. Paul Mohrt schrie ihn an. Wo ist Lyse? Und der Folterer steckte eine glühende Nadel in seinen Arm.

Jacques stöhnte auf, wand sich und schrie. Die Stacheln des Busches, unter dem er lag, drangen in seinen Arm, das hatte ihn geweckt. Er war erschöpft. Mühsam legte er sich flach auf den Bauch und schaute sich um.

Die Sonne stand tief über dem Horizont. Die Luft war kälter geworden.

Rafael saß am Rand der Piste und schabte mit seinem Messer die Rinde eines Holzstückes ab. Stöhnend kroch Jacques heraus, dehnte seine Muskeln, die sich hart und müde anfühlten. In dem Loch von Rafael hatte sich ein halber Eimer Wasser gesammelt. Jacques trank und konnte nur mit Mühe dem Drang widerstehen, sich in dem Nass sein unrasiertes Gesicht zu waschen. Dann reichte ihm Rafael drei gelbliche Knollen.

»Hier, die kannst du essen. Eine Wurzel, die gar nicht schlecht schmeckt. Ein bisschen süßlich.«

Sie liefen, solange das Licht es erlaubte. Warteten im Dunkeln bis der Mond aufging. Gegen Mitternacht erreichten sie das flache Ufer des Kwanza. Aufseufzend ließ Jacques sich in das tiefe Gras fallen, zog die Beine an und lockerte die Schnürsenkel.

»Leisten wir uns erst einmal ein Bad?«
»Das haben wir verdient.«
»Kann man hier schwimmen, oder gibt es Krokodile oder irgendwelchen gefährlichen Fische?«
»Die mögen nur das Fleisch vom weißen Mann!«
Rafael lachte, zog sich aus, rannte los und sprang in den Fluss. Jacques sah ihm hinterher, fast ein bisschen neidisch. Der Körper dieses Mannes schien einfach makellos zu sein. Ob Lyse sich davon wirklich nicht beeindrucken ließ? Wo die Königin Njinga ihren Ehemann doch aussuchen durfte?

Das Wasser war angenehm frisch. Jacques fühlte, wie sich seine Muskeln entspannten. Er schwamm einige hundert Meter gegen die leichte Strömung und ließ sich wieder zurücktreiben. Er tauchte unter, rubbelte sich die Haare, wusch mit den Händen das Gesicht. Prustend kam er wieder hoch und erschrak, als er fünf junge Männer mit Rafael am Ufer stehen sah. Drei trugen Maschinenpistolen, zwei schienen unbewaffnet. Immerhin hielten sie die Waffen nicht im Anschlag, sondern geschultert. Rafael stieg ungezwungen in seine Hose, als hätte er gerade geduscht. Und als Jacques sah, dass er ihm winkte, aus dem Wasser zu kommen, nahm er all sein Selbstbewusstsein zusammen, ging nackt zu dem Häufchen Kleider und zog sich an, nass wie er war. Er hörte Rafael und die Männer lachen und beobachtete, wie sie sich gegenseitig auf Arme und Schultern klopften, männliche Gesten, die ihm nicht fremd waren.

Als Rafael ihn vorstellte, streckten die Männer ihm die Hände entgegen, er schüttelte sie und sagte bonsoir, um nur irgendetwas zu sagen. Alle lachten und dann erklärte ihm Rafael, worüber sie geredet hatten, und die Männer lachten wieder.

»Mach dir keine Sorgen, die stehen auf unserer Seite. Sie haben auf den Unimog gewartet, der ihnen Munition liefern sollte. Ich habe ihnen von dem Angriff erzählt und warum wir überlebt haben. Sie wollen uns helfen, hier wegzukommen. Es hat aber keinen Sinn, weiter nach Pungo Andongo zu laufen. Die ganze Gegend um den Ort ist noch so stark vermint, dass sich keine Hilfsorganisation dorthin traut. Vor drei Wochen ist ein Vierradantrieb des World-Food-Program in Kahuhi, einem kleinen Dorf vor Pungo Andongo, auf eine Mine gefahren. Drei Helfer kamen dabei ums Leben. Also müssen wir unseren Plan ändern. Meine Freunde werden uns mit einem Boot bis kurz vor Malanje mitnehmen. Das ist nicht schlecht, denn Malanje gehört noch zum ehemaligen Gebiet der UNITA und ist Provinzhauptstadt. Und dort gibt es ein Auffanglager für Kinder von UNICEF und, noch besser, einen Flughafen, auf dem Hilfsflüge landen und starten.«

Jacques' Tod

Freitag

Mu tunda, tu an' a nguvu; Mu ngela, tu an' a Nguvulu.«

Der neben ihm sitzende junge Mann redete auf ihn ein, aber Jacques verstand kein Wort.

Rafael drehte sich zu seinem Schützling um. »Er meint, im Osten sind wir Kinder des Flusspferdes, im Westen sind wir Kinder des Gouverneurs. Mit diesem Sprichwort erklären die Leute aus Malanje, weshalb sie stets gegen die Regierung opponieren, ganz gleich, wer in Luanda Nguvulu ist.«

»Nguvulu?«

»Das war das Wort für den portugiesischen Gouverneur in Luanda. Luanda bedeutet auch flussabwärts. Das Sprichwort spielt mit der Ähnlichkeit der Worte nguvu und nguvulu. Das erste bezeichnet den König der Flüsse, Hippo, und das zweite den Herrscher über die Menschen. Östlich von Malanje fließt der Kuangu, in dem viele Flusspferde leben. Vom Westen schickt die Regierung Soldaten, um uns zu unterdrücken.«

Gegen Mitternacht waren Jacques und Rafael in ein sechs Meter langes, verbeultes Aluminiumboot gestiegen. Zwei ihrer Begleiter hatten sich neben den Außenbordmotor, zwei auf die Bank zu Jacques gesetzt, der fünfte hockte sich mit entsicherter Maschinenpistole ganz nach vorn. Als der Motor mit Getöse ansprang und das Boot mit großer Geschwindigkeit flussaufwärts schoss, wurde Jacques nervös. Aber Rafael beruhigte ihn. »Es gibt zwei Gründe, weshalb wir bis Malanje sicher sind, auch vor den Soldaten der regulären Armee. Die haben, besonders nachts, nämlich vor zwei Dingen Angst. Einmal vor den Ehemaligen der UNITA und zum zweiten vor den Kilundu.«

»Was, bitte, sind Kilundu?«

»Kilundu sind die Geister der Natur, die einem Stammesfürsten Kraft geben und ihre unbändige Kraft zeigen, die etwa im Wasser oder im Wind steckt. Sie können mit einer Flut Dörfer wegwischen oder mit einem Wirbelwind Bäume ausreißen. Aber die Kilundu sind auf unserer Seite.«

Rafael schaute Jacques mit unbewegter Miene in die Augen, und der Richter aus Paris wusste plötzlich nicht mehr, ob auch dieser Mann aus Angola, der in Belgien studiert hatte, an die Kilundu glaubte. Aber schaden können sie nicht, die Kilundu, hier draußen in der afrikanischen Unwirklichkeit. Er selbst bezeichnete sich gern als geistigen Anhänger Descartes' und zitierte dann dessen Erkenntnis über das Denken als Beweis für das Sein. Aber vielleicht bestimmen die Kilundu, was er im Augenblick erlebte. Mit cogito hatte es nur noch wenig, vielleicht gar nichts zu tun.

Gegen drei Uhr bog die Aluminiumschale in einen schmalen Fluss ein und der Bootsführer drosselte den Motor.

Der Fahrtwind ließ nach, was Jacques, der in den Resten seines ehemals blauen Hemdes entsetzlich fror, als Wohltat empfand.

Der Mann am Bug zog ein Ruder unter seiner Bank

hervor und hielt es vor sich ins Wasser. Ab und zu rief er ein paar Worte nach hinten und machte mit der Hand Zeichen nach Back- oder Steuerbord, woraufhin das Boot in die angewiesene Richtung schwenkte. Einige Male schleifte der flache Rumpf über den Boden. Schließlich legte das Boot an einer Furt an, die durch den Fluss zu führen schien. Mit großem Lärm verabschiedeten die fünf Männer Jacques und Rafael, drehten das Boot und fuhren den Weg zurück, ohne sich noch einmal nach ihren Passagieren umzusehen.

»Komm!« Rafael lief sofort mit schnellem Schritt den Weg zum Ufer hinauf. »Komm schon. Wenn wir uns beeilen, dann erreichen wir das UNICEF-Lager noch, bevor die Sonne aufgeht.«

Jacques' Beine schienen ihm schwer wie Blei und biegsam wie Gummi. Während der Bootsfahrt hatte er sich ein wenig erholt, aber die Kilundu hatten offenbar die Spannung aus seinem Körper gesogen.

Rafael griff in sein Hemd und zog das Medaillon hervor. »Hoji ikola. Der Löwe ist stark, hat Lyse gesagt. Wo hast du dein Medaillon?«

Mit einem Seufzer griff Jacques in die rechte Hosentasche, wo die Finger auf das Glas mit dem vertrockneten Zeh stießen. Er sah Paul Mohrt vor sich. Den Folterer, den Mörder. Er tastete die linke Tasche von außen ab, spürte nichts, eine Hitzewelle durchfuhr ihn. Es wäre ein furchtbares Zeichen, hätte er das Symbol von Lyse verloren. Voller Panik schlug er mit beiden Händen auf die hinteren Taschen, links spürte er etwas Hartes und zog das Medaillon hervor.

»Ukamba ukola.« Er erinnerte sich an das Losungswort. Und fühlte für einen Moment Lyse in seinen Armen, wie vor einer Woche, als sie ihm das Medaillon schenkte. »Die Freundschaft ist so stark wie der Löwe.«

Er lächelte erleichtert, der Schreck hatte ihm neue Kraft gegeben. Hoji ikola; ukamba ukola. Er hielt das Medaillon hoch und lief schnell den Hang hoch. Vier bis fünf Kilometer dürften es bis zum Lager sein, sagte Rafael, also eine bis anderthalb Stunden Fußmarsch.

Sie schafften den Weg in fünfundfünfzig Minuten.

Jacques sah sich an einem Holztisch sitzen, eine Tasse Kaffee trinken. Ein belgischer Arzt redete mit ihm. Aber Jacques konnte die Worte nicht hören. Er lag zu weit weg in einem Bett. Blutrot war die Sonne eben aufgegangen. Doch schwarz begegnete ihm die mondlose Nacht.

Sonntag

Das Journal de Dimanche widmete dem in Angola verunglückten Untersuchungsrichter Jacques Ricou seine Schlagzeile und die erste Doppelseite. Noch einmal druckten sie das Foto, auf dem Amadée dem überraschten Jacques auf Martinique einen Kuss gibt, und noch einmal stand darunter: »Richter küsst Witwe des vermeintlichen Mörders«. Das hatte den Richter aus Paris damals fast den Kragen gekostet und extrem behindert bei seinen Untersuchungen in Sachen illegale Finanzierung der Partei des Staatspräsidenten. In seinem Nachruf in der Zeitung wurde er jetzt hoch gelobt. Als einsamer Kämpfer gegen die Korruption im Staat.

Unerbittlich sei er im Amt gewesen. Aber er habe

bescheiden in Belleville ein Zweizimmerappartement bewohnt. Und persönlich sei er ganz anders, was drei Bilder belegen sollten. Jacques im Smoking mit der vornehmen Jacqueline im Abendkleid. Jacques mit Margaux beim Verlassen von Chez Edgar, das inzwischen geschlossen hat, und Jacques mit Amadée, dem wunderschönen kreolischen Geschöpf – ein Paparazzifoto, aufgenommen vor dem Bistro l'Auvergnat am Boulevard de Belleville.

In einem eingeklinkten Kasten war ein Telefoninterview mit Sotto Calvi abgedruckt. Die Reporterin hatte ihn auf dem Weg nach Paris in Lissabon erreicht. Calvi gab sich unschuldig. Er sei zutiefst betroffen, er selbst habe den Richter aus Paris zu dem Hubschrauberausflug eingeladen. Denn am Tag zuvor habe er, Sotto Calvi, bei einem Gespräch in der Botschaft der Republik Frankreich gegenüber dem Richter alle Anschuldigungen entkräften können. Ein Konsularbeamter sei anwesend gewesen und habe Protokoll geführt, das sicherlich dem Gericht in Paris zugeleitet würde. Der Hubschrauberabsturz sei tragisch. Fünf Tote seien zu beklagen, zwei der besten Piloten von France-OIL, ein Mitglied der Botschaft, schließlich Jacques Ricou und sein Dolmetscher. Alle fünf seien beim Absturz verbrannt.

Der Gerichtspräsidentin Marie Gastaud hatten die Journalisten des Journal de Dimache einige Sätze höchsten Lobes und ergriffener Trauer entlockt.

Der belgische Arzt saß auf einem Holzstuhl am Kopfende des Krankenhausbettes und drehte langsam an dem Rädchen, das die Zufuhr von Flüssigkeit in Jacques' linken Arm regelte. An den Füßen trug Marc Vandooren hoch geschnürte, kräftige Wildlederschuhe, darüber Jeans und über allem einen weißen Kittel.

»Haben Sie Wasser aus dem Fluss getrunken?«

»Das kann schon sein. Wir haben darin gebadet, nachdem wir zwei Tage gelaufen sind.« Jacques fühlte sich schwach. Seine Eingeweide rebellierten. Alles schmerzte. Der Kopf, die Augen, jedes Gelenk.

»Wir müssen verhindern, dass Sie austrocknen. Über den Tropf erhalten Sie eine Elektrolyt-Lösung, aber Sie selbst müssen auch viel trinken. Außerdem bekommen Sie noch vier Tage lang Antibiotika, dann dürften Sie wieder auf dem Damm sein. Den ersten Schub haben wir Ihnen gestern schon verpasst, als Sie kurz nach Ihrer Ankunft zusammengeklappt sind.«

Jacques fiel bei den letzten Worten wieder zurück in den Halbschlaf.

Montag

»Geht's besser?« Rafael stand am geschlossenen Fenster, die Hände auf die Bank gestützt.

»Es ist kalt. Ich friere.« Jacques zitterte. Er lag unter einem groben Leinenlaken und einer Decke aus grünlichem Militärfilz.

»Ich hol dir noch eine Decke.«

Nach zwei Minuten kam Rafael zurück und breitete ein Antilopenfell über dem Bett aus. »Das wird dich wärmen, selbst wenn es ein bisschen schwerer ist.« Er zupfte das Fell fürsorglich zurecht. »Übrigens habe ich gute Nachrichten. Für das Ende der Woche wird ein Transporter erwartet, der Kinder nach Deutschland zur

Behandlung fliegen soll. Mit dem werden wir dich rausschmuggeln.«

»Was heißt: Kinder nach Deutschland fliegen?« Jacques versuchte, sich auf die Ellenbogen zu stützen, um Rafael besser sehen zu können. Es strengte ihn zu sehr an.

»In diesem Lager versammelt UNICEF Kinder aus der ganzen Provinz Malanje, die durch Minen verletzt wurden. Jede Woche werden noch hundertfünfzig bis zweihundert neue Opfer eingeliefert. Vandooren und seine Mannschaft operieren täglich. Mal muss ein Arm amputiert werden, mal ein Bein, mal beide Beine. In ganz Angola kannst du Hunderttausende Kinder und Frauen mit Amputationen finden. Wenn die Kinder hier einigermaßen geheilt und transportfähig sind, werden die Glücklichen unter ihnen nach Europa geflogen und erhalten dort Prothesen. Und diese Prothesen müssen jedes Jahr, am besten sogar alle sechs Monate, erneuert werden, weil die Kinder wachsen. So ist das.«

»Und wie wollt ihr mich unter diese Kinder schmuggeln?« Jacques seufzte. »Hast du Lyse darüber informiert, dass wir leben? Oder kann ich telefonieren?« Er würde so gern ihre Stimme hören.

»Du bist tot. Von hier aus kann man sich nur per Funk mit anderen UNICEF-Stationen unterhalten. Es wäre viel zu gefährlich, wenn du mit irgendwem Kontakt aufnehmen würdest. Auch hier wissen nur so wenige wie nötig von deiner Anwesenheit. Ich habe Vandooren ein wenig eingeweiht, und er wird dir helfen, unerkannt nach Europa zu kommen.« Das helle Licht, das durch das Fenster schien, machte aus Rafael einen dunklen Schatten, um den sich ein Strahlenkranz zu schmiegen schien.

»Und du?« Jacques schloss die Augen. Konnte der Engel Rafael nicht böse Geister besiegen? In der Bibel war der Engel Rafael beauftragt worden, Tobias zu helfen, die Jungfrau Sara, deren sieben Bräutigame jeweils in der Hochzeitsnacht ermordet worden waren, von ihrem Fluch zu erlösen und für sich zu gewinnen. Rafael heißt »der Gott heilt«.

»Ich gehöre in mein Volk.«

»Du gehörst in den Himmel.«

Die Rückkehr

Sonnabend

Die frisch gebügelte Hose und ein Sweatshirt, das gefaltete Hemd, selbst die Unterwäsche und die Baseballkappe waren hellblau. Am linken Ärmel und über dem Schild der Kappe prangte das Logo: UNICEF.

Jacques zog sich an. Er hatte die Hütte in den letzten Tagen nur ein paar Mal nachts für einen kurzen Spaziergang verlassen und fühlte sich immer noch ein wenig wackelig auf den Beinen. Allmählich aber begann er aus seinem angolanischen Albtraum aufzuwachen.

Rafael reichte ihm eine Ray-Ban-Pilotenbrille mit silbern verspiegelten Gläsern. »So siehst du aus wie einer, der eben mal aus Europa eingeflogen ist. Die Kinder sind übrigens schon mit dem Bus losgefahren. Damit du nicht auffällst, bringt dich Marc Vandooren gemeinsam mit zwei weiteren UNICEF-Begleiterinnen in seinem Wagen zum Flugzeug.«

»Brauche ich nicht irgendwelche Papiere?« Jacques setzte die Brille auf und Rafael lachte laut. »Jetzt tritt der französische Aktenhengst wieder zu Tage! Wenn die Uniformierten in dem Flugzeug einen Weißen sehen, dann reicht ihnen ein Blick auf deine Sonnenbrille, die beweist, dass du wichtig bist. Außerdem wirkt die UNICEF-Kleidung wie ein Ausweis.«

»Und was machst du jetzt?«

»Ich tauche bei den Flusspferden unter. In Luanda sollte ich mich eine Weile nicht mehr blicken lassen. Schließlich bin auch ich tot!« Wieder lachte er. »Mach dir keine Gedanken. Ich lass irgendwann über Lyse von mir hören.« Er griff mit der Hand in sein Hemd und zog die Kette mit dem Medaillon über den Kopf. »Gib das Lyse als Zeichen von mir. Es verbindet jetzt euch beide. Du hast es dir redlich verdient.« Rafael streckte ihm die Hand entgegen. Und als Jacques sie ergriff und kräftig drückte, spürte er, dass seine Augen feucht wurden. Er packte den großen Mann mit beiden Händen an den Schultern und umarmte ihn.

»Danke. Hoja ikola.«

»Ukamba ukola!«

Von oben gesehen, im Licht der Abendsonne, wirkten die Pedras Negras wie große, helle Steine, die ihren dunklen Schatten auf einen grünen Grund werfen. Jacques sah das Bild noch ein letztes Mal aus der Luft, als die Chartermaschine eine Schleife nach Westen flog, dann nordwärts drehte und schnell an Höhe gewann. Und der Fluss, der sich unterhalb der Steine entlang schlängelt, wird der Kwanza sein, dachte er.

Sein letztes Quäntchen Angst war erst gewichen, als der Airbus abgehoben hatte. Jetzt, in der Kabine des Flugzeugs, fühlte er sich geborgen und in Sicherheit.

Die achtzig Kinder in den Sitzen hinter ihm schnatterten laut. Sie wurden von vier angolanischen Krankenschwestern und von drei Mitarbeitern der deutschen Hilfsorganisation »Friedensdorf international« betreut. Es fiel Jacques schwer, die Kinder anzuschauen. Alle waren verstümmelt. Die Ärztin auf der anderen Seite des Ganges vertiefte sich gerade in einen Haufen Papiere, wahrscheinlich die Krankenakten der Kinder.

Jacques erhob sich und stellte sich in den Gang. Er wollte mit jemandem reden. Als die Ärztin aufschaute, seinem Blick begegnete und ihm zulächelte, fragte er sie gleich, ob sie französisch spreche. Nein, aber englisch. Er beugte sich zu ihr und erklärte, dass er nur Gast auf diesem Flug sei und trotz seiner Kleidung nicht zur UNICEF gehöre. Sie nickte.

»Wohin kommen die Kinder denn?«

»Vom Flughafen in Düsseldorf werden sie zuerst zum Friedensdorf nach Oberhausen gebracht.«

»Pardon. Und wo liegt Oberhausen?«

»Im Ruhrgebiet. Dort werden die Kinder noch einmal gründlich untersucht. Viele leiden zusätzlich an Knochenentzündungen als Folge mangelnder Hygiene nach Brüchen oder anderen Verletzungen. Und dann werden sie auf verschiedene Krankenhäuser in Deutschland verteilt. Aber sobald sie gesund sind, fliegen sie wieder zurück nach Angola.«

»Wäre es nicht besser, sie blieben in Europa?«

»Nein, um Gottes willen. Das ist eine sehr europäische Einstellung. Die Kinder wollen zurück zu ihren Eltern, zu ihren Familien, in ihre Heimat. Und dort gehören sie auch hin.«

Sie nahm die Akten von dem Sitz neben ihr und bedeutete ihm, sich zu setzen.

»Und was treiben Sie, wenn Sie nicht zu UNICEF gehören, aber dennoch so gekleidet sind?«

Er stotterte, lachte, schüttelte den Kopf, sagte nur: »Ich bin französischer Beamter, und habe eine wilde Geschichte erlebt, die ich selbst kaum glaube. Ich bin durch Zufall in Malanje gestrandet und komme so am besten wieder nach Hause.« Das war knapp, aber er wollte nicht mehr erzählen.

Vor den Fenstern wurde es Nacht.

Später half Jacques den Betreuerinnen, Tabletts mit Abendessen an die Kinder auszugeben, und als das Licht gedämpft wurde, verteilte er Decken, nahm sich selber eine und schlief bis zur Landung in Düsseldorf.

Sonntag

Uniformen ersetzen nicht nur Ausweise, sondern auch Kreditkarten. Niemand hatte Jacques auf dem Flugfeld von Malanje nach einem Papier gefragt, niemand kontrollierte ihn, als er das Flugzeug in Düsseldorf verließ. Die Maschine war um halb fünf Uhr morgens bei kräftigem Schneetreiben gelandet, die Busse für die Kinder standen bereit. Er bedankte sich bei der Crew, bei der Ärztin, den UNICEF-Begleiterinnen, aber niemand kümmerte sich um ihn.

Im menschenleeren Flughafen entdeckte er einen Aufzug ins Arabella-Hotel, wo er sich am Empfang als UNICEF-Mitarbeiter ausgab, dessen Koffer und leider auch dessen Aktentasche mit allen Papieren erst im Lauf des Tages eintreffen würden. In der großen Empfangshalle, die im fünften Stock über einem Parkhaus lag, herrschte Totenstille, der Nachtportier notierte seinen Namen und erklärte ihm in fließendem Französisch den etwas komplizierten Weg zu seinem Zimmer.

Die Uhr auf dem Nachttisch zeigte Viertel nach fünf; zu früh, um irgendwen anzurufen. Trotzdem versuchte er es bei Lyse: Der Anrufbeantworter sprang an.
Sie wird noch schlafen.
Er versuchte es auf ihrem Handy: Die Mailbox meldete sich.
Am Abend könne er in Paris sein und Lyse ... er stockte. Nie mehr würde er ihr sagen können, lass mich nach deinem kleinen Zeh suchen. Sagen nicht, aber suchen könnte er immer noch.
Er kramte die kleine Kristallflasche und die beiden Medaillons aus den Hosentaschen hervor und legte sie auf den Nachttisch.
Es war kalt.
Jacques ließ das Badewasser einlaufen, so heiß wie erträglich, bestellte sich danach ein Frühstück mit zwei Spiegeleiern und Speck, legte sich schließlich ins Bett und stellte den Wecker auf neun Uhr.

Lyse schien nicht zu Hause zu sein. Jacques ließ es mehrmals so lang läuten, bis der Anrufbeantworter ansprang. Dann wählte er die Privatnummer von Jean Mahon und hörte nach einem Klingelton mehr ein kräftiges Stöhnen denn ein Wort aus dem Hörer.
»Jean?«
»Oui, c'est qui? – Wer ist das?«
»Jean, das ist Jacques. Ich rufe aus Düsseldorf an.«
»Jacques? Welcher Jacques?«
»Sag mal, schläfst du noch? Ton copain, le juge d'instruction Jacques Ricou, der Richter aus Paris.«
Schweigen.
»Jean? Wach auf. Du musst mir helfen. Ich sitze in Düsseldorf in einem Hotel am Flughafen und habe we-

der einen Cent noch irgendein Papier. Ich habe weniger als ein Penner.«

»Das klingt tatsächlich nach deiner Stimme. Aber du bist doch tot!«

Jacques lachte zum ersten Mal seit langem so laut, dass er sich fast verschluckte.

»Dann hat unser Verwirrspiel ja geklappt. Hör mir bitte zu und stell jetzt keine unnötigen Fragen. Ich habe weder Geld noch eine Kreditkarte. Gekleidet bin ich wie der Beauftragte einer Hilfsorganisation in Angola. Ich habe noch nicht einmal einen Mantel. Und hier bei den Teutonen ist es unter null Grad kalt. – Wie ist das Wetter denn in Paris?«

»Beschissen. Ich hole dich mit dem Wagen ab. Nach Düsseldorf fahre ich vier Stunden. Vielleicht gebe ich ein bisschen Gas. Beweg dich nicht aus deinem Zimmer. Bitte, bleib erst einmal tot.«

»Weißt du, wo Lyse ist?«

»Wir waren vorgestern, am Freitag, zusammen bei der offiziellen Trauerfeier für dich. Sie war tapfer. Ich finde, sie ist eine bewundernswerte Frau. Aber es ist besser, du versuchst dich ein paar Stunden zurückzuhalten, bis wir miteinander gesprochen haben. Auch hier ist einiges passiert.«

»Auch mit Lyse?«

»Auch mit Lyse!«

»Beeil dich und bring mir Klamotten zum Anziehen mit. Ich friere.«

»Unter welchem Namen hast du das Zimmer gemietet?«

»Jacques Ricou. Hotel Arabella im Flughafen! Zimmer 418.«

»Ob das klug war, deinen Namen zu benutzen, weiß

ich nicht. Aber nun gut, jetzt ist es zu spät. Ich sause gleich los.«

Als sie bei Aachen über die Grenze nach Belgien fuhren, hatte Jacques die Kurzfassung seines Abenteuers in Angola erzählt.

Als sie über die Grenze nach Frankreich fuhren, hatte Kommissar Jean Mahon berichtet, was in diesen Tagen in Paris vorgefallen war.

»Dienstag vor zwei Wochen erhielt Françoise Barda deine letzte E-Mail, in der du über die Ergebnisse der Vernehmung von Sotto Calvi berichtet hast. Du solltest am Mittwoch Einblick in die Verträge erhalten. Glückwunsch, habe ich zu der Ziege Barda gesagt.«

Jean Mahon erinnerte sich, wie sie sein Büro verlassen und die Tür hinter sich sperrangelweit offen stehen gelassen hatte.

»Am selben Dienstag«, fuhr er fort, »stellt Maître Lafontaine beim Berufungsgericht die Anträge, Alain Lacoste und Georges Mousse aus der Untersuchungshaft zu entlassen, da keine Fluchtgefahr bestehe. Am Mittwoch steigst du in den Hubschrauber. Barda und Martine versuchen dich per E-Mail zu erreichen, erhalten aber keine Reaktion. Am Donnerstagvormittag teilt der französische Botschafter aus Luanda Gerichtspräsidentin Marie Gastaud mit, dass der Hubschrauber mit dir und einem seiner Diplomaten an Bord vermisst wird. Am Freitag früh erhalten wir die Nachricht, dass alle Insassen des Hubschraubers, mit dem du unterwegs warst, bei einem Absturz getötet wurden und verbrannt sind. Du wurdest eindeutig identifiziert durch deine Brieftasche und deine Armbanduhr, die Jacqueline als ihr Hochzeitsgeschenk erkannte. Du kannst dir unser Entsetzen vorstellen. Ich habe Jacqueline angerufen und Margaux.«

»Und Lyse nicht?«

»Sie ging nicht ans Telefon, und so eine Nachricht hinterlässt man ja nicht so gern. Später habe ich dann einen Sergeant zu ihr geschickt, aber sie war nicht zu Hause. Sie hat es aus dem Radio erfahren. Tut mir leid.«

Der Kommissar stellte den Scheibenwischer an, weil es wieder angefangen hatte zu regnen, und blickte kurz zu Jacques, der vor sich hin starrte.

»So. Am selben Freitag hebt das Untersuchungsgericht den Haftbefehl gegen Alain Lacoste und Georges Mousse auf. Und erstaunlicherweise kommt Lacostes Sohn Didier am Sonnabend aus Texas zurück. An dem Tag machst du die Schlagzeilen. Margaux recherchiert und findet heraus, dass Sotto Calvi schon am Mittwoch Luanda verlassen hat, zuerst nach Tel Aviv geflogen ist, dann in Lissabon Station machte und Montag oder Dienstag in Paris landen wollte. Sie erzählt mir davon und ich flehe sie an, es nicht zu veröffentlichen, um unsere Arbeit nicht zu erschweren. Also: Françoise Barda beantragt einen Haftbefehl, und als die Citation mit Sotto Calvi und Paul Mohrt an Bord am Dienstagnachmittag in Le Bourget landet, stehen wir parat, um ihn festzunehmen. Und weißt du, was er macht? Er holt mit einem freundlichen Lächeln einen Diplomatenpass aus seiner Aktentasche, der ihn als angolanischen Gesandten bei der UNESCO in Paris ausweist und ihm diplomatische Immunität gewährt. Wir mussten ihn laufen lassen. Du kannst dir vorstellen, wie uns zumute war. Françoise Barda hat sich sofort an den Quai d'Orsay gewandt und die Auskunft erhalten, die angolanische Botschaft habe nur wenige Tage zuvor diese Ernennung in einer Verbalnote mitgeteilt.«

»Weißt du, wo sich Sotto Calvi rumtreibt?«

»Natürlich lassen wir ihn beschatten. Er ist gestern mit Paul Mohrt in seiner Maschine nach Figari auf Korsika geflogen und in sein Haus gefahren. Alain Lacoste sitzt wieder bei seiner Familie. Didier ist bei seiner Mutter eingezogen. Wir stehen also wieder am Anfang.«

»Bin ich schon beerdigt worden?«

»Das noch nicht. Dein Leichnam kam letzten Mittwoch an. Am Freitagvormittag fand im Gerichtsgebäude von Créteil eine sehr würdige Trauerfeier statt. Marie Gastaud scheint dich gemocht zu haben, jedenfalls hat sie eine so ergreifende Ansprache gehalten, wie ich es von ihr nicht erwartet hätte. Jacqueline saß neben Isabelle, Margaux neben Lyse eine Reihe weiter hinten. – Übrigens hat mich auch Amadée aus Martinique angerufen.«

»Ach du lieber Gott! Amadée. Sie ist so weit weg. Ich meine jetzt nicht nur geographisch. Ich habe sie vergessen. Oder verdrängt.«

Jacques schloss die Augen. Das eintönige Geräusch des Wassers, das die Reifen zur Seite sprühen, der Motor, der selbst bei Hundertfünfzig leise läuft, die Sitzheizung, die ihn wärmt: Er döste ein. Nach zwanzig Minuten hörte er die Geräusche wieder auf sich zukommen. Er blieb mit geschlossenen Augen sitzen.

»Und was machen wir jetzt?«

»Ich weiß es auch nicht. Wenn wir bekannt geben, dass du lebst, warnen wir Sotto Calvi und alle, die mit ihm zusammenarbeiten. Ich schlage vor, du kommst heute Abend mit zu uns. Es gibt ein zartes Gigot von den Salzwiesen beim Mont Saint-Michel. Und zur Feier des Tages hole ich einen 81er Haut Brion aus dem Keller.«

»Ich muss Lyse anrufen. Und du könntest Françoise Barda morgen früh mit der Behauptung zu dir nach Hause locken, du hättest höchst interessante Neuigkeiten im Fall Sotto Calvi.«

»Was ja auch der Wahrheit entspricht.«

Das »ganz große Ziel«

Montag

Isabelle Mahon gab sich große Mühe, Jacques zu verwöhnen, sie deckte das fröhliche Frühstücksgeschirr von Laure Japy auf und lief zum Bäcker, um frische Croissants zu besorgen. Doch Jacques und ihr Mann nahmen das alles kaum war. Sie redeten nur über Politik und den Job.

Der Präfekt von Korsika war gestern erschossen worden, als er aus dem Wahllokal trat. Davon berichteten die Zeitungen heute in Schlagzeilen. Der Mörder war entkommen, aber die korsische Befreiungsbewegung hatte sich zu der Tat bekannt. Jacques hatte völlig vergessen, dass gestern, am Sonntag, die Wahlen zum Europaparlament stattgefunden hatten.

»Lass uns mal eben schauen, wie Cortones Parti Corse de l'Empereur abgeschnitten hat.«

Jean Mahon blätterte zu den Ergebnissen: »Donnerwetter: immerhin acht Prozent auf ganz Frankreich verteilt. Auf Korsika selbst fast achtundachtzig Prozent der Stimmen. Die Insulaner sind verrückt.«

Jacques griff nach der Zeitung und schüttelte den Kopf. »Den Korsen sollte man die Unabhängigkeit geben und sie dann von den europäischen Subventionstöpfen abtrennen. Sie kämen bettelnd zurück. Damit sind Alain Lacoste und Charles Cortone als Abgeordnete ins Europäische Parlament gewählt.«

»Als Innenminister hat Cortone doch viel mehr Macht. Der wird dieses Mandat nie annehmen.«

»Er kann doch Innenminister bleiben und Abgeordneter des Europäischen Parlaments werden. Das verbietet ihm niemand. Zumindest nicht das Gesetz.«

»Aber es wird nicht gern gesehen. Der Premier hat seinen Kabinettsmitgliedern Doppelmandate verboten.«

Sie erhoben sich erst vom Frühstückstisch, als Isabelle die Untersuchungsrichterin, auf die sie schon warteten, in das angrenzende Wohnzimmer führte. Françoise Barda sah Jacques, stockte, errötete leicht, eilte auf ihn zu, streckte ihm die Hand entgegen und dann breitete sie die Arme aus und umklammerte ihn.

»Bonjour Jacques, quelle belle surprise. Welch wunderbare Überraschung!«

Nachdem sich ihre Aufregung gelegt hatte, setzten sich alle auf die eleganten Designermöbel und Jacques erzählte noch einmal in einer Kurzfassung davon, was er in Angola erlebt hatte.

»Phantastisch. Einfach phantastisch.« Sie schüttelte den Kopf. »Immerhin könnten wir Paul Mohrt wegen Mordes und Mordversuchs belangen. An Sotto Calvi kommen wir so lange nicht ran, wie er vom angolanischen Präsidenten mit diplomatischer Immunität geschützt wird. Bleiben uns Lacoste und Cortone.«

»Das aber wird auch schwierig. Beide sind gestern zu Europaabgeordneten gewählt worden.« Jacques wirkte selten so verzweifelt wie heute.

Doch Françoise gab sich nicht geschlagen. »Also muss es uns gelingen, deren Immunität aufheben zu lassen.«

Jacques schüttelte den Kopf. »Das wird nicht klappen. Das hast du ja im Fall des Abgeordneten Jean-

Charles Marchiani gesehen. Da hatte der Untersuchungsrichter bei der juristischen Kommission des Europäischen Parlaments den Antrag gestellt, die Immunität aufzuheben, weil er von der deutschen Firma Renk Kommissionen für den Verkauf des Leclerc-Panzers erhalten haben soll, ehe er als europäischer Abgeordneter gewählt worden war. Das Parlament hebt aber nur dann Immunitäten auf, wenn das betreffende Delikt in allen europäischen Staaten strafbar ist. Das wiederum verhindern Berlusconis Gesetze in Italien, die es nicht mehr möglich machen, politische Bestechung und Steuerbetrug zu verfolgen. Fumus persecutionis. Wenn also die juristische Verfolgung auch nur den Anschein erweckt, es beträfe den Abgeordneten in seiner politischen Funktion, dann bleibt die Immunität erhalten. So viel zum demokratischen Bewusstsein des Europäischen Parlaments.«

»Marchiani ist übrigens auch Korse und Freund des Innenministers.« Jean Mahon lächelte wissend.

»Aber wir müssen den Fall trotzdem genau prüfen.« Aus Zorn redete Jacques lauter als üblich. »Ich glaube nämlich, dass wir wenigstens die gerichtliche Untersuchung gegen immune Abgeordnete aufnehmen dürfen, selbst wenn wir keinen Prozess in die Wege leiten und sie auch nicht verurteilen können. Und das sollten wir auf jeden Fall weiterhin tun. Schon allein, um den Fall wenigstens in die Öffentlichkeit zu bringen.«

Plötzlich sah Françoise Barda sie mit einem schlauen Lächeln an, öffnete ihre Ledertasche und zog einen dünnen gelben Umschlag heraus. »Ich habe eine kleine Überraschung. Deswegen bin ich zu spät gekommen.«

Neugierig streckte Jacques seine Hand aus, doch Françoise zog den Umschlag an ihre Brust.

»Ein Corbeau wollte uns heute Nacht eine Nachricht zukommen lassen. Da aber wegen der Attentatsdrohungen der letzten Tage viele Zivilstreifen unterwegs waren, haben die den jungen Mann geschnappt, der den Umschlag des Corbeau in den Briefkasten werfen wollte. Sie haben seine Personalien aufgenommen und ihn gehen lassen, der Brief sah nicht gefährlich aus.«

Jacques und der Kommissar starrten sie fragend an.

»Didier Lacoste.«

»Und was ist in dem Umschlag?«

»Nur zwei Seiten. Mit dem Hinweis auf eine Geschichte, die so absurd klingt, dass sie nur einem Kinderhirn entsprungen sein kann. Am Donnerstag, den zweiten Dezember, jährt sich zum zweihundertsten Mal die Kaiserweihe Napoleons in Notre-Dame zu Paris. An diesem Tag soll das ›ganz große Ziel‹ erreicht werden.«

»Was ist denn das ›ganz große Ziel‹?« Jacques sah Françoise leicht mürrisch an. »Und was haben wir heute für einen Tag? Ich habe den Kalender nicht mehr im Kopf.«

»Das große Ziel ist die Unabhängigkeit Korsikas. Und der zweite Dezember ist in knapp drei Wochen. Der historisch-militante Zweig der FLNC will von jetzt an die Häufigkeit der Attentate steigern. Die Ermordung des Präfekten war nur der Anfang. Damit soll Paris gezwungen werden, immer mehr Sicherheitskräfte auf die Insel zu schicken. Am zweiten Dezember will Cortone dann die Unabhängigkeit Korsikas ausrufen und den Volksaufstand gegen die Polizisten vom Festland inszenieren.«

Françoise Barda öffnete den Umschlag, während sie weitersprach. »Auf dem zweiten Blatt steht sehr detailliert, was aus Korsika werden soll: das Las Vegas von Europa. Präsident wird Charles Cortone und Sotto Calvi darf als Einziger die Spielhöllen betreiben. Ein Milliardengeschäft.«

Kommissar Jean Mahon und Jacques prusteten los.

»Glaubst du das?«

Françoise Barda legte die Papiere auf den Tisch vor sich und zuckte mit den Schultern.

»Es klingt verrückt. Aber der letzte Satz auf der ersten Seite gibt mir zu denken.«

Sie reichte Jacques die Blätter. Er überflog den Text, verzog immer wieder das Gesicht ungläubig und las den letzten Satz dann vor:

»Wer das Hauptquartier findet, von dem aus die Aktion ›das ganz große Ziel‹ geleitet wird, kann den Spuk verhindern. Aber das kostet.«

Jacques reichte das Papier weiter an den Kommissar.

»Jean, es gibt nur einen Weg. Wir müssen sofort Didier Lacoste finden und befragen.«

Jean Mahon blickte zu Françoise Barda, die ihm zunickte. Daraufhin griff er zum Telefon und gab seinen Leuten den Befehl, Didier Lacoste ins Palais de Justice zu bringen.

Dann sah er seinen Freund an. »Und was machen wir mit dir, Jacques? Wenn an der Geschichte auch nur ein Gran Wahrheit ist, würde dein Auftauchen unnötigen Wirbel verursachen. Du musst für ein paar Tage hier bei uns bleiben. In deine Wohnung kannst du jedenfalls nicht; wenn dich deine Concierge sieht, weiß gleich die ganze Straße, ganz Belleville, ganz Paris, dass du lebst.«

»Ich habe bei Lyse ein paar Klamotten. Und dort wäre ich auch unsichtbar.«

»Aber sie scheint nicht zu Hause zu sein. Hast du einen Schlüssel zu ihrer Wohnung?«

»Nein. Aber du hast in deinem Team Spezialisten, die mir aufschließen werden.«

Er war zum ersten Mal allein in ihrer Wohnung und fühlte sich zu Hause. Es schien, als sei Lyse nur für einen Augenblick weggegangen. In der Diele standen Blumen, an denen noch kein Blatt die Spur von Verwelkung zeigte. Die Luft roch frisch. Das Bett war aufgeschüttelt, im Badezimmer hing noch der Duft ihres Parfums. Nur das Lämpchen des Anrufbeantworters blinkte, und Jacques überlegte, ob es ein Vertrauensbruch wäre, die Meldungen abzuhören. Doch dann siegte seine Neugier, vielleicht würde er ja auch erfahren, wo Lyse wäre, und wann sie zurückkehrte. Der erste Anruf stammte von ihm am Sonntag früh kurz nach fünf. Also könnte sie am Sonnabend noch da gewesen sein. Am Sonntagmittag und nochmals abends bat eine jugendliche Männerstimme Lyse, sie möge sich melden, es sei sehr wichtig. Très, très urgent, Didier.

Als er sich in der Küche einen Kaffee machen wollte, sah er auf dem Frühstückstisch sein Foto. Lyse hatte es aus einer Zeitung ausgeschnitten und in einen silbernen Bilderrahmen gesteckt. Jacques im Polohemd. Daneben stand eine schmale silberne Vase mit einer roten Rose. Er setzte sich mit dem Kaffee an den Tisch und plötzlich liefen Tränen aus seinen Augen.

Er weinte nicht.
Er war nur erschöpft.
Und allein.
Und verzweifelt.
»Merde, merde, merde.«
Dreimal merde. Er wählte die Handynummer von

Lyse; selbst wenn sie nicht antwortete, könnte er doch wenigstens ihre Stimme hören, die ihn aufforderte, eine Nachricht zu hinterlassen. Sie klang fröhlich. Er rief sie dreimal an, klickte sie jedes Mal vor dem Signalton weg. Dann wählte er die Nummer ein viertes Mal und hinterließ ihr, dass er in ihrer Wohnung auf sie warte.

Vor den Fenstern war es unmerklich dunkel geworden. Wegen des Panzerglases hörte Jacques den Lärm der Stadt nicht, er fühlte sich fast wie in der Stille auf dem Minenfeld in Angola. Als das Telefon klingelte, stand er gerade vor dem Bild des unbekannten Chokwe-Künstlers, der das Muster der Sandmalerei auf Leinwand übertragen hatte. Sein Herz schlug schnell und kräftig. Aber es war nur Jean Mahon.

»Jacques, ich sitze hier mit Françoise und habe den Lautsprecher an. Sie kann also mithören.«

»Wie war's mit Didier?«

»Höchst interessant. Er hat uns einen Deal vorgeschlagen.«

»Und wie geht der?«

»Er erhält sein Wohnmobil zurück, jede Anklage gegen ihn wird niedergeschlagen.«

»Und was gibt er uns?«

»Genaue Informationen darüber, wo sich das Hauptquartier von Sotto Calvi auf Korsika befindet, von dem aus das ›ganz große Ziel‹ angesteuert wird.«

»Das heißt, die ganze Sache stimmt?«

»Es sieht so aus.«

»Und was spricht dafür?«

»Er hat uns seine Quelle genannt.«

»Und die wäre …?«

»Madame Calvi. Er hat sie auf der Ranch in Texas getroffen, wo Sotto Calvi ihn versteckt hielt, und sie hat ihm im Suff angeblich aus Wut über ihren untreuen Mann, alles erzählt. Didier behauptet, noch sehr viel mehr Unterlagen zu besitzen. Auch über die Finanzaktionen. Wahrscheinlich hat Calvi der Frau des Gouverneurs von Texas hunderttausend Dollar für den Wahlkampf gestiftet. Die Frau von Calvi scheint auch jener Corbeau gewesen zu sein, der uns die erste Akte betreffend Lacoste zukommen ließ. Bist du einverstanden mit dem Deal?«

»Françoise, was meinst du?«

»Ja. Sollten wir machen.«

»Okay, Jean. Und was dann?«

»Ich stelle jetzt sofort eine Truppe zusammen und wir fliegen noch am Abend mit einer Chartermaschine nach Korsika. Die Aktion muss aber streng geheim gehalten werden, damit das Innenministerium unter keinen Umständen davon erfährt. Denn dann wüsste es Cortone. Wenn wir weitere Anschläge verhindern und vielleicht Menschenleben retten wollen, zählt jetzt jede Stunde. Mit Didiers Angaben können wir das Hauptquartier am frühen Morgen, noch in der Dunkelheit, ausnehmen. Das wird zwar eine Ballerei geben, aber da sie uns nicht erwarten, dürfte ich es mit zwanzig Mann gut schaffen.«

»Aber du weißt, Paul Mohrt ist ein Killer. Ich habe es selber erlebt. Melde dich, sobald du kannst. Und ich drücke euch die Daumen. Dann könnte ich morgen ja auch wieder auferstehen.«

»Sobald Sotto Calvi in unseren Fängen ist. Hast du was von Lyse gehört?«

»Nein. Aber es sieht alles so aus, als käme sie gleich wieder. Der Kühlschrank ist noch voll.«

Ein Grab in den Pedras Negras

Dienstag

Um neun Uhr früh brachte Isabelle Mahon Croissants und mehrere Tageszeitungen und bot ihm an, mittags etwas zu kochen, was Jacques jedoch mit übertriebener Freundlichkeit ablehnte. Isabelle schien erleichtert, sie sagte, sie wolle sich jetzt mit Jacqueline, seiner Ex, treffen.

»Soll ich sie von dir grüßen, Jacques?«

»Um Gottes willen, ich bin doch für alle tot! Falls Jean erfolgreich ist, kann ich mich heute Abend wieder zeigen. Hast du schon von ihm gehört?«

»Nein. Du weißt doch, dass ich als Letzte erfahre, was passiert ist. Ich muss los, sonst komme ich noch zu spät.«

»Was macht ihr, geht ihr shoppen?«

»Nein, wir demonstrieren auf dem Friedhof Père-Lachaise wegen des Grabes von Victor Noir. Es kommen alle Modemacher, Sonja Rykiel, Lacroix, Lagerfeld, angeblich sogar Vivienne Westwood aus London. Und viele Models!«

»Ihr demonstriert. Ich lache mich kaputt! Aber ich bin wohl nicht auf dem Laufenden. Was ist los? Victor Noir liegt doch seit mehr als hundert Jahren da. Eigentlich sind die Gräber von Jim Morrison oder Allan Kardec die klassischen Kultorte.«

»Morrison, der Rockstar ist klar. Aber sonst bin ich jetzt nicht auf dem Laufenden. Wer ist Kardec?«

»Kennst du den nicht? Vater des Spiritismus in Frankreich und weltberühmtes Medium.«

»Interessant. Bei dem muss ich mal vorbeigehen. Aber hast du nicht mitbekommen, dass die Friedhofsverwaltung das Grab von Victor Noir mit einem hohen Gitterzaun abgesperrt hat?«

Victor Noir wurde 1848 in Attigny geboren. Er wäre wahrscheinlich unbekannt geblieben, hätte Prinz Pierre Bonaparte, Neffe Napoleons des Dritten, ihn nicht 1870 erschossen. Der zweiundzwanzigjährige Journalist Yvan Salmon, der unter dem Pseudonym Victor Noir arbeitete, sollte einem Kollegen bei einem Duell mit Prinz Pierre Bonaparte als Sekundant dienen. Grund für die geplante Schießerei war ein beleidigender Artikel des Journalisten über den Prinzen gewesen. Um den Ablauf des Duells zu besprechen, begab sich Noir zu Bonaparte. Nach einem kurzen Wortwechsel erschoss der Prinz den Journalisten ohne ersichtlichen Grund. Bonaparte wurde dank seines sozialen Standes für den Mord nicht bestraft.

Doch die Brutalität und Unsinnigkeit dieses Verbrechens löste eine Welle von Demonstrationen unter den Republikanern gegen die »imperialistische Macht« aus; denn Victor Noir starb wenige Tage vor seiner Hochzeit. Er hinterließ eine gebrochene Braut. Seinem Sarg folgten bei der Beerdigung hunderttausend Menschen.

Bald darauf sammelten die Liebenden von Paris Geld für ein Denkmal. Der Bildhauer Jules Dalou wurde beauftragt, eine liegende Skulptur zu schaffen, um die Grausamkeit dieses Todes zu verdeutlichen.

Die Figur ist sehr realistisch. Die Kleidung entspricht der des 19. Jahrhunderts, der Zylinder ist wegen des plötzlichen Todes zur Seite gerollt, der Kragen und der oberste Hosenknopf sind geöffnet. Seine Hände wirken entspannt. Seine Männlichkeit aber zeichnet sich prall und hart unter der Hose ab.

Auf diesem Detail basiert die Legende, Unfruchtbarkeit und Frigidität würden geheilt, wenn junge Frauen im Vorübergehen die Spitze seiner Stiefel – oder das in der Hose steckende Gemächt streicheln. An diesen beiden Stellen glänzt die liegende Bronzestatue inzwischen golden.

Scheue Frauen hinterlassen Botschaften unter dem Kopf der Statue, und dankbare eine Blume. Aber ganz Entschlossene schrecken nicht davor zurück, ihren Rock zu lüpfen und sich rittlings auf Victor Noir zu setzen. Und gerade dieses Ritual ist in den letzten Monaten zu oft praktiziert worden, sodass andere Friedhofbesucher protestierten und die prüde Friedhofsverwaltung ein Gitter um das Grab zog.

»Und jetzt wollen wir erreichen, dass der Zaun wieder abgebaut wird. Es ist eine herrliche Aktion, und damit kommen wir alle in die Zeitung.« Isabelle verschwand wie ein Windhauch.

Gegen Mittag klingelte das Telefon. Jean meldete sich aus Korsika. Er klang erschöpft und suchte nach Worten, um zu beschreiben, was geschehen war.

»Jacques, ich glaube, du kannst den Fall Sotto Calvi zu den Akten legen.«

»Erzähl. Habt ihr das Hauptquartier gefunden?«

»Ja. Die Angaben von Didier stimmten, waren sogar äußerst präzise. Es lag ziemlich hoch und einsam versteckt in den Bergen. Wir haben es heute früh um halb fünf gestürmt, aber es gab keine Gegenwehr.«

Jean Mahon machte eine Pause. Jacques wartete.

»Wir fanden nur Tote vor. Acht Leichen. Sotto Calvi, Paul Mohrt und drei Anführer der korsischen Terroristen befanden sich in einer hochmodern ausgerüsteten Kommandozentrale. Da gibt es alles, was du dir an neuer Kommunikationstechnologie wünschen kannst. Es hatte offenbar eine Schießerei gegeben. Denn neben diesen fünf haben wir noch drei weitere Tote gefunden.«

»Habt ihr sie identifiziert?«

»Nur eine Person.«

»Und wer ist das?«

»Lyse.«

»Kannst du das erklären? Wer sind die anderen beiden?« Jacques fühlte nichts, er war eiskalt. Er war eine Maschine, und diese Maschine funktionierte in der Hülle des unerbittlichen Untersuchungsrichters Jacques Ricou.

»Ich vermute, dass es Angolaner sind, die Lyse geholfen haben. Alle drei waren mit modernen Maschinenpistolen ausgerüstet und haben offensichtlich den Tod von Sotto Calvi und Paul Mohrt geplant. Ich halte es nicht für ausgeschlossen, dass noch weitere Korsen in die Schießerei verwickelt waren. Vielleicht finden wir noch den einen oder anderen mit einer Schusswunde.«

»Jean, hast du eine Ahnung, wann das passiert ist?«

»Alles deutet auf Sonnabend, vielleicht Sonnabendabend oder -nacht. Spätestens Sonntag früh.«

Sonnabend

Die Tasse mit dem grand crème hinterließ einen braunen Kreis auf der Zeitung. Das hatte er noch nie verstanden. Auch wenn er in seiner Küche Kaffee in einen Becher goss, ohne auch nur einen Tropfen am Rand hinunterrinnen zu sehen, hinterließ die Tasse trotzdem einen feuchten braunen Rand. Und weil Jacques die unerklärliche Angewohnheit hatte, im Bistro die Kaffeetasse nicht auf die Untertasse zurückzustellen, sondern immer daneben auf den Tisch oder auf die Zeitung, tauchte die Frage nach dem braunen Rand auch immer wieder auf.

Gaston hatte ihm einen Korb mit drei Croissants und einem Pain au chocolat auf den Nebentisch gestellt. Um Jacques herum lagen alle Tageszeitungen, die er bekommen konnte, ausgebreitet.

Er wollte die Geschichte noch einmal lesen.

Am Dienstag, gleich nachdem Jean Mahon aufgelegt hatte, rief er Margaux an und erzählte ihr alles haargenau. Ihr ausführlicher Artikel hatte die Regierung am Mittwoch in Aufregung versetzt. Und die Kollegen auch. Am Donnerstag legte Margaux nach, am Freitag brachte sie alle Details über das »ganz große Ziel«. Innenminister Charles Cortone hatte gerade noch Zeit, von seinem Amt zurückzutreten, bevor er und Alain Lacoste wegen Hochverrats verhaftet worden wären. Hochverrat ist das einzige Delikt, bei dem Immunität nicht schützt.

Plötzlich galt der Untersuchungsrichter Jacques Ricou bei allen als Held. Und Lyse, die ihren Geliebten tot glaubte und Rache geübt hatte, war in die Fußstapfen von Njinga getreten.

»Gaston, noch einen grand crème, s'il-te plaît!«
»Wie immer?«
»Wie immer.«

Als Gaston die dampfende Tasse abstellte, zog er einen Stuhl heran. Er hatte Zeit, es war nicht voll am Sonnabendmorgen. Die Leute gingen auf den Markt und kamen erst gegen Mittag auf einen ballon rouge oder einen Sauvignon.

»Zufrieden mit der Presse?«

Jacques lehnte sich zurück, nahm eines der beiden in Papier eingewickelten Zuckerstücke, riss es auf und warf es in den Schaum vom Milchkaffee. Dann nahm er das zweite Stück und wiederholte die Prozedur.

»Ach, was heißt schon zufrieden. Wie alt bist du, Gaston?« Jacques drehte den Löffel in der Tasse.

»Über sechzig.«

»Warst du im Krieg?«

»Algerien. Ich wurde eingezogen und habe die letzten Monate dort noch mitgemacht. Das war die schlimmste Zeit.«

»Hast du jemanden erschossen?«

»Ich glaube nicht.«

»Aber du hast den Tod erlebt?«

»Ja.«

»Und?«

»Merde!«

»Das kannst du vierzig Jahre später sagen. Ich habe das Gefühl, ich komme gerade aus dem Krieg. Aber in Algerien wusstest du wenigstens, wo der Feind steht. Während ich heute nichts weiß.«

Gaston erhob sich. »Un calva?«

Jacques blähte die Backen auf und prustete nachdenklich.

»Warum nicht. Un calva.«

Gaston ergriff unter der Theke eine Flasche alten Calvados, drehte den Korken vorsichtig heraus und goss ein kleines Glas voll. Als die Tür aufging und Margaux den Wirt von weitem grüßte, rief der ihr zu, sie möge den Eingang offen lassen, es sei draußen so sonnig und warm, als würde der Herbst gleich in den Frühling übergehen.

Als Jacques die Freundin wahrnahm, stand er höflich auf. Sie umarmte ihn fester als sonst und gab ihm einen freundschaftlichen Kuss auf die linke Wange.

»Darf ich?«

Jacques nahm die Zeitungen von einem der Stühle und schob ihn Margaux zu.

»Danke. Zufrieden?«

»Hat Gaston eben auch gefragt. Ach, es geht.«

Der Weg vom Bistro l'Auvergnat an der Ecke Boulevard de Belleville und rue J. P. Timbaud bis zum Friedhof Père-Lachaise dauert zu Fuß knapp zehn Minuten. Tatsächlich war ein hohes Gitter um das Grabmal von Victor Noir gezogen worden. Margaux schüttelte den Kopf.

»Hat die Bürokratie Probleme! Was spricht denn gegen ein wenig Zauberglauben?« Sie versuchte, ihre republikanische Erregung auf Jacques zu übertragen. Aber der zuckte nur mit den Schultern.

In der Nähe von Jim Morrisons Grab setzten sie sich auf eine Bank in die wärmende Sonne. Jacques verschränkte die Finger ineinander, stützte die Arme auf die Beine und schaute in die Ferne über den Osten von Paris.

»Ich werde jetzt noch einmal ganz offiziell nach Angola fliegen.«

»Ist der Fall nicht zu Ende?«

»Der Fall ja, mein Fall noch nicht. Den kann ich nur in Angola abschließen. Ich werde Lyse dort begraben, wohin sie gehört. In den Pedras Negras, wo die Königin Njinga ihren Fußabdruck auf einem Felsen hinterließ. Und dort werde ich befolgen, was Samuto, der Pförtner des Gottes Kalunga, den Menschen empfahl, als die Sonne gestorben war. ›Wickelt sie in ein rotes Tuch‹, sagte er, ›und legt sie in einen Baum.‹ So geschah es. Und am nächsten Morgen waren alle froh, die Sonne noch strahlender wieder aufgehen zu sehen. Das Gleiche passierte mit dem Mond. Diesmal riet Samuto, ihn in einem weißen Tuch in den Baum zu legen. Und in derselben Nacht schien auch der Mond heller denn je.«